ZHONGGUO XIAOSHUO
100 QIANG

中国小说100强（1978—2022）

一根水做的绳子

鬼子 著

北京联合出版公司
Beijing United Publishing Co.,Ltd.

图书在版编目（CIP）数据

一根水做的绳子 / 鬼子著. -- 北京 ：北京联合出版公司，2023.9
　（中国小说100强）
　ISBN 978-7-5596-7044-1

Ⅰ.①一… Ⅱ.①鬼… Ⅲ.①长篇小说－中国－当代 Ⅳ.①I247.5

中国国家版本馆CIP数据核字(2023)第118000号

一根水做的绳子

| 作　　者：鬼　子
| 出 品 人：赵红仕
| 出版监制：张晓冬　范晓潮
| 责任编辑：徐　鹏
| 特约编辑：和庚方　刘沐雨
| 封面设计：武　一

北京联合出版公司出版
（北京市西城区德外大街83号楼9层　100088）
北京兴星伟业印刷有限公司印刷　新华书店经销
字数172千字　650毫米×920毫米　1/16　20印张
2023年9月第1版　2023年9月第1次印刷
ISBN 978-7-5596-7044-1
定价：58.00元

版权所有，侵权必究
未经书面许可，不得以任何方式转载、复制、翻印本书部分或全部内容。
本书若有质量问题，请与本公司图书销售中心联系调换。
电话：010-65868687

中国小说100强(1978—2022)丛书

编委会

丛书总策划

张　明　著名出版人
张　英　资深媒体人

编委主任

吴义勤　中国作协副主席
　　　　中国小说学会会长

编　委

吴义勤　中国作协副主席、中国小说学会会长
宗仁发　《作家》杂志主编
谢有顺　中山大学教授、中国小说学会副会长
顾建平　《小说选刊》副主编
张　英　资深媒体人
文　欢　作家、出版人

总　序

"中国小说100强"（1978—2022）是资深出版人张明先生和腾讯读书知名记者张英先生共同策划发起的一套大型文学丛书。他们邀请我和宗仁发、谢有顺、顾建平、文欢一起组成编委会，并特邀徐晨亮参与，经过认真研讨和多轮投票最终评定了100人的入选小说家目录。由于编委们大多都是长期在中国文学现场与中国文学一路同行的一线编辑、出版家、评论家和文学记者，可以说都是最专业的文学读者，因此，本套书对专业性的追求是理所当然的，编委们的个人趣味、审美爱好虽有不同，但对作家和文学本身的尊重、对小说艺术的尊重、对文学史和阅读史的尊重，决定了丛书编选的原则、方向和基本逻辑。

从文学史的角度来说，1978年以后开启的新时期文学是中国当代文学的黄金时代，不仅涌现了一批至今享誉世界的优秀作家，而且创造了许多脍炙人口的文学经典，并某种程度上改写了20世纪中国文学史的版图。而在中国新时期文学的经典家族中，小说和小说家无疑是艺术成就最高、影响力最大的部分。"中国小说100强"（1978—2022）就是试图将这个时期的具有经典性的小说家和中国小说的经典之作完整、系统地筛选和呈现出来，并以此构成对新时期文学史的某种回顾与重读、观察与评判。呈现在读者面前的这套丛书是对1978—2022年间中国当代小说发展历程的一次全面、系统的整体性回顾与检阅，是中国当代文学经典化的重要成果，从特定的角度集中展示了中国新时期文学在小说创作方面的巨大成就。需要说明的是，与1978—2022年新时期文学繁荣兴盛的局面相比，100位作家和100本书还远远不能涵盖中国当代小说的全貌，很多堪称经典的小说也许因为各种原因并未能进入。莫言、苏童、余华等作家本来都在编委投票评定的名单里，但因为他们已与某些出版社签下了专有出版合同，不允许其他出版社另出小说集，因而只能因不可抗原因而割爱，遗珠之憾实难避免，而且文学的审美本身也是多元的，我们的判断、评价、选择也许与有些读者的认知和判断是冲突的，但我们绝无把自己的标准强加于别人的意思。我们呈现的只是我们观察中国这个时期当代小说的一个角度、一种标准，我们坚持文学性、学术性、专业性、民间性，注重作家个体的生活体验、叙事能力和艺术功力，我们突破代际局限，老、中、青小说家都平等对待，王蒙、冯骥才、梁晓声、铁凝、阿来等名家名作蔚为大观，徐则臣、阿乙、弋舟、鲁敏、林森等新人新作也是目不暇接，我们特别关注文学的新生力量，尤其是近10年作品多次获国家大奖、市场人气爆棚的新生代小说家，我们禀持包容、开放、多元的审美立场，无论是专注用现实题材传达个人迥异驳杂人生经验、用心用情书写和表现时代精神的现实主义作家，还是执着于艺术探索和个体风格的实验性作家，在丛书里都是一视同仁。我们坚信我们是忠实于自己的艺术理想、艺术原则和艺术良心的，但我们并不认为自己的角度和标准是唯一的，我们期待并尊重各种各样的观察角度和文学判断。

当然，编选和出版"中国小说100强"（1978—2022）这套大型丛书，除了上述对文学史、小说史成就的整体呈现这一追求之外，我们还有更深远、更宏大的学术目标，那就是全力推进中国当代文学"经典化"的历程和"全民阅读·书香中国"建设。

从1949年发端的中国当代文学已经有了70多年的发展历程，但对这70多年文学的评价一直存在巨大的分歧，"极端的否定"与"极端的肯定"常常让我们看不到当代文学的真相。有人认为中国当代文学达到了前所未有的高度和水平。王蒙先生在法兰克福书展上就说：中国当代文学现在是有史以来最繁荣的时期。余秋雨、刘再复甚至认为中国当代文学的成就远远超过了现代文学。也有人极端否定中国当代文学，认为中国当代文学都是垃圾。他们认为现代文学要远远超过当代文学，中国当代文学连与现代文学比较的资格都没有。比如说，相对于鲁（迅）、郭（沫若）、茅（盾）、巴（金）、老（舍）、曹（禺）这样大师级的人物，中国当代作家都是渺小的侏儒，根本不能相提并论，两者比较就是对大师的亵渎。应该说，与对中国当代文学的肯定之声相比，对当代文学的否定和轻视显然更成气候、更为普遍也更有市场。尽管否定者各自的角度和出发点不同，但中国当代作家、作品与中外文学大师、文学经典之间不可比拟的巨大距离却是唱衰中国当代文学者的主要论据。这种判断通常沿着两个逻辑展开：一是对中外文学大师精神价值、道德价值和人格价值的夸大与拔高，对文学大师的不证自明的宗教化、神性化的崇拜。二是对文学经典的神秘化、神圣化、绝对化、空洞化的理解与阐释。在此，我们看到了一个非常有趣的悖论：当谈论经典作家和文学大师时我们总是仰视而崇拜，他们的局限我们要么视而不见要么宽容原谅，但当我们谈论身边作家和身边作品时，我们总是专注于其弱点和局限，反而对其优点视而不见。问题还不在于这种姿态本身的厚此薄彼与伦理偏见，而是这种姿态背后所蕴含的"当代虚无主义"。这种"虚无主义"的最大后果就是对当代作家作品"经典化"的阻滞，对当代文学经典化历程的阻隔与拖延。一方面，我们视当下作家作品为"无物",拒绝对其进行"经典化"的工作,另一方面又以早就完全"经典化"了的大师和经典来作为贬低当下泥沙俱下的文学现实的依据。这种不在同一个层面上的比较,不仅毫无意义,而且只能使得文学评价上的不公正以及各种偏激的怪论愈演愈烈。

其实,说中国当代文学如何不堪或如何优秀都没有说服力。关键是要进行"经典化"的工作,只有"经典化"的工作完成了才有可能比较客观地对当代的作家作品形成文学史的判断。对当代的"经典化"不是对过往经典、大师的否定,也不是对当代文学唱赞歌,而是要建立一个既立足文学史又与时俱进并与当代文学发展同步的认识评价体系和筛选体系。当然,我们也要承认,"经典化"问题是一个非常复杂的问题,并不是凭热情和冲动一下子就能完成的,但我们至少应该完成认识论上的"转变"并真正启动这样一个"过程"。

现在媒体上流行一些对于中国当代文学经典化冷嘲热讽的稀奇古怪的言论,其核心一是否定中国当代文学有经典、有大师,其二是否定批评界、学术界有关"经典化"的主张,认为在一个无经典的时代,"经典"是怎么"化"也"化"不出来的,"经典化"是一个实实在在的"伪命题"。其实,对于文学,每个人有不同的判断、不同的理解这很正常,每一种观点也都值得尊重。但是,在"经典"和"经典化"这个问题上,我却不能不说,上述观点存在对"经典"和"经典化"的双重误解,因而具有严重的误导性和危害性。

首先,就"经典"而言,否定中国当代文学早就不是什么新鲜事,对当代文学的虚无主义态度在很多人那里早已根深蒂固。我不想争论这背后的是与非,也不想分析这种观点背后的社会基础与人性基础。我只想指出,这种观点单从学理层面上看就已陷入了三个巨大误区:

第一个误区,是对经典的神圣化和神秘化的误区。很多人把经典想象为一个绝对的、神圣的、遥远的文学存在,觉得文学经典就是一个绝对的、乌托邦化的、十全十美的、所有人都喜欢的东西。这其实是为了阻隔当代文学和"经典"这个词发生关系。因为经典既然是绝对的、神圣的、乌托邦的、十全十美的,那我们今天哪一部作品会有这样的特性呢?如果回顾一下人类文学史,有这样特性的作品好像也没有。事实上,没有一部作品可以十全十美,也没有一部作品能让所有人喜欢。在这个问题上,我们应该明确的是,"经典"不是十全十美、无可挑剔的代名词,在人类文学史上似乎并不存在毫无缺点并能被任何人所认同的"经典"。因此,对每一个时代来说,"经典"并不是指那些高不可攀的神圣的、神秘的存在,只不过是那些比较优秀、能被比较多的人喜爱的作品而已。从这个意义上说,当今中国文坛谈论"经典"时那种神圣化、莫测高深的乌托邦姿态,不过是遮蔽和否定当代文学的一种不自觉的方式,他们假定了一种遥远、神秘、绝对、完美的"经典形象",并以对此一本正经的信仰、崇拜和无限拔高,建立了一整套关于中国当代文学的伦理话语体系与道德话语体系,从而充满正义感地宣判着中国当代文学的死刑。

第二个误区,是经典会自动呈现的误区。很多人会说,是金子总是会发光的。但对文学来说,文学经典的产生有着特殊性,即,它不是一个"标签",它一定是在阅读的意义上才会产生意义和价值的,也只有在阅读的意义上才能够实现价值,没有被阅读的作品没有被发现的作品就没有价值,就不会发光。而且经典的价值本身也不是固定不变的。如果一个作品的价值一开始就是固定不变的,那这个作品的价值就一定是有限的。经典一定会在不同的时代面对不同的读者呈现出完全不同的价值。这也是所谓文学永恒性的来源。也就是说,文学的永恒性不是指它的某一个意义、某一个价值的永恒,而是指它具有意义、价值的永恒再生性,它可以不断地延伸价值,可以不断地被创造、不断地被发现,这才是经典价值的根本。所以说,经典不但不会自动呈现,而且一定要在读者的阅读或者阐释、评价中才会呈现其价值。

第三个误区，是经典命名权的误区。很多人把经典的命名视为一种特殊权力。这有两个层面的问题：一，是现代人还是后代人具有命名权；二，是权威还是普通人具有命名权。说一个时代的作品是经典，是当代人说了算还是后代人说了算？从理论上来说当然是后代人说了算。我们宁愿把一切交给时间。但是，时间本身是不可信的，它不是客观的，是意识形态化的。某种意义上，时间确会消除文学的很多污染包括意识形态的污染，时间会让我们更清楚地看清模糊的、被掩盖的真相，但是时间同时也会使文学的现场感和鲜活性受到磨损与侵蚀，甚至时间本身也难逃意识形态的污染。此外，如果把一切交给时间，还有一个前提，那就是对后代的读者要有足够的信任，要相信他们能够完成对我们这个时代文学的经典化使命。但我们对后代的读者，其实是没有信心的。我们今天已经陷入了严重的阅读危机，我们怎么能寄希望后代人有更大的阅读热情呢？幻想后代的人用考古的方式对我们这个时代的文学进行经典命名，这现实吗？我不相信后人对我们身处时代"考古"式的阐释会比我们亲历的"经验"更可靠，也不相信，后人对我们身处时代文学的理解会比我们亲历者更准确。我觉得，一部被后代命名为"经典"的作品，在它所处的时代也一定会是被认可为"经典"的作品，我不相信，在当代默默无闻的作品在后代会被"考古"挖掘为"经典"。也许有人会举张爱玲、钱钟书、沈从文的例子，但我要说的是，他们的文学价值早在他们生活的时代就已被认可了，只不过很长时间由于意识形态的原因我们的文学史不谈及他们罢了。此外，在经典命名的问题上，我们还要回答的是当代作家究竟为谁写作的问题。当代作家是为同代人写作还是为后代人写作？幻想同代人不阅读、不接受的作品后代人会接受，这本身就是非常乌托邦的。更何况，当代作家所表现的经验以及对世界的认识，是当代人更能理解还是后代人更能理解？当然是当代人更能理解当代作家所表达的生活和经验，更能够产生共鸣。因此，从这个角度来说，当代人对一个时代经典的命名显然比后代人更重要。第二个层面,就是普通人、普通读者和权威的关系。理论上,我们都相信文学权威对一个时代文学经典命名的重要性,权威当然更有价值。但我们又不能够迷信文学权威。如果把一个时代文学经典的命名权仅仅交给几个权威,那也是非常危险的。这个危险表现在什么地方呢?就是几个人的错误会放大为整个时代的错误,几个人的偏见会放大为整个时代的偏见。我们有很多这样的文学史教训。在这个问题上,我们既要相信权威又不能迷信权威,我们要追求文学经典评价的民主化、民主性。对一个时代文学的判断应该是全体阅读者共同参与的民主化的过程,各种文学声音都应该能够有效地发出。这个时代的文学阅读,最理想的状态应该是一种互补性的阅读。为什么叫"互补性的阅读"?因为一个批评家再敬业,再劳动模范,一个人也读不过来所有的作品。举个例子:现在我们一年有5000部以上的长篇小说,一个批评家如果很敬业,每天在家读二十四小时,他能读多少部?一天读一部,一年也只能读三百部。但他一个人读不完,不等于我们整个时代的读者都读不完。这就需要互补性阅读。所有的读者互补性地读完所有作品。在所有作品都被阅读过的情况下,所有的声音都能发出来的情况下,各种声音的碰撞、妥协、对话,就会形成对这个时代文学比较客观、科学的判断。因此,文学的经典不是由某一个"权威"命名的,而是由一个时代所有的阅读者共同命名的,可以说,每一个阅读者都是一个命名者,他都有对经典进行命名的使命、责任和"权力"。而作为一个文学研究者或一个文学出版者,参与当代文学的进程,参与当代文学经典的筛选、淘洗和确立过程,更是一种义不容辞的责任和使命。说到底,"经典"是主观的,"经典"的确立是一个持续不断的"过程","经典"的价值是逐步呈现的,对于一部经典作品来说,它的当代认可、当代评价是不可或缺的。尽管这种认可和评价也许有偏颇,但是没有这种认可和评价,它就无法从浩如烟海的文本世界中突围而出,它就会永久地被埋没。从这个意义上说,在当代任何一部能够被阅读、谈论的文本都是幸运的，这是它变成"经典"的必要洗礼和必然路径。

总之，我们所提倡的"经典化"不是要简单地呈现一种结果，不是要简单地对一个时代的文学作品排座次，不是要武断地指出某部作品是"经典"，某部作品不是"经典"，不是要颁发一个"谁是经典"的荣誉证书，而是要进入一个发现文学价值、感受文学价值、呈现文学价值的过程。所谓"经典化"的"化"实际上就是文学价值影响人的精神生活的过程，就是通过文学阅读发现和呈现文学价值的过程。可以说，文学的经典化过程，既是一个历史化的过程，更是一个当代化的过程。文学的经典化时时刻刻都在进行着，它需要当代人的积极参与和实践。因此，哪怕你是一个对当代文学的虚无主义者，你可以不承认当代文学有经典，但只要你还承认有文学，你还需要和相信文学，还承认当代文学对人的精神生活具有影响力，你就不应该否定当代文学经典化的重要性。没有这个"经典化"，当代文学就不会进入和影响当代人的生活，就失去了存在的意义。每一个人，哪怕你是权威，你也不能以自己的好恶剥夺他人阅读文学和享受文学的权利。

从这个意义上说，当代文学的经典化当然是一个真命题而不是一个伪命题。在一个资讯泛滥的时代，给读者以经典的指引是文学界、出版界共同的责任，而这也是我们编辑出版这套书的意义所在。

最后，感谢张明和张英先生为本套书付出的辛劳，感谢北京立丰天文化传播有限公司、北京金圣典文化有限公司的资金支持，感谢全体编委和北京联合出版公司各位编辑，感谢所有对本套丛书的出版给予大力支持的作家和他们的家人。

是为序。

吴义勤

2022年冬于北京

1

阿香的命从小就苦。

九岁的时候父母就去世了,而且是在同一天的黄昏里走的。他们一走,家里就黑了下来,留下的阿香和她的弟弟,就像两只嘴角还在泛黄的小鸟,随时都会在高高的树丫上重重地摔下来,而且摔得半死。好在那时有村里看护着。对村里来说,那是不得已的,也是天经地义的,那样的苦差,得一直拉扯到阿香十六岁的时候,到了那时,才是阿香自己的事情。

可阿香不到十六岁就和李貌出事了。

出事的原因,是她的作业本没有了。

阿香的作业本,都是她自己买白纸回来用割草的镰刀割成的。那时候的白纸很便宜,五分钱一张,六分七分的也有,那是好一点的。阿香买的当然是五分的,她总会往心里对自己说,你的命就是那种五分的，能写就行。那时的鸡蛋，也是四分五分六分一个的。每个学期，阿香都要为纸和笔，卖走好些鸡蛋。吃鸡蛋的，当然都是那些学校的老师。阿香的作业快写完的时候，总会听到老师的提醒，说明天你拿两个鸡蛋来吧，小的就拿三个。

但阿香家的鸡蛋没有了。

她家的那只老母鸡被人给偷了！

她弟弟说，肯定是邻居的那个矮脚婆偷去的。老母鸡没有回家的那天夜里，他闻到一股老母鸡被煮熟的香味，从矮脚婆家的房檐下一缕一缕地往外飘，一直飘到他的床头上。他说那是他的老母鸡回来找他的，让他去救它，可惜他没有起来。因为夜已经太深太深了。他说他是很想起来的，他想把正在啃着老母鸡的矮脚婆一把揪住，把她高高地提到空中，让她四脚胡乱地在空中扒画着怎么也找不着地。可他怎么也起不来。他因此有点恨自己，恨自己没能把姐姐的作业本给救回来。

阿香为此伤心了两个夜晚。

但阿香没有急着去找老师，她想在学校里多待一天两天，她把那最后的两页，写得细细的，密密麻麻的，像一窝怎么也找不到出路的小蚂蚁。老师以为是她家的老母鸡还没有下蛋，就没有吭声，只是睁大着眼睛，吃力地对付着。那些小蚂蚁爬到最后一页的尽头时，阿香的作业还有一半没有做完，她因此没有交上去，她只是看着那本写完的作业本，禁不住悄悄地掉了几滴眼泪，等到放学了，同学们都回去了，她才孤苦伶仃地找老师去了。

2

那老师就是李貌。

那是在李貌的宿舍里。

李貌的宿舍也是李貌的办公室,办公桌就靠在他的床头边。李貌当时坐在床边的那一头,蚊帐就垂在他的肩头上。阿香站在办公桌的前边。他让她坐在她身后的椅子上,她摇摇头,她不坐,她一进来就靠着桌边站着,然后就告诉李貌老师,说他们家的鸡蛋没有了,而且连下蛋的老母鸡也没有了。最后说,明天……她不来了,以后……也不来了……

作业本都没有了还来干什么呢?

她的话都是在心里压缩过的,但还是说得有些伤心。她一直地低着头,说完之后,她想李老师会有话要对她说的,等他说完她再回家去,然后就算是跟学校永别了,跟李老师,也永别了。

可她等了好久,就是没有听到李老师的回话。她忍不住抬起了头来,想看看李老师在干什么。她看到的却是李老师的目光直直地在看着她,她不知道那样的目光是什么目光,赶忙把头低了回去。他为什么只看着她不说话呢?她不知道。她想他会有话对她说的。她也希望得到他的一两句话放在心上,留着在往后的日子里慢慢地暖心。老师的话总是能让人心暖的。

她等着那样的话。

但她最后等来的，却是李貌的一只手。

那只手先是在桌面上敲击了几下，敲得轻轻的。显然，李貌的心里那时有些乱，有些拿不定主意，敲桌子就有点像是在敲鼓，在给自己助威。敲着敲着，他的手就大胆地朝阿香走过去了。他的手忽然在阿香的头发上轻轻地弹了弹，像是在替她弹掉头发上的什么脏物。阿香的心微微一紧，仿佛有股细细的风，随着被弹动的头发钻进了她的身子骨里，让她有股说不出来的感觉，但她稳住了，她不让自己动弹。李貌的手，便顺势在阿香的头发上摸了摸，看见阿香没有反感，便顺势一抓，把阿香的头发抓在了手心里，然后慢慢地往他的面前捋了过来。

"你的头发……真好！"

他一边捋着一边在嘴里说道。

阿香想，这跟我的作业本，跟我家的老母鸡，有什么关系呢？但她不知如何给他回答。

"你的头发……怎么这么好呢？"

李貌的心思好像粘在了她的头发上。

阿香知道她的头发长得好，长长的，又柔又顺，水一样在身后往下流着，一直流到腰下，从后边看，那头发好像还在不停地往下流，只是不知流到哪里去了。从别人的面前走过时，阿香总是喜欢甩一甩，甩得身后的那些目光也跟着一晃一晃的，真想上去摸一摸，看看那头发怎么长得那么好！

但她很少让别人摸过她的头发。

她也没想过李貌李老师有一天会摸她的头发。她觉得他摸得有点突然。可他是她的老师，她不想表示反对，她觉得如果反对了那就可能不是太好了，对老师不好，对她阿香也不好。不就摸一摸吗？摸一摸又怎样啦？何况明天她就不再是他的学生了。她于是抬头傻傻地笑了笑，有一点点想把头发从他的手里拉回来的样子，也仅仅只是样子，其实她一点都没有真的要拉。

她让他摸，嘴里顺便说道：

"好多人都说我的头发好。"

"是真的好。怎么这么好呢？"

"不知道。我妈说，我的头发生下就好，跟她的一样。"

"你是说，你妈的头发也好？"

"我妈的头发也是这样长长的，顺顺的，黑黑的。"

阿香说到顺顺的时候，不知怎么就把头发拉了回来，可能是自己也想摸一摸。李貌想把她的头发握住，一时却拿不定主意，只好眼睁睁地看着那黑黑的长发流走了，流回了阿香的胸前。

看着自己空空的手，他忽然问道：

"你真的不想读书了吗？"

"想也没有办法呀，我那老母鸡是回不来了的……我相信我弟弟的鼻子，他什么都能闻得出来。"

"我是说，除了那老母鸡，还有别的办法的。"

"除了等，还有什么办法呢？"

"等？……等什么呢？"

"等再养一只母鸡呗。"

"那要等多久呀？"

"等就等呗，我弟弟说，等到了，就该让他读了。"

"我说的不是你弟弟，我说的是你。你要是还想读书，你想过什么办法吗？"

"想过呀。"

"都想过什么?"

"没想出来。"

李貌的手指就又激动地敲起桌子来了。这一次,他敲得有点暗暗的兴奋,一边敲一边用目光罩住阿香的脸。敲着敲着,他的手突然收在了桌面上,盯着阿香问道:

"要是有了作业本,你会读下去吗?"

这分明是在暗示阿香什么,她敏感地抬起了头来。她看到李貌也在看着她。她马上把头低了回去。她有点不好意思。李貌已经看出了阿香的心思了。他不再问。他的手指在桌面上又轻轻地敲了起来,一边敲,一边让手指往前走,一直走到阿香的身边。这一次,他不去摸她的头发了,他顺着桌面,把手伸到她的腰靠着的桌边,然后直直地探下去。他把桌子的抽屉一拉,拉出两本崭新的作业本来!

作业本上,早就写上了阿香的名字!

阿香的眼睛当即一亮,心也跟着激动了起来,她的手马上就落在了作业本上。那是她的名字头一次写在那样的作业本上。她高兴得都要飘了起来。

李貌的手一直在桌边潜伏着。他望着她,嘴里说道:"下个学期,让你弟弟也一起读书吧,别让他等母鸡了。"

这又是阿香没有想到的。她两眼惊疑地看着李貌,嘴里都不知道该说些什么好了。李貌的手这时从桌边大胆地升起来,不慌不忙地升到了她的肩头上,然后慢慢地钻进她的长发里。阿香的目光也跟着李貌的手走着,她看见她的长发在李貌的手上,正慢慢地朝李貌的面前流了过去。但她不动,她看着他抚摸着她的头发。

"知道我说的意思吗?"

李貌直直地看着她的眼睛。

阿香当然知道他的意思是什么意思，如果只是为了帮她，为了让她有作业本做作业，为了让她的弟弟也一起上学，他用不着这样摸着她的头发的，而且已经摸过了一回了，如今又摸了一回。

她的心慢慢地就乱跳了起来。

她低下头，盯着手里的作业本。

她想该怎么给他回话呢？最后她说道：

"我回去先跟我爸爸妈妈说一声，好吗？"

李貌的心暗暗地就踢了他一下，踢得他有点心凉，踢得他手都松了，她的长发因此流了回去。李貌知道她的爸爸妈妈早就去世了，她怎么告诉他们呢？他们又怎么给她回答呢？李貌愣愣地看着阿香，嘴巴半张着，不知再怎么问话。

3

回家的路上，阿香高兴得像只醉酒的小猴。

她不停地摸着李貌摸过的头发，一路上都没有让它回到过身后。回到家里，她也一直让头发挂在胸前，好像他的手还一直在她的头发上放着。煮饭的时候，还不时地看着它；吃饭时候，也时不时地瞅一两眼，弄得自己都觉得有点傻傻的。她曾想在吃饭的时候告诉她的弟弟，又怕他嘴巴关不住，怕他胡乱说了出去。

她只对他说，过两天我们到爸妈的坟地去看一看好吗？弟弟觉得有点奇怪。他问她去干什么？又不是清明节。她没告诉他去干什么。她只说想去看一看。弟弟说想去你就去呗，我不去。

吃完饭，弟弟把嘴巴一抹，就玩去了。

阿香也想去玩，可一跨出门槛就站住了。

她突然不想再像往夜那样玩去了。

不玩又干什么呢？

她抚摸着胸前的头发，又想起了李貌。

想起李貌落在她头发上的那只手。她似乎感觉着他还在抚摸着她的头发……他的手还在她的头发上摸过来摸过去，摸过去又摸过来……她突然伸出了一只手，想把李貌的那只手抓住，但她抓着的只是她自己的头发。她不甘心。她想她得抓住他的手。她于是慢慢地跟着他的手，慢慢地又摸了过去……这一次，她慢慢地就摸着了一只手。她没有把他一把抓住。她不急，像是生怕惊动了它。她轻轻地……轻轻地让自己的手落在那只手上，连碰着的时候都是小心翼翼的……慢慢地，她终于摸出了味道来了……那种味道实在是真的好，有点酥酥的，有点痒痒的，酥痒得让人舒服，一直舒服到了心骨里。

其实，她那摸的是自己的另一只手。

她也因此很快就清醒了。

她忽然就明白了，明白自己的心一直还留在李貌的房屋里，还留在李貌的手上。她觉得她应该马上回到那里去，回去让他继续抚摸着她的头发。她知道，她只要愿意，他肯定还会摸她的头发的，而且会不停地摸下去。

那就回去让他摸吧！

她想，她应该马上去告诉他，说她爸爸妈妈已经答应了。答应不答应，不都是她自己嘴上说出来的吗？她就是真的到了爸爸妈妈的坟前，她也就是对着他们说一说而已，他们真的就能告诉她可不可以吗？

等有了时间再去也是可以的。

但她不想再等到那一天。

她得今天晚上就告诉他，就说他们答应了。如果他要问，你爸你妈他们怎么说？她就告诉他，说她的爸爸妈妈对她说，由你吧，这是你的事，你自己做主吧。她想她的爸爸妈妈真要能跟她说话，他们也是这么说的。他们还会说：香儿，他既然真的摸了你，他心里看来还是真的想跟你好的，你年纪虽然还小，但你不能说你年纪小你就不跟他好，你不能这样想。你要想，爸爸妈妈走了之后，丢下你拉着你的弟弟，你已经够苦的了，眼下有人想跟你好，这是老天有眼让人来帮你呢，人家是老师，人家有工资拿，你要是想过好日子，你不抓住他，你怎么过好日子呢？你一定要抓住他你知道吗？一定要抓住他！

爸爸妈妈会这么说吗？

她想会的。一定会的。尤其是妈妈。

当然，这后边的想法，她不能告诉李貌。她就告诉他我爸爸妈妈答应了，有了答应这两个字，李老师肯定就够高兴的了。他一定也在等着她的这句话。

门槛上的阿香，脑子里滚烫滚烫的，全身的热血好像都要往外涌。她猛地纵身一跳，从房门口跳到了高高的台阶下，然后身子一闪，就摸出了漆黑的村巷。

那是一个黑漆漆的夜晚。

前往学校的路，要穿过一条长长的山地。

山地里全都是高过人头的玉米，阿香一点都不怕。

就像一阵风，阿香转眼就出现在了李貌的房门前。

4

阿香到来之前，李貌一直坐在灯下看书，那是一盏用墨水瓶做成的煤油灯，灯火昏暗，还忽闪忽闪的。李貌的心跟那灯火一样，也是忽闪忽闪的，怎么也看不进去，看进去的字全都一行一行地闪了出来，都被阿香的长发在脑子里给挡住了。那是他终于摸到了手上的长发呀，而且还不是一般的摸。可他怎么也没有想到，他刚刚摸完还没有过夜呢，那长发又自己回到了他的手上。

她一进来他就让她坐到了床上。

他坐在她的面前，坐在那张椅子上。

她一坐下就把自己的头发捞到了胸前，一副很善解人意的样子。李貌自然也不再客气了，他的手一把就伸长了过去，直直伸进了她的长发里，然后满满地抓在手中。阿香的手自然也没有闲着。她不是想过要抓住他的手，要好好地感觉感觉他那手的滋味吗？她一抓就把他的手给抓住了。

他的手是热乎乎的。

她突然觉得，那味道与她把自己的手当作他的手时，一点都不一样，两种味道她都觉得好，不同的只是，眼下的这一种更实在一些，一个是热在心里，一个是热在手上。但他手上的那种热，也一下就热到她的心里去了，热得她心里顿时有点痒痒的，仿佛突然一下就生出了许多细细的绒毛，她的心胡乱地跳了起来。她知道他不会只摸她的头发的,这一点她在路上就已经想到。

但她不知道会发生什么?

他的手果然很快就离开了她的头发。

他也抓住了她的手。他们的手,先是相互地摸了摸,但很快就胡乱地忙了起来,忙得两人的呼吸也跟着越来越急促起来。

李貌最后站了起来,把她扑倒了。

两人随后就像一堆夹生的篝火,在床上胡乱地燃烧起来,烧得噼噼啪啪地乱响,但很快就灭了。激动过后,竟然是谁都没有感到激动前以为能得到的那一种滋味,那种滋味到底应该是哪一种滋味呢?当然是谁也不知道,心里只是觉得,那一定是很舒服很舒服的一种感觉,一定是舒服得让人想了又想,而想了又想之后,肯定会给人一种永远是甜甜蜜蜜的味道,那味道就像是过年时做的糍粑,虽然打的时候打得很累很累,打得人满头大汗,但流完汗把糍粑吃在嘴里的时候,会让人感到甜甜的,让人刚刚过完了这个年,心里就又渴望着下一年的到来。可是,他们眼下得到的,却一点都不是那样的感觉。

他感觉到的是难受。

她感觉到的,也是难受。

那是因为疼!两人都觉得好疼。你的疼,我的也疼。疼得像是突然被火在那里不明不白地烫了一下,却又不是完全地像,反正那种疼的感觉,是身上别的地方从来都没有感受过的。

他匆匆地收了身子,躺到了一旁的床上。

她身子一缩,蜷在床上歇了一下,然后就下床去了。

他说:"你怎么啦?"

她就蹲在床前的地上。

她说:"有点难受。"

他说:"是疼,是吗?"

她说:"是。怎么这么疼呢?"

他说:"我的也疼。"

她说:"我可能都走不了路了?"

他在床上便慌了起来,身子一翻,也下了床来。他要把她从地上扶起,她却让他别动。她说:"我自己起来吧,要是走不了路了,我就完了。"

听她这么一说,他就更慌了,心里暗暗地就怪恨起了自己,好像犯了什么大错了。他难受地看着她,看着她的身子从地上慢慢地站起来,也不扶她,他也想看看她是不是还能站起来,看看她是不是还能走路,她要是真的走不了路了,他就恨死自己了。

她终于站了起来!

她的身子虽然站得不是太直,有点像个老太婆的样子,腿根紧紧地往里夹着,像是在极力地要把那种疼给死死地掐住,不让那种疼跑出来,跑到她的腿上,或者跑到她身上别的地方。过了好一会儿,她才动了动自己的左腿,让左腿往前移了移,她不敢移得太多,移多了大腿分开了,又生怕里边的疼会跑出来似的。她移了一点点就停住了,然后再去移了移右腿,也只移了一点点,还用手去帮了帮。

"还能走吗?"

他在旁边比她还急。

她没有回话。她让左腿又移了移,跟着让右腿也移了移,慢慢地就把身子拉直了。然后,她站在那里提心吊胆地感觉着,先是感觉着腿间的疼有没有跑出来,慢慢地,她发现那两条腿还能动,显然,走路没有问题。

她放心了!

他跟着也放心了!

"回床上吧。我帮你揉一揉。"

她慢慢地挪着身子回到了床上。她让他帮。帮与不帮感觉是不一样的。她还感觉着,他帮她而产生的感觉,好像比刚才的那种感觉好多了,也舒服多了,于是就怎么也想不通。

她说:"怎么这么疼呢?"

他说:"不知道。"

她说:"是不是这种事都这么疼的?"

刚说完又觉着不对。

她说:"要是都这疼,人们为什么那么爱做呢?"

他想了想:"可能是我们做得不对。"

她说:"怎么不对?对是对了的,不对怎么会疼呢?"

他说:"这说的也是。"

她说:"你要是慢一点,可能不会疼吧?"

他说:"不知道。我们刚才慢一点就好了。"

她说:"还不都是因为你。"

他说:"我怎么知道呢?我要是知道,我不会那么急的。下一次吧,下一次我慢一点。慢一点也许不会这样的。"

她说:"应该吧,慢一点应该不会这样的,要不人们不会做的。"

也许因为疼的缘故,后来他一路地送她回家,一直送到村头才停下,临分手时又问了一句:

"还疼吗?"

"有一点。"

李貌便再一次地安慰她:"下一次吧,下一次我一定慢慢地给你,我要让你觉得好好的。"这话他是附着她的耳边说的。她在他的嘴边

点点头,轻轻地给他嗯了一声。她说:

"好的,下一次我们慢一点。"

完了他还吩咐她,让她以后晚上不要自己乱跑到学校去,他怕那样会出事的。她说没事的,再黑的路我也能走。李貌说不是的,我怕的是被别人发现了不好。别人要是发现了,知道你是到我那里就不好了。阿香一下就明白了,她说好的。李貌又说,我们俩的事,就我们俩知道,千万千万不要告诉别人,一个人都不能告诉。阿香说好的。她说别人就是知道了我也不会承认的,你放心吧。我要是承认了,你就完了,这我知道的。我们这里以前有人出过这样的事。李貌的心突地就踢了他一下,好像被人在后心窝上狠狠地给了他一掌。

"真的吗?"

"真的。"

"那你可记住了,只要不是在床上抓到就不能承认。"

"在床上抓到我也不承认,除非我们是光着身子。"

"那你刚才说的谁,他们是光着身子被抓的吗?"

"才不是呢,他们只是坐在床上,衣服都还穿在身上呢。是那女的傻呗,她自己说出来的,她说他们以前有过。那女的真的好傻。我们这儿谁都说她是傻瓜。"

"那我们注意点吧。"

"我知道。"

事实上,这种事情并不像人们在嘴上说的那样,说注意就可以注意得了的。欲望和灾难,就像一个人的两只脚,一只脚刚刚迈出,另一只便随后紧紧跟上。几天后,他们就出事了。

5

出事的这一天,他们先是做了一件傻事。

他们到山上去挖回了一棵树蔸,种在了他的窗户后边。

这件傻事是阿香建议的。头一天放晚学的时候,她捧着班里的作业去交给李貌,放下作业后,她扑着桌子往窗外胡乱地看了看,这一看,脑子里的窗外突然就出现了一棵树来。她想如果种棵树在那里该多好呀,山风吹过来的时候,那小树就会一摇一摇的,就像是在对他说话。她于是对他说道:

"明天我在你的窗户后边种一棵树好吗?让你每天早上起来,你一打开窗户,你就看到它。你看到它了你就会想到我。"

他觉得这个想法不错。他说:"好呀!那样晚上关窗的时候我也能看到它,然后我就可以一整晚一整晚地想着你。"

种什么树呢?阿香最先想到的是松树。在阿香的脑子里,那时候的松树是形象最高大的一种树,多少的人生意义都被课文和老师们拿松树来做比喻。但李貌却不同意。他说不,不能种松树。在我的窗户后种了松树,我这屋子成了什么了?阿香不知道李貌想到了什么,她说为什么,为什么不能种?李貌说你见过烈士陵园吗?烈士墓后边种的都是松树。她不知道。村里没有烈士陵园。她真的不知道。李貌是读书的时候在城里看到的。阿香的脑子里马上就冷了下去。她说真的吗?李貌说当然是真的。阿香说那种什么呢?两人的嘴里于是你一种我一种，胡乱地说出了好多的树来，又都觉得不是太好。到了最后，还是阿香拿了主意，她说别想那么多了，等到了山上，看见什么树好，就挖回什么树吧。

两人最后在山上碰着了一种叫鼠耳叶的树。鼠耳叶是一种找不到任何意义的树，而且长得很慢。听说以前有长高的，那都是上了几百年上千年的，但很少有人见到过。这种树叶子长得细细的，很密，上面的一层新叶子，永远是一种暗暗的红，就像小老鼠透明的小耳朵，让人觉得有些好看。两人于是觉得这种树不错，尤其是看重了它不容易长高，因为容易长高了，就容易被砍掉，不砍就会挡住了窗户上的阳光。你不能为了树就不要阳光吧？他们觉得阳光与树，对他的那一扇窗户一样的重要。

那一棵鼠耳叶刚刚种好，阿香的脑子里突然又上来了一个想法。她突然地尖叫起来，她说忘了忘了，我怎么忘了呢？一边说一边激动地拍着自己的大腿，她说：

"要不我们把它再拿起来吧？"

"为什么？"他惊奇地看着她。

"我想在树根里放上两颗石头，我一颗，你一颗。"

李貌一下就明白她的意思了。

"好呀，一颗是你，一颗是我。"

"对呀，我放的那一颗是我，你放的那一颗是你。"

"让树根一边长一边把我们紧紧地抱住。"

"你说会吗？"

"怎么不会呢？只要它活着，只要它长大，它就会不停地长根，它只要长根，它就会把我们紧紧地抱住。"

两人似乎已经看到了什么结果似的，一时都兴奋得笑在了脸上，笑得两人的脸都傻乎乎的。那棵树随后被他们挖了起来。然后，就找石头去了。李貌让阿香先去找。他说你先找吧。你找什么样的，我再跟着找什么样的。她说那我就找两个一样的就可以了。李貌说好的，那你就找两个一样的吧。她笑笑的就找石头去了。

窗户后边就是山脚，到处都是石头。阿香很快找来了两个拳头大的鹅卵石，有点扁，也有点圆，而且还有点白白的，却又不是那种完全的白，白里有点谷黄谷黄的样子，好像是在黄泥下埋久了，把黄泥的颜色吃到了里边去了。她让他看。她说你看这两块好不好？李貌接在手里掂了掂，他觉得有点像是两颗心，又觉得不像，觉得心不应该是这样的，他想给那两块石头找到一个说法，他把头歪了歪，就是想不出这两颗石头应该像他们的什么。最后只说可以，就这两块吧，你一块，我一块。

他们于是把那两块石头放到了坑里。

突然，阿香又想起了什么。她说：

"我们还是在石头上做一个记号吧。"

她把两块石头又拿了出来，对李貌问道：

"你一块，我一块，你要哪一块？"

李貌说随便。阿香把其中的一块递到了他的手上。她说那你要这一块。留下的那一块，她把它放到了地上，然后用柴刀前边的丁勾勾，在上边定了一个点，不停地敲打起来。李貌一看就知道了，他知道她要在她的那一块石头上打一个小洞眼，或者说是打一个小小的坑。他觉得她真是有点好玩，便说那我的呢？我也要在上边做一个记号吧？阿香说随便你，那你就打上你的名字吧。李貌觉得名字不好打。阿香说那你就打一条槽槽呗。说完一脸笑笑的。李貌从阿香的笑里看出了什么，就说好，那我就给我的石头打一条槽吧。

各人就丁丁当当地敲了起来。她在她的石头上打下了一个洞，一个眼睛一样大的洞，他知道那个洞是什么意思，但他不说。他在他的石头上敲下了一条槽，一条拇指头一样宽的槽，她也知道这个槽是什么意思，只是谁都没有把意思说到嘴巴的外边来，说了就没有意思了。丁丁当当的凿打声十分响亮，传得很远很远。一边凿打，嘴里还一边哼着一些零零碎碎的歌，快乐极了，就像两个穿开裆裤的毛孩子在玩什么过家家，有点可笑，也有点不可思议。对李貌来说，这其实并没有太多的什么想法。

他只是听她的。

因为他想得到她。

阿香却不一样。阿香是认真的。她是真的要把那棵树还有那两块石头，实实在在地种到她的心里去，她要让它们在她的心里生根，就像她要牢牢地抓住李貌一样，而且一生一世，永远都不放松，这是李貌怎么也没有想到的。

种好树太阳已经下山去了，两人的脸上都挂满了汗。阿香这时盯着李貌，笑笑的想说什么，却一直没说，但李貌却看出来了，他知道阿香心里想的肯定和他想的是同一个事情。他于是也笑笑的，说道：

"晚上，我们来一次，好吗？我一定慢慢的。"

"就怕你自己急呗。"

"我要是急了，你就别让我急，好吗？"

"那要是我急了呢？"

"你急了我就不让你急呗。"

6

说不急就不急，夜里还真的就一点都不着急。

床是阿香先坐上去的。李貌随后坐到床上的时候，想与阿香靠近一点，阿香却把身子挪开了，像是生怕靠得太近了两人又会急起来。她也没有要马上给他脱下衣服，就连脚上的鞋子她也没有忙着脱下。她只是默默地坐在床边，两个手静静地放在自己的两个大腿上，然后看着自己的两条腿在床沿一前一后地吊荡着，像是在荡秋千。阿香脚上穿的是草鞋。那时的阿香，白天穿的都是草鞋，只有到了晚上，准备上床睡觉了，才洗脚换上板鞋。那是在她自己的家里。在李貌这里，她不知道应该换上什么鞋。这一点她没有想过。

李貌的脚上当时什么也没穿。白天上山的时候，他是穿了胶鞋的，回来的时候就脱掉了。他觉着光脚挺舒服的。

李貌先是看了看阿香那两条晃来晃去的腿，然后去看阿香的脸。阿香的脸却在看着别处，在看着桌面上的那盏灯。

就是那盏用墨水瓶做的煤油灯。

灯的火苗在呼呼地飘摇着，好像在轻轻地笑着什么。

那是因为屋外吹进来的风。房门一直地敞开着。天太热，李貌还不想把门关上。除了他李貌，星期六晚上的学校，向来都是空空无人的。校长和老师们，总是一放学一吃完饭，就急急地把门锁上，然后急急地飞着两条腿往家里赶。他们的家离学校都不是太远，当然也不是太近，有六七里的，也有七八里的，都是本地人。只有李貌来自外地。李貌是师范学校毕业分到这里来的。李貌怎么也没有想到，这一天的校长和老师，竟然都因为他放弃了回家。他们都悄悄地躲在屋里，一直躲到天黑，然后悄悄地分布在房门外的暗处，等待着李貌把门关上的时候。

对李貌和阿香来说，门当然是要关的，他们不至于胆大到做那种事也把门张开着，让那种声音随便飘散。

他们只是不急。

他们要等一等。

他们想随便先聊一聊别的什么。在他们看来，夜长着呢！他们不想再像上次那样，急完之后只留下疼痛的感觉，他们要让这一次的感觉成为一种美好的感觉，他们要让这一次成为一次好好的。

想聊的东西很多，一时却不知从哪儿开口。

两人便依旧地看着那忽明忽灭的灯火。

灯火倒像是明白他们各自的心思，在胡乱地跳跃着，忽左忽右，忽上忽下，不时扑哧扑哧地在暗暗地发笑，很像是在拨弄着李貌和阿香的心。一股风突然扑了进来，把恍惚的灯苗扑得弯弯的，往一旁扯去，眼看就要被扯断了。李貌连忙弯腰把手伸长了过去，在灯苗的前边把风给挡住。

"我把门关上算了。"李貌说道。

"关吧。"阿香说。

李貌便往门走去。就在这时出事了。李貌手里的门还没有完全关上，门外突然嘭的一声震响，有人把李貌和门狠狠地踢开了。

阿香吓得猛地一声尖叫，险些从床上跌下来。她看见校长把一根绳子往李貌身上一丢，后边的两个老师就朝李貌扑了上去。

7

　　阿香被带到了另一个房间。
　　他们心想，只要阿香承认了什么，事实就是什么了。但孤儿多年的阿香，却不是他们想象的阿香。她没有因为恐惧而开口承认他们原来发生过的事情。她死死地咬着李貌给过她的吩咐，以及自己给过李貌的承诺。李貌在自己的房间里当然也不承认。两个人虽然被间隔在了两个不同的房间，但从他们嘴里问出来的话，却像是一个人的回答。不同的只是，阿香是先从她的老母鸡说起的，而李貌呢，则是从作业本说起，然后是她想在他的窗外种一棵小树。校长问为什么？他们说不为什么，就觉得好玩。然后就一起上山，然后是一起种树，再然后是一起吃了晚饭，她准备再坐一坐再回去，没想到门突然被踢开了。摸头发和那次疼痛的事，被他们死死地压在嘴里，一个字都没有说出来，就连校长他们想把作业本换成勾引的说法，也被李貌死死地咬在同情的二字上。
　　"那为什么要关门？"
　　"有风，风把灯快吹灭了。"
　　"我们要是不踢门进来呢？"
　　"那她再坐一坐就回家去。"
　　"会吗？不会吧？"
　　"怎么不会呢？"

"我们要听到的是实话。"

"我说的就是实话。"

"那你实话说吧,你摸过她没有?"

"没有!"

"……"

"他摸过你没有?"

"没有。"

"真的没有摸过吗?"

"真的没有摸过。"

"他是不是威胁过你,叫你不要说?"

"没有!"

"你不用怕,他要是威胁过你,你就告诉我们,有我们你不用怕,有什么你就说什么。你是孤儿,我们就像是你的父母一样,我们在保护你,你知道吗?"

"我知道。"

"那你告诉我们,这一次是第几次?"

"什么第几次?"

"就是你跟他的事,或者说,他跟你的事。"

"我不是跟你们说过吗?他碰都没有碰过我。"

"我们是为了你好你知道吗?我们为什么不等到半夜才踢门进来,你知道吗?我们怕的就是他把门关上了你就吃亏了,所以我们就踢门进来了你知道吗?"

阿香却一口咬定,没有发生过他们想知道的那种事情。

看看窗外的月亮已经偏西,他们在阿香的嘴里没有得到什么,只好把她放了回去。出门的时候,校长再一次告诉她:

"今天晚上是因为我们踢门踢得快,你知道吗?我们要是再晚一点踢门,你就哭了你知道吗?今天晚上不哭,明天晚上也会哭的,明天晚上是星期天,他肯定不会放过你的,你知道吗?你一个女孩子,你没爹没妈的,你要是被他给弄了,你就完蛋了。"

阿香没有回话。她连头都不给他点一点。她心疼的只是被绳子紧紧绑着的李貌。她知道他也是不会承认的,他不承认,他们会给他松绑吗?他们要是不给他松绑,他夜里怎么办呢?

他们当然没有给李貌松绑。

他们不会让他们的绳子说成是绑错了人,就是真的绑错了,也得问出一点东西来,然后证明他们的绳子绑的是对的。

"你以为你比我们聪明吗?"

"没有。我没说我聪明。"

"那你以为我们会相信你让她再坐一坐就走吗?"

"你们不相信我也没有办法。"

"那你得让我们相信呀?"

"我怎么说你们才会相信呢?"

"那你就说,你心里想没想过把她留下?"

"没想过把她留下。把她留下干什么呢?"

"干什么?干什么你自己不知道?"

"我没想过。"

"一点都没想过吗?"

"一点都没有想过。"

"为什么?"

"不知道。"

"是不是害怕?"

"谁不害怕呢？"

"害怕什么？"

"你们说的呗。"

"我们说什么？我们不知道你害怕什么？是怕坐牢吧？"

"……"

"那就证明你的脑子里还是想了嘛。"

"想了什么？"

"想搞她呗！"

"没有。"

"没有你怎么又想到了害怕？"

"这种事谁想谁都会害怕。"

"好，那你就说说，你怎么想到了害怕。"

"我没想过。"

"你不是说了害怕吗？害怕之前怎么想的，就说这个吧。"

李貌就是不说，只说真的没有想过要搞的事。

校长最后有点无奈了。他说："你要是真的不肯说，那我们就不陪你了，但我得先告诉你，明天的太阳肯定是个大太阳，你信不信？"说着他把脑袋递到了窗户边，嘴里又不停地嘀咕着："大太阳，明天肯定是个大太阳！"

8

老天爷果真站到了校长的那一边。

中午不到，阳光就火一样烧起来了，烧得到处都是热烘烘的时候，他们把李貌从房里带了出来，绑到了篮球架下，一边绑，一边告诉他，你要是真的厉害，你现在还可以继续不承认，但我们不太相信你会比太阳更厉害。李貌知道那样的太阳是很厉害的太阳，但他不怕，他怕的是一旦承认了，那就完蛋了。他死死地咬住牙。他告诉自己，只要晒不死，就让他们晒吧。心是这么说，可他们刚一走人，汗水就从脑门上滋滋地往外冒，接着是胸口，再接着是后心窝，最后是整个身子都黏糊糊的，就像一只全身都在渗水的沙袋，而且越流越多，越流越惨，就连眼睛上的眉毛，都是湿漉漉的汗水。慢慢地，眼睛也被汗水浸红了，他想再看一看眼前的阳光，都看不清楚了，看到的只是迷迷糊糊的一片。他仿佛都能听到那些汗水在滋滋有声地往外渗，他曾想认真地听一听，但耳朵里听到的，却几乎都是知了的惨叫。

没有多久，李貌的衣服就全部湿透了，裤腰也湿透了。这个时候的李貌，脑袋还是一直地耸立着的，而且还不时地瞟一眼校长他们坐着的地方，那是教室屋檐下的一个阴凉处，他们一人一张椅子，往后靠着，懒懒的样子，眼前的太阳好像与他们完全无关。李貌知道他们在等待着什么，但他就是依旧地没有做声。随着时间的折磨，李貌的脑袋最后还是撑不住了，就像断了一样垂直在胸前。脸上的汗水，这时已经没有了，布满了脑门的是晶亮晶亮的盐粒。他身上的汗水也没有了，衣服上原来湿淋淋的地方，最后全都晒成了一圈一圈的白盐，谁都知道，那都是从他的皮肉深处流出来的。

阳光下的李貌，最后怎么也合不上嘴唇了，咽喉里像在一阵阵地往外冒火。他多么希望校长他们能给他一点水喝，可他不敢跟他们开口。然而，他怎么也没有想到，就在这时，他的阿香突然出现了。

她提着一个旧粥筒，出现在了校长他们的面前。

她说:"我给他喝点粥,可以吗?"

他们也没有想到她的出现,所有的眼睛都盯住了她。

他们问她谁叫你来的?

她说:"我自己来的。"

他们说你来干什么?

她说:"我想给他喝点粥。给他喝一点可以吗?"

老师们的眼睛便都落到了校长的脸上。校长的眼睛突然闭了一下,但很快就睁开了。校长在别人面前想问题的时候,总爱这样,好像不这样他就不是他们的校长。他向她招招手,让她把粥筒递给他看一看。阿香递过去的时候,把粥筒晃了晃,把里边的粥晃得响咣咣的,一听就知道筒里的粥并不多,也就半筒不到的样子,而且还挺稀的。

校长接过粥筒看了看,还打开了盖子,闻了闻就盖上了。

阿香说:"就一点粥,没有别的什么。"

说着朝校长伸过手去。

校长却没有把粥筒递过去。他看了看眼前的阿香,突然,他将粥筒高高地举过头顶,没有等阿香看清楚是怎么回事,他已经把粥筒狠狠地摔在了脚下的一块石头上,将粥筒摔碎了!

嘭的一声闷响,粥泼了一地。

阿香顿时完全地惊呆了。

她没想到校长会这样。

她的眼睛死了似的盯着流在地上的那些粥水。她看见那些粥水眨眼间就被那干燥的泥地给吸干了,只剩了半抓白净净的玉米头,粘在半边破碎的粥筒片上,阿香的眼睛不由得一亮,她几乎没有多想就扑了上去,她要把那些玉米头抓到手里。

但她还是晚了。

就在她蹲下的同时，校长的脚尖闪电一样磕在了那块粥筒片上，粥筒片顿时一跳，就把上边的那半抓玉米头统统地抛到了空中，随后撒落在了四周的尘土里。

阿香的两只眼睛顿时就完全地傻了。她显然有生以来都没有碰到过这样的事情。她突然就呜呜地哭了起来，她说：

"这粥筒我是借来的，回去我拿什么还给人家呢？"

"走开！"校长张大着嘴巴朝她吼道，"要哭到他那边哭去，也好让他知道，你这都是被他给害的。"

阿香被吼得吓了一跳，她站起来就朝李貌那边走去，走没多远就转过身来，她指着地上的半边粥筒，对校长说：

"我拿这个到河边舀点水给他喝，可以吗？"

校长没有给她回话，他伸手捡起了那半边粥筒，在地上狠狠地砸了砸，看看不能再装水了，就丢到她的脚下。阿香没有捡起，她转过身，两手空空地走到李貌的身边。李貌一直在看着，他的心也被校长给一下一下地砸碎了，但他感觉着最难受的并不是心疼，而是依然火一样在燃烧的咽喉，他觉得咽喉的下边像是烧着了一把火，把他咽喉里的水分全都烧干了，一股股干燥的热气，正从咽喉深处呼呼地往外冒，从嘴里，从鼻孔里，从眼睛里，呼呼地往外冒……没有等到阿香蹲到他的面前，他就急急地对她说：

"你帮我求求他们，求求他们给我一点水喝。"

她看见他的嘴唇已经干得泛白，但她还是有点怕他们。她回头伤心地看着他们："我给他一点水喝吧，可以吗？"校长没有回答，他看了看身边的老师，有人便朝阿香喊道："那你就用嘴巴到河边去给他含一点上来吧。"阿香一听就朝河边跑去。球场就在河岸的上边。只听得一阵急急的脚步声，阿香就含着一嘴的水，奔跑着回到了李貌的身边。她要把嘴里的水喂到李貌的嘴里。

但李貌不让她喂。

李貌不停地摇着头。

他知道如果那样就上当了。

"不要！不要这样！不要……"他告诉她。

阿香的嘴鼓鼓地努了几下，看见他怎么也不肯把嘴给她，心里也很快就明白了，但她没有随意地把嘴里的吐掉，而是扑哧一声，把水喷在了他的脸上。她说：

"我有办法了，你再等一等。"

转身又往河边跑去，等到阿香再一次跑回来的时候，已是全身湿淋淋的，显然，她把自己泡到河里去了，尤其是那一头长发。

远远地，李貌就看到了。看到了她那一头长发湿漓漓的捧在手里。他一眼就明白了她的心思了，没有等她跑到身边，就使劲地往下挪着身子，一直挪到挪不动了，才蹲着身子挂在那里，然后向天张开着大嘴，让她把头发里的水流灌进他的嘴里。

校长和老师们顿时都有些震惊了！

没有人想到她会这样给他水喝。

李貌突然歇了一下，对阿香说道：

"你头发里的水，好甜，好香。"

"我早上刚刚洗过的。"她说。

李貌深深地缓了一口气，又朝阿香张开了嘴巴。

"不能这样！"有人突然站起来吼道。

校长的手却突然举了起来，他把那老师给拦住了。校长也没有说话，他只是愣愣地看着，看着李貌的嘴巴在源源不断地接着从阿香头发里流下来的水。老师们也愣愣地看着，他们的咽喉也在暗暗地抽动着，好像从阿香头发上流出来的水，不仅仅是流进了李貌的嘴里，同时也流进了他们的咽喉之中。阿香不知道她的那一头长发到底能装多少水，眼看快要滴完的时候，她说我再去要一回上来吧，李貌却把她叫住了。

他说："够了。别去了。"

她说："那你就再喝点。"

她慢慢地绞动着她的头发，把水紧紧地往下挤，又一滴一滴地滴进李貌的嘴里，流进李貌的咽喉深处。

"真的很香吗？"她问。

"真的。"他说。

李貌慢慢地就闭上了眼睛，他想再一次地回味着刚刚感觉到的那种香甜，他想把所有喝下去的水都集中起来，然后再好好地感受感受那种香甜的滋味，但他已经做不到了，那些水也不听他的，它们已经渗透到他血液里边去了，他于是长长地吸了一口气，这一吸，却把那种浓浓的香甜又吸了一些回来，他发现那种味道还没有完全走远，有的还在他的咽喉里，有的还在他的嘴腔中，有的好像是从血液里被他感召出来的……那样的一种香甜，他想他以前喝到过吗？没有。绝对没有！他发现他有生以来从来都没有喝到过这么香甜的水，他知道那种香甜肯定不是来自河水，而是来自于她的头发。她的头发怎么那么甜呢？他把所有的惊奇都挤在他的目光里，感激不尽地撒在她的头发上。

她的头发湿淋淋的还在往下不时地滴着水。

他想对她说一声谢谢了，但他最后没说。

他依旧感激地凝视着她，真想把她抱在怀里。

她也望着他，两只眼睛充满了鲜嫩的柔情。

她说："你没有承认吧？"

他说:"没有。你呢?"

他们的声音很细,细得只像是呼出的气息。

她说:"我也没有。"

他说:"你是个好人。"

她说:"你也是。"

他说:"不知道他们还给不给我当老师?"

她说:"不知道。"

他说:"他们要是不给我当老师了我怎么办?"

她说:"他们要是不给你当老师了我也爱你。"

又说:"他们要是不给你当老师了你还会爱我吗?"

他说:"会的,我会爱你的。"

又说:"只要我不死,我就会永远爱你。"

她的眼泪突然就下来了。

她说:"你不会死的,你怎么会死呢?"

他说:"他们会放了我吗?"

她说:"你不说他们就会放了你的。"

又说:"我就是什么也不说,他们就放了我。"

他说:"我跟你不一样。"

她说:"一样的,怎么不一样?"

他说:"我是老师,你是学生,不一样。"

她说:"会一样的,你不要怕。"

他们的对话最后还是被他们发现了。

有人大声喊道:"你们在说什么?"

阿香这时站了起来,她说:

"他说他快要饿死了。"

"你不是给她喝水了吗?"

"他说他不渴了,他说他肚子饿。"

"你让他先承认吧,承认了我们就放了他,他就可以不饿了。"

"让他承认什么呢?我们真的没有你们说的那种事,你们怎么不相信呢,你们放了他吧?"

校长他们没有理她,他们朝她挥挥手,让她走人,他们说你回去你的吧,这里没你的事,你回去吧。阿香不想回去,但又不敢不走。她望了望被绑在篮球架下的李貌,慢慢地离去。

过了好久,李貌才隐隐地感觉到后背上有点火辣火辣的,他知道,那是使劲往下挪的时候,把背脊上的皮肉给搓伤了。但整个人的感觉,却是好多了。他慢慢地又把身子往上伸直了,然后深深地喘了一口气,然后抬着头,看了看空中的太阳,太阳依然是烈火一样,他的心里却已经好受多了。他想等到太阳下山的时候,他们会放了他的,他不相信,他们什么也问不出来,他们还会一直地绑着他。他想不会的。李貌没有想到,第二天,他们竟把他送到了一家林场去了。

9

那家林场叫作云顶。

还真的就仿佛在云的顶端,一出门就一直在往天上走,却又不能直直地往那天上走,而是拐来弯去,弯去拐来,又陡又远。太阳还没有出来他们就上路了,一直走到太阳下山的时候,他们才看到了几条狗,从不远处的炊烟里朝他们狂叫着奔来。云顶的狗不认识他们,以为是什么坏人来了。云顶的人知道了民兵们的来意后有点想不通，他们说，那你们把他送到牢里去不就行了吗？民兵说，把他送牢里去不行，送牢里反而便宜了他，读书人到了牢里，或者进了劳改农场，听说除了没有女人，日子比我们这些牢外的人还要好过。民兵于是说，这样的老师，你说我们能让他到牢里去享福吗？狗的主人觉得也对，就一边点头一边说，那是，那是，怎么能让坏人去享福呢？于是指着被丢在不远处的李貌，对身边的那些狗说，你们听着，那个人是送到我们这儿来接受改造的，你们得把他看好了，他要是不听话，你们就咬他，把他裤裆里的东西咬下来。说着双手一轰，狗们就往李貌围了过去，吓得李貌赶忙从地上站起来，双手紧紧地箍住自己的裤裆。

那些狗却没有伤害他。

那几个守林人，也没有伤害他。

第二天，他们就让他跟他们在一起吃，让他跟他们在一起住，并团坐在深山的月光下，请他叙述他和阿香的事情。他们问他，那女孩是不是很漂亮？李貌说一般。他们不信，说一般你搞她干什么？都说肯定不会是一般的女孩。李貌说真的一般，但他告诉他们，阿香有一头很漂亮的长发，而且那长发里有一股醉人的香味。说完还情不自禁地咂了咂嘴巴，好像从阿香的头发上流下的水，还一直地留在他的嘴中。他们便呵了一声，说那你肯定还是搞了。李貌说真的没搞。他们就说不可能，你不是说她的头发漂亮吗？那你肯定是想办法摸了的，你说你摸了没有？李貌笑笑的没有回答。他们说你肯定是摸了，你既然摸了她的头发，有谁相信你的手不会顺着她的头发往下摸呢？你说，你往下摸了没有？李貌还是笑笑的没有回答，心里只在暗暗地想，原来男人的心思都是一样的，都知道想摸的不仅仅是头发，而是头发下边的腰，还有腰下的更多的东西！他们说，既然你顺着头发往下摸了，那你就不用说搞了还是没有搞,你肯定是搞了她了!但那一个搞字,李貌还是给予了坚决的摇头。他说真的没搞,真的!他想他要是给他们说出了他与阿香的事情,灾难还是会随时落到他的头上。他心里暗暗地告诫自己,不管他们对自己怎么好,跟阿香睡觉的事,还是一丝一毫都不能泄漏的。对谁都不能泄漏。否则,他李貌可能就会因此而完蛋。那样他们就会把他从林场里转送到牢里去。

10

阿香是在学校大门前的一棵大树后,看着李貌被两个背着长枪的人送走的。那天早上,她上学上得特别早,她说不清因为什么。阿香当即就吓了一跳,她的心像被一只手紧紧地捏着,捏得她慌慌的气都有点喘不上来。她想跑上去,去问问他,他们要把你送到哪里去?但她的身子却紧紧地巴在树身上。她怕!怕他们把她也一起带走。她如果也被带走,她弟弟怎么办?她只好眼睁睁地看着他被押着渐渐走远。

然后,她转身跑回了家里。

从此,她便不再到学校去了。

李貌到底去了哪里,她没有问过别人,她怕别人因此而追问她和李貌的事;知道的人也没有一个要告诉她,都生怕会因此而增添了她的伤心,毕竟,她还是一个孩子,而且,在村里人的眼里,她是被李貌给害的,他们只会时不时地在远处看着她,一脸怜悯地替她摇着头,偶尔会在嘴里轻轻地感叹一句:这女孩的命怎么就这么苦呢?

李貌在她的心里,后来被她完全地放在了他给她的那两本作业本上。好像那两本作业本就是李貌似的,她把它们放到了枕头的下边,躺在床上的时候,她会时不时地把它们摸上来,有时久久地贴在脸上,一本贴在这边脸上,一本贴在那边脸上,好像那就是他的两只手,好像他的两只手在轻轻地抚摸着她的脸,让她感觉到他就在她的身边;有时,她把它们紧紧地贴在心口上,她让它们能听到她那怦怦的心跳,那样的心跳,有时虽然让她有种说不出的忧伤,但有时会给她感受一种莫名的力量,好像那怦怦的声音是他的心在和她的心跳在一起。

她一点都没有恨过他。

她想她恨他干什么呢?

她爱他都不知怎么爱呢,她恨他干什么呢?

她想他也是爱着她的,他爱她他就会回来的。等到他回来的时候,她就可以跟他在一起了,因为她已经不是学生了。不是学生了就什么事也不会有了。然后……然后两人等着的,就是她的长大,等着她长到十八岁的时候。

他会等着她吗?

她想他会等她的。

她想他会一辈子都忘不了她的长发,忘不了他们的美好承诺,他说了要好好地给她一次的,好好地给一次,谁都不急的一次。

她想他会的。于是就这样默默地等着,一直等到她弟弟背着她的书包去当学生的那一天,她弟弟才从一个姓刘的老师嘴里,得知了李貌的消息。那刘老师是校长的一个亲戚,他是顶替李貌的空缺来的。刘老师问他,你姐姐到云顶林场去看过你的姐夫没有?她弟弟不知道刘老师说的是什么意思,回家就告诉了她,她一听,就明白了。这时已经过去了好几个月了。她相信弟弟说的是真的。当天晚上,她就做了一个梦,梦见李貌被人一直绑在林场的一棵大树下,就像那天被绑在篮球架下一样，所以他不能来看她。醒来之后，她马上把弟弟推醒，她说她想到云顶去看看李貌。弟弟迷迷糊糊的，嘴里却说，去你就去呗。她说那我就去了。然后就背着一个新崭崭的粥筒，天刚蒙蒙亮就上路了。

云顶的人见到阿香的时候几乎都傻了，他们的眼睛都睁圆了，都觉得这阿香是真的长得好，比李貌嘴里说的好看多了，于是就都遗憾地告诉她：

你来晚了！

他回他的县里去了。

李貌是五天前刚刚离去的。

他们告诉阿香，李貌是他村里的人来要他回去的。来的是一个老头子，他说他是他们那里的村主任，李貌叫他主任大叔。那主任大叔对他们说，他们那里已经好久没有出过老师了，好不容易才出这么一个李貌，没想到他却分配到了这里，让他们最最没有想到的是，来到这里的李貌竟出了那样的事情，实在是太可惜了，他们觉得让他这样在林场里呆着，还不如让他回到家乡去，在哪里改造不是改造呢？回到他们那里，他不光可以继续改造，还可以给家乡的孩子们教书。

可阿香想知道的是，他还会回来吗？

他们告诉她，那主任大叔是替他办了手续的。办了手续，就不再是这里的人了。李貌永远不会再回来了。

阿香便难过起来，她说：

"那我怎么办呢？"

他们说你们俩真的很好很好吗？如果你们俩真的很好很好，你真的很想他很想他，那你就找他去吧。他们还说，你要是不去找他，他就会跟别人相好的。

阿香便摇起头来。她说：

"不会的,他不会跟别人好的。"

他们说怎么不会呢?你要是不去找他,他就会以为你不跟他好了,你不跟他好了,他怎么不会跟别人相好呢?

阿香便有些急了起来。她说:

"我去找他?我弟弟怎么办?我弟弟才刚刚读书呢。"

他们好像没有听懂她的话。

他们不知道她和她的弟弟是孤儿。

他们说你弟弟刚刚读书关你什么事呢?你去你的呀!

阿香的神情便哑巴一样,呆呆地看着他们。她说:

"他跟你们住了这么久,他都没跟你们说过我吗?"

看她着急的样子,他们便暗暗地发笑。他们说怎么说呢?我们求过他,我们让他给我们说说你,可他就是不说,他只是告诉我们,说你的头发好,好像他爱的只是你的头发似的。

她说:"真的吗?"

他们说当然真的啦。

阿香的心随即就好受了起来了,她情不自禁地就撩了撩从肩头上披下来的头发,心想这就够了,只要他心里有她的头发,他就永远不会忘记她的。她心里有这个底。

11

从云顶下来的那一天,李貌曾想过要去看一看阿香的。他想跟她说一声他回老家去了。他还想吩咐她,只要她愿意,可以在她十八岁的时候去找他，带着她的弟弟一起去，然后跟他结婚，然后永远地在一起。可李貌的嘴巴刚一张开，主任大叔就死死地堵住了。主任大叔说不行，你不能去，你要是去了，说不定就回不去了。李貌说为什么？主任大叔说这还用问吗？你不是不承认你和她有那种事吗？你要是去找了她，那不证明你和她的事是真的了吗？然而，看着李貌一脸想见阿香的样子，主任大叔还是真的有点担心，担心李貌下山后会控制不住又找阿香去，于是，不等走到半山腰，就带着李貌改道了。

路上他告诉李貌，为了把他弄回去，他求了不少人，有的人，求得他脸都快没了，人家才给他点头答应。

李貌便一路地谢个不停：

"谢谢，真的谢谢了！"

主任大叔要的却不是他的一两句谢谢。他说："这事你不能光在嘴上谢我，你得告诉我，你心里打算怎么报答。"

李貌无法明白主任大叔的心思，他还真的想不清嘴上说的和心里想的有什么不同。主任大叔走在前边，他走在后边，他看着主任大叔那一起一落的脚后跟，愣愣地走了好半天，还是不知道该打算怎么报答，最后只好说：

"我会报答你的，我一辈子都忘不了你。"

"可我现在就想知道，你想怎么报答我？"

"我……我不会再让你们失望就是了。"

"这也还是嘴上的话，我想听心里的。"

"那你说吧，你希望我怎么报答你？"

"我要是说了，那不成了是我说的了？"

"不会的，你说我该怎么报答，我就会怎么报答的。"

"你既然这么说了，那我可就说了？"

"说吧,我该怎么报答你就直说吧。"

"其实呀,我的心愿也不是太高,我只希望,你回去后一定要好好听话,你只要听话了,我们也就心满意足了。"

"那你就放心吧大叔,我怎么会不听话呢?是你辛辛苦苦把我要回去的,回到了家,我要是不听话,你说我还是人吗?"

"那倒也是。"主任大叔似乎暗暗地缓了一口气,他接着说,"那就好,那就好。不过这话可是你自己说的?"

"当然是我自己说的,这你就放心吧。"

李貌怎么也想不到,主任大叔的这番话是有他的目的的,他在为他,也为他下边的话垫了一个厚厚的底,好多天之后,李貌才从他的话里翻过身来。然而,那却是好多天之后的事了。听到李貌口口声声地说自己听话,主任的心慢慢地也就安稳了,但他随后还是加了一句,好像刚才的那一个底只是一扇门,门关上了,他需要在门上再加一把锁。他说:

"其实想想也是,你回来了要是不听话,你说我们还把你要回去干什么呢?还不如让你继续受苦,让你留在这里,就当着我们那里没有出过你这么一个老师就是了,你说是吗?"

李貌急忙又说了一大堆让主任大叔放心的话,他说你放心吧,放心吧,我没有理由不听话的,我有什么理由不听话呢?我一点理由都没有。主任大叔便不住地说好好好。随后便告诉他,说他上云顶林场之前,曾到村里偷偷看了一眼阿香。李貌忙问:

"那你见到她了?"

"见到了。但我没有跟她说话,她也不知道我是谁。"

"我知道你为什么要见她,你是想看看她长得好不好。"

"就算是吧。你们的事,你知道村里都是怎么传的吗?"

"我怎么知道呢？村里怎么传的？"

"他们说，这女孩肯定是一个大屁股的女孩。"

"才不是呢。你看到不是吧？"

"我原来也以为是，没想到还真的不是。"

"村里是瞎猜的。"

"他们以为你可能会爱上一个跟你妈一样的呗。"

"怎么扯到我妈那儿去了呢，我妈又没得罪过谁。"

"他们也就说说而已，又没说别的，没说别的。"

"可我妈的屁股哪算大呢？才不算呢。"

"算！你妈那屁股怎么不算大？她的不算谁的算？"

"你怎么也瞎说呀，大叔？"

"就算是瞎说吧，可村里人全是当真的。你知道吗？村里人然后就死活地一定要给你也落实一个屁股大一点的女孩。"

"给我落实一个女孩？为什么？"

"为什么？为了你好呗，希望你一回去就可以成一个家呗。有了家你就可以安心地给孩子们教书呗，免得你人回来了，心却老是挂在那个叫阿香的女孩身上，那不是把你给害了吗。我当时还跟他们说，我说不行，我当时反对，我坚决反对！我说这样不好吧，婚姻自主恋爱自由，我说等你回来了你要是看不上，我们岂不白白地瞎忙了吗？可我的反对屁都不如。他们说，我们就不相信我们这么多人的眼光还不如李貌一个小孩的眼光？除了我，他们所有的人都说不落实不行，一定要给你落实，没办法，我就一张嘴，说不过他们，只好少数服从多数呗，然后就死活让我作动员工作。那动员工作实在是让我做得头疼，我是左磨右磨，右磨左磨，磨了好几个晚上，嘴皮都磨破了，才算帮你给磨通了。"

李貌的心顿时就乱了起来。可嘴上已经说出了那么多保证听话的话了，还能再说不愿意吗？但他的腿还是禁不住慢慢地软了下来，最后，悄悄地坐在了路边的一块石头上。大叔走在前边，李貌走在后边，大叔走了好远，才发现路上的脚步声好像只有他一个人的，于是就停了下来，也不回头，只是听着。后边果然什么脚步声也没有。路是弯的，到处都是高过人头的草木，他知道回头也看不到李貌，便也坐在了路边的一块石头上，然后抽他的烟，可抽完了一锅烟了，还是听不到李貌跟上来的脚步声，就又装了一锅接着抽。这一锅他抽得很慢，似乎知道后边的李貌不会在他抽完两锅烟的工夫里就可以跟上来。他理解李貌这时候的心情。慢慢地，第二锅烟也抽完了，果然还是看不到李貌跟上来的影子。他还是不急，也不再抽了，只将烟锅一下一下地磕在坐着的石头边上，并不使劲，只是轻轻地，好像就磕在李貌的脑袋上，也不停，他知道那声音会帮他慢慢地传过去，传到李貌的耳朵里，很有把握的样子，果然，李貌的脚步声慢慢地就过来了。

李貌的眼睛有点红，显然在后边悄悄地流了不少泪，但他已经擦掉了，是咬了牙擦掉的。

大叔看了李貌一眼，问道：

"是不是有点……想回林场去？"

大叔的声音很轻，李貌却听得清楚。

李貌低着头，没有摇头，也没有点头。

大叔就把目光投到了头上的天空，他说：

"太阳很快要下山了，太阳一下去天就黑了。"

说着就站起来，也不招呼就往下边的路继续走去。

李貌在后边默默地跟着。李貌的脚步声很响，但大叔却能听得出那是拖出来的声音，声音里有点飘，有点晃，有点怎么也稳不住，但大叔却不再多嘴。他要的只是李貌的脚步声能一直地跟着他走,这就够了。

12

　　那个大屁股的女孩,其实就是主任大叔的女儿。
　　离村子还有五六里地的山路上,他们就看到她了。她高高地坐在路边的一块大石头上,说是一直在等着他们的回来,等得她屁股都麻了。说着就响响地拍了拍已经站起来的大屁股,嘭的一声跳到路上,然后把李貌肩上的担子硬夺了过去,一脸笑笑的在前边先走了。李貌和她的爸爸,两人在后边空着手,慢慢地走着。
　　李貌已经很久没有回村里了,进师范学校后就再没有回来过,他没想到主任大叔的女儿都长成了这个模样了。看着她那磨盘一般一摆一摆的大屁股,他的脑子里曾恍惚地闪动了一下,心想主任大叔说的那个女孩会不会就是她呢,可他当即就又怀疑不是的,心想主任大叔怎么会把自己的女儿嫁给他呢?他还想,如果主任大叔要是让他的女儿嫁给他,为什么不在路上明说呢?他想不是不是,肯定不是她,再说了,人家是主任的女儿怎么会嫁给你呢?明摆着你又是一个因为与女学生出事的老师,这就好比一块明摆的臭肉。谁愿意捡一块被丢弃在路边的臭肉呢?人家又不是狐狸?只有狐狸才喜欢吃臭肉呢。主任大叔他愿意当狐狸吗?他的女儿愿意当狐狸吗?肯定不愿。主任人叔就是能说服他自己,可他怎么能说服他的女儿呢?天下哪有这样的好事。李貌想,肯定另有一个大屁股的女孩。那女孩一定在等着他的回来。也许就在村口。

然而，那个大屁股的女孩就是主任的女儿！回家的第五天，主任大叔就让他们登记结婚了。李貌也因此把主任大叔改口叫作了爸爸。那几天的李貌，心里涌动的情绪，几乎都是无尽的感激和无比的幸福，他觉得主任对他真是好，简直比他的父母还要好，他觉得自己也许一直到死，都报答不了他的恩情。他还想，等到与妻子同房的那一个晚上，他一定要好好地给她，他一定要慢慢地，他无论如何也不能让自己着急，以免给妻子造成那种疼痛的遗憾，同时也好给自己还一个心愿，让自己也在慢慢地行事中，真正地享受到一次做爱的幸福和快乐。

13

那是一个月亮极好的晚上，整个夜空都被照得蓝幽幽的，深极了，也远极了，深远得就像天与地都同时地浸泡在了一口宁静的深潭里。吃完饭，妻子刚收拾好碗盏，李貌就想钻进屋里去。妻子说忙什么呢，我们先到外边逛逛月亮，乘乘凉吧，好吗？李貌心里不想去，嘴里却说逛就逛。两人刚一出门，回头就看到主任坐身在门槛上。妻子告诉李貌，他爸爸就喜欢那么坐着乘凉。她说等他回屋里睡了我们再回来好吗？李貌想问为什么，但嘴里却说好的。可是他们回来时他还是依旧地坐在门槛上。李貌便随口问了一声：

"爸，还没睡呀？"

"你们睡吧。我再坐一会儿。"

他好像心里还有事要想，一边说一边抬身让他们过去，然后继续重重地坐在门槛上。

堂屋里黑漆漆的,一盏灯都没有点上。

李貌和妻子也是摸到自己的房里才点上灯的。说不清是不是为了那天晚上的好事,李貌早在大白天里,已经把灯通擦洗得通体透亮。那当然不再是那种墨水瓶做的煤油灯了,而是一种大号的煤油灯,长长的灯盏,高高的灯通,有点像是火炬的样子。那是主任大叔拿回来的。李貌悄悄把门关上,回头对妻子说:

"爸怎么还没睡呀?"

"他不想睡呗。管他呢,我们睡我们的。"

两人说着就上床去了。李貌没有想到的是,他的心情和妻子的心情却是完全地不同,他这边是小心翼翼,生怕一不小心就会把她给弄疼了,就像上次把阿香给弄疼了一样;而她那边却像一只饿虎,只恨不得将他一口吃掉。看着她那一闭眼就急得火烧火燎的样子,他马上就想到了和阿香的那一次情景,尤其是他,他想头一次的他与眼下的她,是多么地相似,心里想的只是要把得到的东西马上得到,否则就会飞了一样,于是他轻轻地告诉她:

"别急,你别太急好吗?急了我会把你弄疼的。"

可她不。她要的就是急。她急得就像一盆已经熊熊燃烧的大火,她需要他的就是不停地给她添上干柴,她怕火会突然灭了。但他还是极力地耐着性子,他要压住她的火势。他说:

"真的,你别急,急了你会被我弄疼的。我跟一个女学生有过这种事,这你知道的吧?"

"谁不知道呀?村里谁都知道。"她说。

"我想说的不是这个,我想跟你说的是,我和她做这种事的时候,因为我们什么都不懂,我们只是急着要,我也急,她也急,急得我们两人后来都疼死了。"

"你那是第一次吧？第一次当然疼啦，谁第一次不疼呢？"

李貌的心突然就踢了他一下，踢得他有点发闷，他愣了一下，像是闻到了一股什么怪味，那股怪味当然是从她的那句话里冒出来的。这么说她今天晚上不是第一次！他看着她想道。妻子也在愣愣地看着他，看着一直趴在她身上的李貌。她顿时也明白了李貌的吃惊，问道：

"我爸他没有跟你说过吗？"

"说什么？"

"我的事呗。"

"你的什么事？……"

妻子完全地明白了，但她还是再问了一遍：

"我爸真的没有跟你说过我的事吗？"

"没有。他什么都没有跟我说过。"

妻子的两条胳膊，这才从李貌的身背上滑下来，摊开在床的两边。她似乎有点不可理解。她说："他怎么不跟你说呢？"她于是告诉李貌："我跟你一样，我原来也跟过一个人。"

直到这时，李貌的身子才从她的身上软软地翻了下来，有气无力地躺在床上，像是随时要死去的样子，半天不知如何开口。

"你怎么啦？"见他没有吭声，她侧过了身来。

李貌动也不动，像是大白天里被人给骗到了一个山洞里，洞很深，洞也很黑，黑得什么也摸不着，摸着的只是怦怦的心跳。

妻子呆呆地看着他，也不再说话。

最后，李貌从床上坐了起来。

"怎么？你不想睡啦？"

妻子伸手拉了他一下，李貌头也不回地拨开了她的手。他撩开蚊帐，在黑暗中胡乱地穿上了衣服，打开房门就往外边走去。然而，他的两条腿刚刚跨出房门，就自己站住了。

堂屋外的大门，依旧地敞开着，像是黑夜的一张大嘴。坐在嘴上的主任大叔，一直老样地坐着，动也不动，看上去就像一颗坚硬的老牙。

14

那天晚上的李貌，后来只好一声不响地，摸黑回到了床上，回到妻子的身边。妻子倒也没有发火。她也没有急着去动他。她碰都不碰。她知道他就躺在床边上，她要是一碰他，弄不好会把他吓得落身床下。为了让他躺好，她自己也静静地躺着，还尽量地往床的里边靠，一直靠到墙边，让他们两人的中间，空出好大的一块地。那样地沉静，静了好久，静得只剩了两人一进一出的呼吸声。谁的心里都知道，越是那样，两人就越是睡不着。她的心里最后守不住了，她开口先说道：

"我告诉你那个人是谁吧，免得你睡不着。"

这话说出之前，她朝他轻轻地挪了挪身子。李貌却没有反应。他还是那样静静地躺在床边，像是把身子悬在一块高高的峭石上，眼睛一直地睁开着，像是生怕一不小心就会把身子翻到悬崖的下边去。但他的耳朵耸着，他听着妻子对他的叙述。妻子告诉他，说那个睡过她的人，是县里一个当官的，很大的一个官，她给他睡了她，是因为她以为他会娶她，她父亲也以为他会娶她，所以，她让他睡她，他父亲也让他睡她。那个官是下乡到他们这里指挥双抢的，一边抢收，一边抢种。事实上，他也只是在田头地角晃来晃去，田地里的活，他没干过多少，可是谁也没有想到，田地里的抢收还没有完成，他就在她的家里把她给抢种了！等到真正的收完了种完了，他就回去了。临走时，那个官悄悄地把她的父亲拉到一边，然后悄悄地对她父亲说，他不能娶她，他家里有老婆，还有孩子，他吩咐她的父亲，也用不着到哪里去闹，如果真要闹了出去，首先是她父亲这个主任可能就会丢掉，掉到别人的头上去，那样对谁都不好，他因此感激她的父亲，也感激她，他说只要他人还在县里，有什么事用得着他时，尽管找他，能够帮他总会帮他们的。

　　妻子告诉李貌，她父亲能把他从云顶弄回来，就是那个当官的给帮的，如果不是他，他李貌是回不来的，平白无故，怎么可以把你给要回来呢？你说怎么可以把你要回来呢？

　　他说："这么说，你爸要我回来，其实是为了你？"

　　她说："要不谁会跑到那么远去把你要回来呢？"

　　又说："可我们这里缺老师，这也是真的。"

　　她说："你不相信吗？"

　　又说："别去想那些过去了的事，好吗？我会对你好的。"

　　说完将脸轻轻贴在李貌的胸膛上。李貌没有推开，也没有伸手给她抚摸。他让她的脸就那么贴在他的胸膛上，就当她的脸是贴在了一块石板上吧！但那一夜他怎么也睡不好，有种被盐撒在伤口上一样的疼痛。直到天亮，才自己给自己总结了一句话，觉得这是老天对他的惩罚。谁让你跟学生睡觉呢？学生是可以乱睡的吗？人家没爹没妈的，而且还不到十六岁呢？老天爷不惩罚你惩罚谁呢？还是认了这个命吧！他在心里告诉自己。

15

那些日子里,李貌因此挺想念阿香的,当然,更多的时候都是在梦里,因而也时常被妻子一推就推醒了。她说你不是说你不想她了吗?他说我不想啦,你看见我想她了吗?你不想你怎么还喊了她的名字呢?他这才惊奇起来,他说我喊了吗?没有吧?妻子说你喊了,你说阿香阿香,你一边喊一边还拉着我的头发,把我的头发都拉疼了。

他便不再说话。他想也许是真的。

妻子却因此睡不下去了,她说:

"你怎么心里还老是想着她呢?"

"我怎么知道呢?我不知道。"

"我都不想那个人了,你怎么还老想着她呢?"

"我怎么知道你想没想。"

"那你听到我在梦里喊过他的名字吗?"

"这倒没有。"

"不是没有,是我从来就没有再去想过他!"

李貌便觉得有点奇怪,他说:

"你怎么就可以不再想他了呢?"

"我还想他干什么呢?我都嫁给你了,我要是还想着他,你会怎么说我呢?"

"是,这倒是。"

"那你怎么还老想着她呢?"

"我也不是老想着她。我每天晚上都喊了吗,没有吧?"

"那倒没有。"

"就是嘛,我也不是老想着她的,就是有些晚上不知怎么就想起她来了,我也不知道为什么。"

"你都想她了还说不知道为什么?不知道你想她什么呀?"

"你不说我拉了你的头发吗?"

"是呀,你把我的头发都拉疼了。"

"那我就一定是又想起她的头发了。"

然后他便告诉她,说阿香的头发跟别人的头发不一样,说她的头发长长的,顺顺的,还香香的。她便摸了摸自己的头发,她觉得她的头发也是顺顺的,只是没有李貌说的阿香的那么长罢了,她接着又闻了闻了自己的头发,她觉得她的头发也是香香的。她就把自己的头发拨到他的胸前。

"你摸摸吧,我的头发也挺顺的。"

李貌就摸了摸她的头发,但怎么也摸不出在阿香的头发上摸到的那种感觉。她就让他也闻一闻她的头发。

"你闻闻,我的头发也挺香的。"

他就闻了闻她的头发,同样闻不出阿香头发上的那种味道。他于是又说话了,他说:

"我说了你不要生气。"

"我不生气,你说吧。"

"那我就告诉你吧,你的头发是不能跟她的头发比的,你的头发也软,也顺,可不是她的那种顺,也不是她的那种软,她的头发,你的手只要一摸上去,你的手就会感到特别特别地舒服,你的手心就会觉得有些痒痒的，一直痒到你的心上去，让你的心突然就觉得有点绵绵的样子。"

"我不相信。"她说。

"你不相信就不相信，我没有说要你一定相信。"

"那她的头发又是什么味道？跟什么花一样，不会吧？"

"那倒不是，可她的头发确实跟你的头发味道不一样。她的头发里有一种甜甜的味道。"

她还是不相信："你是瞎吹，你是想气我，你说她的头发香我还相信一点点，你说她的头发有一种甜甜的味道，我就不信，那种甜甜的味道是你心里自己生出来的，你想她想痴了。"

又说："我原来跟那个人的时候，我也是觉得他身上什么都是好的，他头一次走进我们家的时候，我就闻着他的脚有一股怪怪的味，可他一跟我好，我就觉得他脚上的那股味也挺好闻的，我要是两三天闻不到那个味，心里就会怪想的，可后来他不要我了，我一想起他脚上的那种味，我就想吐，我觉得他脚上的那股味真是臭死人了，臭得就像鸡屎一样。"

可他告诉她："不一样的，她头发上的那种味跟你那个人脚上的那种味，肯定是不一样的。你说的我相信，可我说的你也要相信，她头发上的那种味道，真的是一种甜甜的味道，那种甜甜的味道，我可能一辈子都忘不掉的。"于是，他就说出了被绑在篮球架下的那一天，说她如何用头发给他喂水的经过。

她听后便嗨了一声，她说：

"那我知道了，你那时是渴了，你要是不渴，你不会觉得她的头发里有那种甜甜的味道的，你当时是渴得要死了才那样的。"

他说："不是的，你没喝过那样的水，你不知道的。"

她说:"我怎么会不知道呢?我告诉你吧,我有时候在山上做活路做累了饿了,我就舔过我脸上流下来的汗水,别人都说咸,可我觉得挺甜的。"

他说:"不是你说的这样的,不是,你不知道的,你可以不相信,但她的头发真的是甜甜的。"

妻子当然不肯轻易相信。有一天,她和李貌在自留田里耙田出来,夫妻俩在小溪里洗身子,洗完她突然问了李貌一句,你肚子饿了没有。李貌说早就饿死了。妻子心想好,饿了好。于是对李貌说你过来,你到我身边来一下。李貌不知道她要干什么,只看着她,没有过去。她便自己朝李貌走了过来。

"我让你也喝一口我头发里的水吧,我让你看甜不甜。"

话一说完,她将身子一收,蹲到了水下,把头给蹲没了,然后呼的一声从水里站了起来。看着她那一头的流水,李貌知道了她的心思。

他说:"你没疯吧?"

她说:"疯什么疯,我没疯,你喝一口吧,你喝一口试试。你肚子饿了,你喝什么到嘴里都是甜甜的,你信不信?"

看着妻子那傻傻的样子,李貌不想再拒绝她,心想试一试就试一试吧,喝一口从她的头发流下来的水又不会死人,再说了,也许她的说法是真的,也许自己当时喝着阿香头发里流下来的水觉着甜,真的是因为自己太渴了,也太饿了。他双手就捧起了妻子的头发,把自己的嘴低了下去,让妻子头发里的流水流一点到嘴里,只一点,并不多,然而却没有尝出什么感觉,想了想,就又来了一次,这一次,他装了满满的一口才把嘴合上,可他并不忙着吞下去。他让那口水在嘴里慢慢地活动着,他想寻找一点什么味道,然而,除了清清白白的水味,没有任何甜的东西在里边。他看见妻子的两只眼睛在圆圆地盯着他。妻子说:"喝呀,你喝下去试一试,你喝到肚子里你就会觉得是甜的了,喝下去吧。"

李貌只好闭上眼睛,将嘴里的水咽了下去。

妻子的脸色就满意了,她说:"甜吧?"

李貌咽得有点难受,他摇摇头:"你自己喝一口试试吧。"

妻子的心还真的急得有点受不了了,她歪着头,捧着头发就往自己的嘴里流了满满的一口,然后瞪着眼睛,往肚子里咽了下去。看着妻子的表情,李貌的脸上顿时就笑了,笑里有一点得意,但他不问,他等着她自己说话。妻子的脸沉静了一会,禁不住自己晃了晃脑袋,但她并没有对喝到肚子里的那一口发表什么看法,她只是置疑地盯着他问道:

"她的头发真的不是这个味道吗?"

"你想想吧,她的头发如果也是这个味道,我能说她的头发是甜甜的吗?我能在梦里也还在想着她的头发吗?如果是这样的味道,我会想一次吐一次的,你信吗?"

妻子的脸色暗暗地就阴了,嘴巴也忽左忽右地歪扭着。

她说:"她的头发真的就那么甜吗?"

他说:"真的甜,我不会骗你的。我骗你干什么呢?"

她说:"就算是真的,你也不能老是想着她!你不能老是在夜里拉我的头发,你一拉着我的头发,我心里就知道你又在想她!"

他说:"我没有老是想着她嘛,是你老把她挂在嘴边的。再说了,我夜里再怎么扯你的头发,我也是在跟你睡呀,你以为我拉了你的头发我就是跟她睡在一起吗?你也不想想,天远地远的,我就是再怎么想也是白想吧,你以为她还能跑到这里来找我吗?"

妻子的脸色慢慢地就放开了。

她心想也是，就不再做声。

上岸时，妻子的脸突然笑笑的，她说：

"我告诉你一件事。"

"什么事？"

"我怀孕了。"

"真的？"

"真的！"

"这么快呀？"

"你厉害呗。"

16

晚上，李貌躺在床上有点睡不着，他有点怀疑自己不会有那么厉害吧，怎么会有那么厉害呢？他数了数日子，他回来还不到两个月呢？而且，刚开始的那几个晚上，因为心情不好，所以也睡得不太用心。他的手于是在妻子的肚子上来回走动着，弄得妻子都有点不太舒服起来。

妻子说："你干吗？"

李貌说："你说有多大了？"

妻子说："我怎么知道呢？我又看不见。"

李貌说："会不会有拳头那么大了？"

妻子说："不会有那么大吧，顶多也就像个鸡蛋。"

李貌说："你不说你也看不见吗？"

妻子说："猜呗。"

李貌说:"那我猜,可能比拳头还要大了。"

妻子说:"为什么?你是不是以为是那个人留下的?我告诉你吧,那个人的我早就打掉了。"

这是李貌怎么也想不到的,也算是因为怀疑,疑出了一点意外的结果吧。这个结果让李貌一时有点难以接受,但又因此得到了一份放心。他想着想着,突然想起了一个问题,他想女人怎么这么容易怀孕呢?她跟那个人怀过一个孩子,她跟他才多久?她就又怀上了。于是问道:

"你真的怀过他的孩子?"

"怀过呀。他一来我就怀上了。那时什么都不懂呗。"

"是他让你打掉的?"

"是我去找他的。他在的时候,我没有告诉他,我以为他会娶我,他走的时候,我也没有告诉他,后来是我爸知道了,我爸说不留,怎么也不能留,我就找他去了。他也没说什么,就带我到医院去打掉了。"

"你后来没有再去找过他吗?"

"没去过。打掉孩子的那一天,打完了他带我去吃了一碗米粉,我米粉还没有吃完,他就对我说,以后不要再来找我了好吗?"

"你答应了?"

"我什么话也没说,我只掉眼泪,不停地掉。"

"你后来真的没有去找过他?"

"真的没找过。我怕。"

"怕什么?"

"怕一沾上就又怀上呗。你跟那个阿香是不是也怀过?"

"不知道,我没听她说过。"

"你们真的没有怀过吗?"

"不知道,应该没有吧,我们就睡了一次,第二次还没睡,门就被踢开了。"但李貌还是睡不着,过一会又问道:

"睡一次不会都怀孕吧?"

"很难说,我怎么知道呢。"

"应该不会吧?"

"这只有她才知道了,她要是怀孕她会找你的,就像我一样。她后来没找过你吧?"

"那倒没有找过。"

"那你们就可能没有怀上呗。"

李貌心里说但愿吧。可他还是睡不着。

17

妻子的肚子说大就大,很快就是个大箩筐。

孩子生下来了,是一个女孩,头发黑黑的,浓浓的,妻子觉得很奇怪,她时不时盯着从自己身上掉下来的小孩发呆。她说我的头发不怎么黑呀,她的头发怎么这么黑呢?然后又看看李貌的头发,她说你的头发也不怎么浓呀,她的头发怎么这么浓呢?

李貌说:"孩子是从你的肚子里掉下来的,我怎么知道呢?"

妻子说:"孩子是从我的肚子里掉下来的,可种子是你下的呀?你好好地想一想,你给我下种的那个晚上,心里都想了些什么,你是不是在想那个头发长长的女孩?想你原来的那一个?"

李貌说:"都一年多了,我怎么记得起来呢?"

妻子说:"这么说,在我身上的时候,你是想着她了?"

李貌说:"你都胡说些什么?"

妻子说:"胡什么说,那天晚上你肯定是想她了。"

李貌说:"我就是真的想了她,她就会跟着我的想,钻到你的肚子里去,然后变成这么一个孩子吗?"

妻子说:"当然可以啦。你把我当作她了,我怀的不就是她的孩子了吗?"

李貌笑笑的,心里说,那你怎么不把我当作那个男人呢?你要是把我当作了那个男人,说不定你一生下来这孩子就是一个当官的呢?但李貌没有说出来,他知道这样的话说出了嘴,夫妻俩就会跟着吵翻了天,然后是好久好久地合不来,那样会造成吃不香,睡也不甜,何苦呢?他只好依旧地笑了笑,没有用心去搭理她。李貌也觉得他们的女孩确实长得好,尤其是那一头黑黑的浓浓的头发,他想,这头发要是这样一动不动地长下去,长大了,也许真能长成阿香那样的长发来。

这一天,妻子拿出一把剪刀,突然站在李貌的眼前。

"这头发,你说是剪掉,还是留着?"她问道。

李貌的心悄悄地踢了他一下,踢得他有点发凉,他禁不住伸手摸在女儿的头发上。他知道这一剪,其实是要剪掉他对阿香的思念,但他又不能阻拦她,他怎么阻拦呢?他也找不到阻拦她的理由,就是有理由,有时候也会越说越出事。他一边摸着女儿的头发,一边就在心里骂了起来,他想这个女人的心怎么这么硬呢?是不是受过伤的女人,那颗心都是硬的呢?你心狠你想剪你就偷偷地剪掉吧,你干吗还要问我呢?你这么一问,不是有意地在伤害我吗?这么狠心干什么呢?

"随便你,想剪你就剪掉呗。"他嘴里说。

妻子就一脸的得意了,剪刀咔咔地叫着。

"你真不想留?"她问道。

"想不想留,我说了有什么用。"

"好,那我就剪掉了,反正是你同意的。"

"怎么是我同意的呢,是你自己想剪的。"

"那你说,是留,还是剪?"

"想剪就剪吧,啰嗦这么多干什么?"

李貌心里又骂了一句,这个女人怎么这么歹毒呀?

妻子的剪刀于是钻进了女儿的头发里,可是,妻子的手却没有剪下,她的眼睛一直地盯着他,她发现他的脸色真的很不好,好像脸上的水分都被心里吸走了,吸得只剩了一张干干的皮。她知道,李貌的嘴里虽然说剪吧剪吧想剪你就剪吧,但背后呢?背后他一定会因此而恨死她的。她于是说:

"算了吧,那就留着吧。"

说着从女儿的头发里退出了剪刀,而且扔到了远远的椅子上。她那是为了给李貌一个放心。果然,李貌看了扔去的剪刀一眼,就朝她回过了头来,眨眼间脸色就红润了回来了。妻子说:

"我告诉你吧,我也就是试试你,你以为我的心真的那么狠毒吗?我就是让她的头发长得像那个女的那种头发,那又怎样呢?你看着女儿的头发你就想起她的头发,那又有什么不好呢?你看着女儿的头发你的心里就舒服了,你心里一舒服你不就对我也更好了吗?你说是不是?我只是想让你知道,这头发是我同意这么留的,你知道我的意思吗?我对你好,你也要对我好,你知道吗?"

李貌的脸色唰地就红起来,觉得自己真是错骂了妻子了,虽然她听不到,但他可是真的骂了她的呀?他没想到这女人还有这么好,便说：

"那你发现，我有过对你不好吗？"

"那倒还没有，我就是希望你永远对我好。"

那时的妻子还真的是好，也许是受过伤的女人特别珍惜眼下所得到的东西，就连孩子的名字，她也说：

"那就让她叫小香吧。"

弄得李貌一时都有点惊讶起来。

李貌说："这可是你说的，后悔的时候可不能说改就改。"

妻子说："改什么改呢？不就一个名字吗。"

想想也是。从此，他们的小孩就叫作了小香。

18

小香满岁的那一年，阿香找李貌来了。

那一天是星期天，李貌牵着他的女儿正在屋头打扫晒坪，准备太阳再高一点的时候晒晒谷子。这时，一个小女孩远远地朝他跑来，跑到晒坪边时停住了。

她说："李老师，李老师，有人找你。"

李貌当然没有想到是阿香，他不怎么把那女孩的叫喊放在心上，他一边打扫一边看着她，说："谁呀？谁找我？"

女孩说："是一个女的，我不认识。"

李貌说："不认识你喊什么呀？"

女孩说："她说她认识你。她头发长长的，她让我帮她告诉你，说她在老碾房那里等你。你快点去。"女孩说完就转身跑走了，她也许是自己另有急事。但李貌却不这么想，李貌先是愣了一下，但脑子随即跑到了小香的妈妈身上，他想可能是她搞的鬼，是她想作弄他。他丢下扫把，就抱着小香回到屋里。

小香的妈妈正在牛栏里往外挖牛粪。

"你刚才出去过吗？"他问道。

"什么时候，没有呀。"妻子回答道。

"我以为你到河边洗衣服去了。"

"我哪有空呀，你没看到我忙吗？"

李貌好像在嘴里暗暗地呵了一声，就转身回到晒坪上来。晒坪当然是不用再扫了，李貌看了看老碾房的方向，心想莫非她是真的来了？他看了看山头上的太阳，又想不会吧？她从什么地方跑来的，怎么一大早的就来到了老碾房了？他又看了看老碾房的方向，他没有去。他想，她要是真的来了，她会自己来找他的。只要他不过去，她会找他来的，他想。

吃晌午饭的时候，又跑来了一个人，是村里的李二叔。

李貌一家三口都坐在厨房里。李二叔没有往里走，他只站在门外给李貌招招手，示意他出来一下。李貌没有想到还是阿香的事，他说：

"二叔你进来吧，有什么事？"

李二叔只给他招手，他说：

"你出来一下，出来一下。"

李貌碗也不放，就走了出去。李二叔揪住李貌的一条胳膊，一边拉一边往外走，一直走到门楼外边。他不想让小香的妈妈听到，他说：

"有一个女的来找你，她让我帮她告诉你，让你到老碾房那里去一下，她在那里等你。"李二叔的声音很低。

李貌的脸色顿时就变了。他的心又狠狠地踢了他一脚，踢得他真的心慌了起来。他声音低低地问道：

"是不是一个头发长长的女孩？"

"对对对，头发长长的。你知道了？"

李貌点点头，没有回话。李二叔便说：

"就这事，你知道了那我就走了。"

说完转身就走，走了几步，李貌突然又想起了什么，追上去把他拉住。他问："你看见她身边是不是还牵着一个孩子？"

李二叔却摇摇头，他说：

"没有。什么小孩？没有看到。"

"就是她的小孩，一岁多，不到两岁。"

"一岁多不到两岁？那我没有注意。"

"你是没注意，还是没看到？"

"也没注意，也没看到。"

李貌只好把李二叔放走了，但他还是没有前往老碾房。他怕。他心里没有底。他不知道到底是怎么回事。他紧紧地绷着心，他不知道他该怎么办。他想天呀天呀，这么天远地远的，她跑这里来干什么？她要是真的牵着一个姓李的小孩前来找他，他李貌可就完蛋了。李貌的脑子里滚烫滚烫的像要炸开。他急得都快要哭了。他不知道自己去还是不去？

第三个人给他传话的时候，李貌正在太阳下翻晒谷子，手里的晒耙吓得咣的一声，落在了地上。来的是一个过路人。

那人说："她还让我告诉你，她叫阿香。"

李貌说："知道了知道了。"

那人便一脸的迷糊起来，心想你知道了，她怎么还叫我帮她告诉你呢？他迷惑地看了看李貌，颠了颠肩上的担子，就往前走去了，走了没多远，就听到李貌追了上来。李貌说：

"你等一等，我问你一句话。"

那人便回身站住了。

李貌说："那女的不像是疯子吧？"

那人一愣，看着李貌那副神色有些紧张的样子，心想李老师是不是怕遇着什么麻烦，就认真地替他想了想，他把阿香跟他说话时的样子在脑子里过了一遍，但他最后肯定地把头摇了摇。

他说："不像。"

摇摇头，又说：

"不像，我看不像。"

然后问："她要找你干什么？"

李貌说不知道，然后挥挥手，让他继续走他的路。

19

阿香是昨天傍晚的时候临近瓦村的。

当时的村子上，正四处冒着炊烟，没有风，那些炊烟都静静地往上长着。看着那些炊烟，阿香的心就舒服了，像是回到了家。她像是从那些炊烟里闻到了李貌身子的那种味道。她心想，晚饭的时候她和他也许就可以坐在一起了。她同时还想，他不是要好好地给她一次吗？也许今天晚上他就可以好好地给她，当然，也可以不要那么急，再说了自己又这么累，他要是急她也不应该急着给他，她要让他等等，等她歇个两天三天的,等她的精神都回到了身上了,然后再好好地给他。要的不就是好好的一次吗?从今往后,再也不会有人来踢门了,再也不会了,那就不用再急了,再急弄不好又是上一次的那一种疼痛。这样想的时候,阿香的心里甜丝丝的,脚步也快了起来。

最后是一位老大娘的话把她给拦住了。

拦在了离瓦村不到一里地的小河边。

那是一座小石桥,她正要过去,看见前边有一位老大娘从前边过来,就先站住了。她让她老人家先过。老人家快走到这边的桥头时,阿香开口问话了,而且还带着一脸的笑容。老大娘随即问道,你是李貌老师的亲戚吗?阿香说不是。她说自己是来找李貌李老师成家的。她说她是他的未婚妻。老大娘的目光当即变了。阿香看到老大娘的眼睛大得吓人。大娘说,孩子呀那你找错了。她说你要找的李老师,他已经结婚了,还有了孩子了。

阿香的脸色当即也变了,可她不肯相信。

她说:"大娘,你不会是骗我的吧?"

大娘说:"你看我像是骗你的人吗?"

阿香的腿暗暗地就软了下来了。

她的腿在暗暗地发酸,在暗暗地打抖。

她不再往前走了。她走不动了。

她想怎么会这样呢?怎么会这样?

她天远地远地前来找他,他却早就结了婚,还有了孩子了?

她阿香的命,怎么就这么苦呢?

她突然有种遇着了地陷一样的感觉,她觉得脚下的地是松的,随时要陷下去。她挪了挪她的脚,可脚下的哪一块地都仿佛是空的,她的脚只要迈出去,她都会一头重重地摔倒在地。她于是坐在了桥头边。

天黑的时候,她看见小河边的不远处,有一个破烂的水碾房。那是一个废弃了的老碾房。她想,她只能到那里去过夜了。

20

水碾房里的阿香一直在等待着李貌的到来。她默默地坐在碾盘边的一把稻草上,在默默地等待着他前来的脚步声。她想他会来的,她不相信,他结了婚他有了孩子,他就不肯再见她一面了。她想他不会这么绝情的。不会的。一定是她的话没有传到他的耳朵里。那个小女孩可能是玩去了;那大叔呢?可能是没有找到李貌就把她的话丢在了自己的屋里了。这没关系,她想。她可以再到路边去,再拦住一个人,这个人去后他再不来,她就拦住第四个,第四个再不来就拦住第五个,第五个要是再不来,就拦住第六个……她会一直地拦下去,她就是拦遍了过路的人,她也要让李貌到水碾房里来一下,她要看到他一眼。

灼热的太阳火一样,从破烂的水碾房上阵阵地往下烤,烤得阿香的心都快焦了。

终于……她听到了他的脚步声。

是他的!

他的脚步声,她能听得出来。

是他的。

两年多里,他的脚步声虽然在她的耳边消失了,但她的脑子里,她却时常听到他的脚步声,而且她曾无数次地想把他的脚步声拴住,可她怎么都拴不住,有时明明是已经拴住了,而且拴得牢牢的,但他的脚步声还是走掉了。她是用她的心来拴的,她把她的心撕成了一缕一缕的丝绳,像蜘蛛捆住粘在网上的猎物,将他的脚步声一圈一圈地缠住,缠得他的脚怎么动都动不了了,可他……还是走掉了。那些用心做成的丝绳,不知怎么就都变成了像是风做的一样,什么都缠不住。

她因此有点怀疑,怀疑自己的耳朵是不是又弄错了。她愣着眼神,随即晃了晃那颗等得有些发呆的脑袋,并在脑瓜上拍了拍,拍得脑子发出一阵空空的震响。

但那脚步声没有因此而消失。

那脚步声真的在一步一步地朝她走近。

如果不是因为李貌已经结婚已经生了孩子,阿香肯定会鸟一样飞身而起,迎着前来的脚步声扑去。

但眼下不是了。眼下的阿香,觉得她的身子在他的脚步声中越来越沉,越来越沉,怎么浮都浮不起来了。她只有默默地等待着那熟悉的脚步声的靠近。她感觉着他的脚步声正一脚一脚地踢打在她的心坎上。

近了,近了……他的脚步声确实是越来越近了。

她不知道他的脚步怎么那么慢,走了好久好久才走到了水碾房的门槛上。

从水碾房的门往下走,还有几级台阶。

她等待着他的脚步声往下走来。

然而,脚步声却突然停住了,像是被拴住了一样。

她听到的只是几下急促的喘息声。

慢慢地……喘息声也平息下来了,再也听不到了,仿佛是突然之间,什么声音都消失了。她的心忽然就紧急了起来,在激烈地敲打着她的胸膛,敲得怦怦地震响,再那样敲下去,她想她的心也许就会垮下来,就像洪水里的房子那样突然地垮掉。

她想抬起头来看他一眼，但她的头却抬不起来。

她觉得他应该先给她说一句什么的。

她等着他的话。

默默地，好久好久。

最后，是阿香自己受不了了。她怕这样下去他会突然悄悄地转身走人，于是就悄悄地抬起头来。她一眼就看到了李貌愣愣地站立在门槛上。她看到他的脸色很难看，难看得有点像是死了一样。她想他怎么会这样呢？她突然就想到了他被绑在球架下的那张脸，那张脸都没有这么难看呀？他这是怎么啦？她想再细细地看一看，可是……李貌却把脸埋了下去。她怎么也看不清他的脸了，只好自己先开了口。

她说："你的事……我都知道了。"

他说："知道了你还来，知道了你就不该来了。"

她没想到他竟是这样的给她说话，他不应该说这样的话的，她紧紧地盯着他，但他还是没有把脸抬起来。

她说："我是昨天才知道的。"

他说："那你来之前，怎么不先写封信呢？"

她说："先怎么给你写信？那你给我写了吗？"

李貌心里说是呀，我给她写了吗？我为什么没有给她写呢？为什么？自己又一直地没有把她忘掉过，那自己为什么没有想到要给她写过一封信呢！为什么？他只好说：

"我想过要给你写的，可我怕……怕你受不了。"

"那我现在呢？现在我就受得了吗？"

"我没想到过你会来……我真的没有想到过……我知道我对不起你，可我……我不知道怎么办。"

"那我现在怎么办？……你说我现在怎么办呢？"

"我怎么知道呢?……我不知道你该怎么办。"

"那你告诉我,你还爱我吗?你说过你永远爱我的。"

"爱又怎么样呢?我老婆在那里,我孩子在那里,我就是永远爱你,我爱你一直爱到死,我也不知道我现在还能怎么办。"

他的脸一直地没有抬起来。他的脖子好像已经撑不住他的脑袋了。还有他的腰,他已经早早地把身子靠在了碾房的门框上,不靠他似乎已经站不住了。

她的脸这时也埋了下去。

她只听到她的脑子在嗡嗡地响。

她眼下真的怎么办?

她只好把头抬起来。

她说:"我知道……我知道我当不成你的老婆了,可是……可是我不想离开你,你知道吗?我走了差不多三天的路,我才走到了你这里,我不能说走我就走了……我要是就这么说走就走,我也许就永远也见不到你了,你知道吗?……我真的不想离开你。"

李貌这下就吓慌了,他的脸这时也突然地抬了起来。

他说:"那你要我怎么办?你说……你想要我怎么办?"

阿香看到李貌的脸色已经越来越难看了。她说:

"我不知道我想要你怎么办?我就想,我真的不想离开你。"

"你真的不想离开我,那你又说你不知道我该怎么办?"

"我就想……我不想这样离开你。"

"那你说,你说我该怎么办?"

"你……你如果真的还爱我,我就真的不想走。"

"你不走?……你不走你怎么办?"

"我不走我怎么办?你怎么就知道问我怎么办?你怎么就知道这

一句。你真的就一点都没有为我想过什么吗？"

阿香的眼泪突然就下来了，她的话也激动得一吼一吼的。

"我告诉你，我既然跑到这里找到了你，我这一辈子就真的不想再离开你。我真的不想再离开你！我就是嫁给一个不会说话的，我就是嫁给一个断腿的，只要我能三天两头地看到你，我就心满意足了，你信不信？"

"你疯了你？我说我没办法我就是真的没有办法！你说我有什么办法？"李貌被阿香的吼声吼慌了，他一边说一边就咚咚地走下来，满嘴的声音也凶凶的。

阿香也呼地站了起来。她说：

"我就是疯了怎么啦？我就是要疯给你看你信不信？不信你马上告诉我，你们这里有哪个没讨着老婆的，没有眼睛的，没有腿的，没有嘴巴的，都可以，你说！你说！"

"好啊，那你去啊，那你就嫁去吧，我告诉你吧，就在那边山丫的山脚边就有一个男的，他叫黄泉，他就是一个断腿的，他做梦都想娶一个老婆来给他暖床呢。你往前一直走，走到前边的路口时你往左走，走到山脚下你就看到了，那就是他的家，你去呀，你现在就可以去嫁给他！他叫黄泉，你去呀！"

阿香知道李貌是在气她，可她的心被他的话气得已经炸开了。她看了看李貌给她指的那个山丫丫，又看了看李貌那副难看得随时要死去的脸，她看见李貌竟然两眼恶狠狠地在盯着她，她猛地就挑起了地上的担子，什么话也不再多说，<u>直直地就走出了那个废弃的老碾房</u>。

看着她那愤怒而去的背影，李貌没有追上去，而是往碾盘上一坐，坐在了阿香原来一直坐着的那把稻草上，箍着头，恨不能把脸深深地埋到两腿的深处。慢慢地，他的眼泪也禁不住哗哗地流了下来，流着流着，最后就呜呜地哭了起来。她一定是就这样回家去了，她是带着恨而回家去的，他想。他觉得他真的是对不起她。可他又实实在在地没有任何办法。

21

几天后，村校的菜地里突然冒出了一棵树蔸蔸，没有枝，没有叶，上边砍得光秃秃的。李貌是在窗户里突然看到的。那是宿舍后的一块菜地。李貌愣了一下就警觉到了，他想一定是阿香回去了又跑回来，然后悄悄地在他的窗子后种下的，只是几天来他怎么一直没有注意到。就算是她，她又到哪里去弄了这么一棵树蔸蔸呢？难道是他们原来在山上挖下来的那一棵，是她来的时候挖来的？

李貌转身就走进了菜地里。

那棵树蔸确实是刚刚种下的，但他看不出这一棵是不是原来的那一棵。最后，他突然想到了树蔸下的那两颗鹅卵石。他想如果她真是从那里挖来的，她就一定会留着那两块鹅卵石。

他踢了踢，把树蔸踢了起来。

李貌顿时就惊呆了。

那树蔸还真的就是那个树蔸。

他把树根下的泥土摔掉后，果然看到了有两块鹅卵石，已经被树根给紧紧地裹住了。为了得到完全的证实，他把那两块石头从浓密的树根里抠了出来，他要看看那两颗石头上的印记。她的那一颗，她打了一个洞；他的那一颗，他打了一条槽，这是他们当时有意的。他把石头上的泥抹了抹,那个洞果然就现出来了,那条槽也现了出来。

他突然就傻笑了起来了。

他想这女孩,怎么这么傻呢!

大老远地,你把这棵树苑,把这两个石头扛到这里来干什么呢?真是太可笑了。尽管可笑里也能看得出一点点的可爱,可这种可爱是很傻的呀!她怎么这么傻呢?天远地远地,你把这些弄到这里来干什么呢?就算你是为了要跟我结婚而来的,也用不着傻成这样呀?你以为你还是十五岁十六岁那年吗?你今年都十八岁了你知道吗?你已经是可以嫁人了你知道吗?你怎么还这么嫩还这么傻呢?李貌于是就后悔起来了,后悔自己当初怎么就贪上了脑子这么笨的一个女孩。自己当初都是怎么想的?就为了想摸摸她的那一头长发?就为了要跟她睡一觉?为什么要送她作业本?

他感到他的心在隐隐地疼痛。

李貌禁不住就仰天长叹了起来,他觉得人真的是不该贪吃呀,真的不该。你就是再饿,你就是再想,你也不能贪吃呀,贪吃的结果是令人伤痛的,就像那些喜欢偷吃的黄牛,总会在身上留下永远抹不去的伤疤。他最后没有把那两颗鹅卵石放回去,而是一扔就扔掉了。还有那棵树苑苑,他也没有种回去,也是一扔,就扔掉了。

22

李貌没有想到的是,那阿香其实没有回家,从老碾房里出来后,她直直地就顺着李貌的话,朝那山脚找去了。在那里,她果然看到了一个人家,那家的房门正敞开着,阳光直直地照进去,正好照在一个人的身上。

那个人正在屋里剥玉米。

但阿香没有急着进去,她的目光落在眼前的台阶上。那一家人的台阶,从上到下一共五个台阶,那些台阶都是石条铺成的,但石条下边的那些缝隙,已经长出了高高的野草来了,除了中间的野草因为进出被踩着了稍微低了一点,两旁的野草,几乎都高过了上边的台阶,最高那几根,是长长的狗尾草,正像狗尾一样不停摇摆着。看上去,那个家就像是一直没有好好地住过人似的。阿香心想,不会是李貌骗了她吧?但房里却又分明有个人坐在那里,正在慢慢地剥着他的玉米。阿香给自己壮壮胆,挑着担子就走了上去,一边走嘴里一边问道:

"你是黄泉吗?"

那屋子显然好久好久都没有女人进去了。阳光里的男人两只眼睛迷迷糊糊的,顿时就惊呆了,那样子有点像是在做梦,又有点像是在梦中刚刚醒来,半天也张不开嘴巴。

阿香疑惑了一下,再一次问道:

"这是黄泉的家吗?"

"是,是他的家。"

"他在家吗?"

"在,他在家。"

"他现在呢,他在哪儿?"

"我就是,我就是黄泉。"

"你就是?他们说,你的腿,不太好,真的吗?"

"是真的,我左边的这条腿是竹篓做的。"

黄泉说着就抓起身旁的一根棍子,朝左边的裤腿敲了敲。那两敲却像是敲在了阿香的腿根上,敲得她心里一震一震的。她听得出来,那真的不是肉的声音,也不是骨头的声音,他是真的敲在了竹篓上。也许是生怕阿香不肯相信,黄泉丢下手里的棍子,把腿上的裤子捞起来,果真就捞出了那根用竹子编成的假腿。阿香一看就看明白了。但她没有为那样的腿感到惊讶,她也没有想到去追问那条腿的来历,她问他:

"我要是嫁给你,你愿意要我吗?"

肩上的担子却没有放下,她不知道眼前这个断腿的男人,肯不肯要她,他要是不肯要她,她还得挑着她的担子走人。

她的话却把黄泉给吓着了。他不相信她的话。

他说:"你刚才说什么,你能不能再给我说一遍?"

她说:"我要是嫁给你,你愿意要我吗?"

黄泉的目光于是慌乱了起来,他打量着阿香,说道:

"你的脑子没有问题吧?"

"没有,我脑子好好的。"

"你脑子好好的,你为什么说要嫁给我?"

阿香把肩上的担子换了换,然后把李貌不能娶她的经过说了一遍,她说:"你要是不相信,你可以先去问问他,问问李貌。"

黄泉的目光已经柔和了起来了,他说:

"你这样说我就知道了。我知道你其实不是想嫁给我,你是没有地方去了,对吧?"

阿香没有想到,这人竟是一个聪明人,顿时就急了起来。她说:"是是是,我是没有地方去了,可你……你要是没有意见的话,我就真的嫁给你,我真的不是骗你的。"

黄泉说:"那你就先把担子放下吧,你可以先在我这里住几天,住完了，如果你还有地方去，想走你随时可以走，你要是真的没有了地方去，到时候……到时候再说吧，好吗？"

阿香于是把担子放下来。

那天晚上，她就这样住下了。

第二天，她没有离去，她把黄泉的家上上下下地打扫了一遍。把门槛下的那些野草，也一根一根地扯掉。看着那些野草，阿香觉得这个家一点都不像个家，一点都不像是人住的。黄泉说我哪有心思去想那么多呢。扯完了那些野草，门面一下就像个门面了。

阿香回头看了看黄泉。

她问道："你想好了吗？"

黄泉问："想好了什么？"

阿香说："我嫁给你的事呗？"

黄泉说："你真的没有地方可以去了吗？"

阿香说："你是不愿娶我，还是怕娶我？"

黄泉说："不是怕，也不是不愿意，我是心里不太相信。"

阿香说："那我们现在就登记去，登记后你就相信了。"

黄泉说："你还是再好好想一天吧，你先别急，好吗？"

阿香知道，其实是黄泉自己还需要好好地想一想。

于是说："好的，那我就让你再想一天吧。"

第三天，太阳刚刚露脸，阿香就又开口了。

她说："你想好了没有？"

他说："我都不知道怎么想，我越想越不知道。"

她说："为什么？能告诉我吗？"

他说:"你会后悔的。"

她说:"后悔什么?"

他说:"我这个家,你看到了,就这样。"

她说:"我的家,也这样。"

他说:"还有……"

她说:"还有什么?"

黄泉却不知道如何开口,迟疑了半天,还是说:

"总有一天你会后悔的,到时后悔了,你可别怪我。"

"好的,我不怪你。"

"要怪就怪你自己,知道吗?"

"好的,要怪我就怪我自己。"

"那好,那我们就先去登记吧,路上后悔了就说一声。"

两人就登记去了。出门之前,阿香烧水把她的头发细细地洗了洗,洗得满屋都是那头发的香味。黄泉从来都没有闻到过那样的香味,那香味直直地往他的心里钻,钻得他心软软的。他走到阿香的身旁问道:"你的头发怎么这么香呢?"阿香侧过脸,看了看黄泉,看到黄泉一脸的兴奋,只给他笑了笑,嘴里却没有回答。

23

阿香嫁给黄泉的事,李貌是在妻子的嘴里听说的。他的心当时怦地踢了他一脚,把他的冷汗都快踢出来了。妻子知道的当然还不仅仅是阿香结婚的事,她还知道,阿香找过他李貌,可他却半句都没有给她透露过。她说,你为什么不跟我说一声,我会把她吃了吗?我才不是那样的人。妻子像因此紧紧地捏住了李貌的一根死筋。当时他们躺在床上,李貌傻傻地躺着,想了半天只好说:我以为她回家去了,她要是回家了,这事就没了,所以我就不想再跟你说了。妻子说她回什么家呢?没等李貌回答,就又自己说道,好了,不说了,反正她也结婚了。她说我爸说,我们是不是该去看看她。李貌心里说是的,是应该去,可嘴里却说为什么?妻子说,我爸的意思可怜可怜人家,人家要不是因为你,人家也不会嫁给那么一个人。由你吧,去不去?李貌说,我哪知道去不去呢?妻子说,你去我就跟你去,你要不去,我也用不着给她那个脸,我给她干什么。妻子的心也是正常的女人心。

那天夜里,李貌在床上傻傻的,他的心在暗地里一抽一抽的,有点像是在不停地抽搐。第二天,他独自一人偷偷地跑到了山脚下,然后在路边守候着,最后把阿香给拦住了,他说:

"你怎么可以这么傻呢?你说你怎么这么傻?"

"我本来就是傻的,你不知道吗?"阿香说。

李貌知道她这说的是气他的话,就说:

"就算你傻吧你也不能这样傻呀,你干吗这么傻呢?"

"我不傻我会这么远来找你吗?我走了差不多三天的路,走得我的脚现在都还是肿的,你说我是为了什么?"

"我说的不是你来的事,我说的是你不该这么乱嫁。"

"我乱嫁了吗?不是你让我嫁给他的吗?"

"我那是气你的话,你听不出来吗?你这不是害我吗?"

"我怎么倒害你啦?要说害,也是我自己害了自己。"

"你害了你,你不就是害了我吗?我结了婚,我已经对不起你了,我心里已经很不好受你知道吗?可是你……你就因为我一句气你的话,你就真的嫁给了他,以后的日子你怎么过?你让我怎么替你受得了?我这一辈子,我一直到死,我都还不清欠你的这个债,你知道吗?你这不是害我,你说是什么?"

"那你说,我怎么办?你说我不嫁他我怎么办?"

"你怎么老是问我你怎么办?你不就走了三天的路吗?三天的路就是走得再难受,你再走一个三天回不去,你可以走四天,走四天回不去,你走五天你总可以走回去的,五天的路再怎么苦,也不过就是五天的苦吧,怎么苦也苦不过你嫁给这么一个人,这可是要苦你一辈子的,你知道吗?"

阿香的泪水忽然就下来了,从眼睛的深处直直地往外流,挡都挡不住,然而却没有丝毫的哭声。李貌的激动也收不住,他说:

"再说了,你弟弟他今年才多大?他也就十二岁不到十三岁吧?你就这样丢下他,你让他一个人在家里怎么过呀?"

她的哭声也终于忍不住,她突然呜呜地就哭了起来,哭得身子一颤一颤的,还不停地摇着头,甩得泪水四下横飞。他却没有把她的哭声放在心上,也没有把她的泪水放在眼里。他觉得她的哭声已经晚了。他觉得她的泪水,也晚了。他觉得她的一切,都是自找的。他说:

"我真的不知道你都是怎么想的。难道嫁人就那么紧急吗?你今年才多大?你也不过才刚刚十八吧,你这样丢下你的弟弟,他会恨你的,会恨你一辈子,你摸过良心好好地想过没有?"

终于,她说话了,她说:

"你别再说了……好吗?"

他的嘴巴却没有停下,他说:

"我不说?我可以不说,可你怎么就不为你弟弟想想呢?"

阿香突然抬起脸来,满眼泪水地看着他。她说:

"我弟弟……我弟弟他不在了。"

李貌的脑子这才轰然一下。他的心随后一沉，急急地抽搐了起来，比夜里的那种抽搐更让他难受。

24

弟弟的死与阿香有关，起因却是因为李貌。

李貌走后，阿香虽然一点都没有得到过李貌的消息，但在她的心里，她觉得李貌肯定是一直深深地爱着她的。她从来都没有想到过他会跟别的女人结婚。她想如果他想到该结婚了，他首先想到的也一定是她阿香。她想他一定在等着她，等着她长到十八岁的时候。

十八岁的阿香，刚过生日，人就突然间变了一个模样。她的心里像突然间点起了一把火，随后便熊熊地燃烧了起来，想灭都灭不掉。白天在地里干活，脑子被烧得恍恍惚惚的；夜里躺在床上，更是烧得无法入眠，耳朵里听到的全都是那些老鼠在吱吱喳喳地吵闹，那一声声的尖叫，像是一下一下地抓在她的心窝里，弄得她越发地睡不着，有时禁不住就大声喊叫着她的弟弟，让他起来帮她赶赶老鼠，可弟弟从来都不起来帮她。他说要赶你就自己赶，你睡不着又不是我睡不着。他觉得那些老鼠与他无关。他总是一睡就睡着了。

那些日子里，她最勤的事情就是洗她的头发了。在以前，她总是五六天，或者六七天才洗一次，可这时不是了，这时的阿香总是两三天三四天就觉得头发要洗了，不洗就忍受不了。

阿香洗头用的是茶麸，这是城里的女孩怎么也想不到的。当然了，城里的女孩在城里也看不到茶麸。茶麸就是油茶子榨过油后，剩下的那一块块油茶饼。有人喜欢拿来种地，因为茶麸可以当肥；有人喜欢拿来洗衣服，既可以拿来当作洗衣槌，又可以用着搓去衣领和袖口上的那些汗渍。对阿香来说，最好的用处就是洗头。阿香那长长的头发就是茶麸洗出来的。村里人也有用茶麸洗头的，却没有阿香洗得这么好。阿香的头发好，受益的还不光是阿香自己，还有那些喜欢出现在她身边的人，他们都觉得，从阿香的头发里散发出来的那种香味，实在是太好闻了，谁只要闻着了，谁就会全身心地感到一种难得的通畅，好像全身所有的筋脉，都被阿香头发里散发出来的那一丝丝香味，给挑动得振奋起来，都称赞她的头发真是越长越漂亮了，比任何时候都更加好看。当然，也有人觉得，那一种好看并不是因为她的头发越长越好，而是她的身子越来越迷人的缘故，因为身子一好看，头发也就跟着越来越光彩了起来，以前走路的时候，有时还需要有意地晃一晃，那身后的头发才会跟着摆一摆，现在不用了，现在的头发只需跟着身子走，一动一动的，就能把跟在后边的目光，迷糊得也一晃一晃的。十八岁的女孩身，已经是成熟的女人身了。

阿香想，她可以嫁给李貌了。那时候的十八岁，是女孩子可以登记结婚的年龄。阿香因此再也安静不下来了。这一天，她把心中的想法告诉了她的弟弟。她说：

"你还记得那个李老师吗？"

"怎么？你又想起他来啦。"

她对弟弟说："我想带你找他去。"

弟弟那年十二岁。十二岁的小男孩，当然理解不到一个十八岁女孩的心思。他觉得姐姐的脑子里，是不是又出问题了，他觉得姐姐和李貌的事，就是姐姐的脑子里出了问题的。很多人都对他说过他们的事。他们说，母鸡不骚公鸡不要。他相信他们的话。

"他又不欠我们的钱，去找他干什么？"弟弟说不去。

可她没有放弃，她说："去吧，只要找到他，我们就不再回来了，你在那里读你的书，就在他的学校里。"

可弟弟还是说不去，他说：

"我知道你想去找他干什么，你想嫁给他做老婆。"

阿香没想到弟弟的嘴巴这么坏，她说：

"给他做老婆怎么啦？给他做老婆我们以后的日子就好过了你知道吗？"

可弟弟还是不想去，他说：

"你怎么知道他会要你做老婆呢，他又没有睡过你。"

阿香心里不明白，弟弟的嘴巴怎么这么坏。她真想大声地告诉他，我就是跟李老师睡过觉，你知道吗？可这话她一时不敢说。他们当时就蹲在灶前吃红薯。她突然抓了一个红薯看了看，不知怎么就把那个红薯给捏烂了，她说：

"我救过他，你知道吗？"

弟弟不相信："你救过他……你怎么救他？"

"他被绑在太阳下，他渴得快死了，是我给他水喝的。校长看见的，赵老师他们也都看见，不信你去问一问。"

"我不问！我为什么去帮你问？我一问，赵老师就会对我骂你，说你骚，说你勾引了李老师，害得李老师被送到了山上去。"

阿香的脸色忽然也变了，嘴里也跟着骂起来。她说：

"他赵老师才骚呢，他想摸过我，我不给，他才是骚呢。"

弟弟好像忽然就明白了一点什么了。他说：

"那他是不是也摸过你？不摸不算爱的。"

77

"摸过怎么啦？是我自己给他的。我愿意，我喜欢他。"

弟弟好像来了兴趣了，目光怪怪地盯在姐姐的脸上和姐姐的胸脯上，他说："他真的摸过你吗？……他摸你哪里了？"

这怎么回答呢？想了半天，她只好说：

"他喜欢我的头发，我让他摸了我的头发了。"

弟弟听后就笑了起来，他说：

"摸头发算什么呢，摸头发就算是爱你吗？"

阿香不知如何跟弟弟说了，最后只好说：

"那我告诉你，他睡过我，我们睡过觉，你知道啦？"

弟弟更不相信了。他笑了笑，他的笑声响哼哼的，他觉得姐姐一定是想嫁给李貌想疯了，他说：

"骗谁呀？你要是和他睡过觉，他早就坐牢了。"

"是我们不承认你知道吗？我们不承认，坐什么牢呀？"

弟弟就是不相信，他说：

"我知道了，我知道你想嫁人想疯了你。"

两人最后吵了起来。

弟弟说："要嫁你自己找他嫁去吧，我不去。"

阿香说："你不去？你不去你一个人在家谁养你？"

弟弟说："我自己不会养我自己吗？"

阿香说："你怎么养？你先告诉我，你怎么养你自己？"

阿香把眼前的那半锅红薯，突然端到了一边，她指着原来放着锅头的地方对弟弟说："我一走，就好比这个锅突然没有了，你说你现在想吃你吃什么，你吃啊！"

弟弟却没有去理会这个道理，他也不说话，只猛地一扑，就扑到了锅头边，闪电似的从锅里抢到了几个红薯。阿香突然就气愤了。她

把锅头高高地举到了灶头上,将锅里的红薯抖了抖,统统地抖进了灶灰里,然后把空空的锅头摆在了弟弟的面前,她说:

"吃呀,吃呀,等我走了,这个锅里就什么也没有了,你还怎么吃,你再吃给我看一看,你吃呀?"

弟弟顿时也愤怒了,他突然一脚就踢在了锅头上,把空空的锅头踢进了旁边的一个大灶里。阿香气得刚要站起,弟弟一转身,就抓起了挂在墙上的那把柴刀。吓得阿香不由得大声地喊起来:

"你干吗?你要干吗?"

弟弟不知道要干什么。

他看了看手里的那把柴刀,扭头就出去了。

那一去,弟弟就再也没有回来。

太阳快下山的时候,弟弟的一个同伴跑来了,他告诉阿香,她弟弟死了。她弟弟跟他们一起去砍柴,准备回家的时候,大家都把自己的柴火一捆一捆地扔往悬崖下,轮到她弟弟的时候,不知怎么扔的,谁也没有看清,也许是被扔下的柴火在肩头上挂住了,柴火把他一起带到了悬崖下……一根马尾针箭一样穿过了他的胸膛。

阿香看到弟弟的时候当场就哭昏了。

她的天仿佛顷刻间完全地塌了下来。

她觉得弟弟的死是她造成的。她要是没有跟他吵架,她要是好好地跟他商量,他怎么会被柴火挂到山崖下去呢?平时里,你就是给他十捆八捆,他闭着眼睛一口气都能扔到山崖下的。

弟弟死后,阿香的心就像掉了底似的,突然就空落落的了,思念李貌的情绪又从心的四周爬了回来,很快地又把她的心给填得满满的。她想,除了李貌,她已经什么都没有了,她要是不去找他,她的日子都不知怎么过下去了。弟弟的坟墓上还没有长出青草,她就让村

79

里给她开了一张结婚登记的证明，然后挑着重重的一担行李，找李貌来了。

25

夜里，李貌偷偷地摸到了学校窗户后的菜地边，捡回了被他扔掉的那棵树苋苋，而且悄悄地种回了原来的地方。还有那两块被扔掉的鹅卵石，他也找了回来，他让它们回到原来的树根里，让它们紧紧地挨在一起。

他怕哪天她前来的时候没有看到。

他怕她会因此而悄悄地伤心落泪。

毕竟，她才十八岁呀！

就当她还是一个小孩吧，李貌对自己说。小孩子总是需要一点欺骗的，你不能完全真实地对待她，否则，她那颗还没有完全长大的心，就会受到严重的伤害。何况，他李貌对她造成的伤害，已经够多够大够重的了，就算这么一棵树苋苋这么种下去，一点意义都没有，而且怎么看怎么傻乎乎的，那也把它当作是一个哄小孩用的什么吧，你总不能宁愿看着一个小孩伤心地哭泣，而不愿意对她说一句假话吧，何况男人和女人的事情，往往总是这样的，总是有一些行为是很傻很可笑的，你不能以为你很聪明，你就可以把那些可笑的事情一脚踢开，踢开了，很多事情就真的救不回来了。当然，有些事情李貌自己也是说不清楚的。

26

那棵树蔸后来却没有活下来。

第二年开春,李貌发现它早就死掉了。

露在泥地上的树蔸,从来都没有生长过什么芽芽,红的绿的,什么也没有看到过。李貌拔起来看了看,就什么都明白了,树蔸下边的那些根全都枯掉了,枯得都已经发黑,有的已经朽掉。树根刚一离开地面,里边的鹅卵石就自己跌落了下来。枯朽的树根已经裹不住它们了。

只剩了那两块鹅卵石还是好好的。

李貌心想,也许她种下的时候,它就已经死去了。他不知道她到底是哪天种下的,原先的猜测肯定是不对的,但他没有问过她,她肯定是跟黄泉结婚之后,才偷偷过来把它种下的。

但李貌没有把它扔掉。他把它又种回了地里,就像没有动过一样。几天后,也就是一个星期天,他带了一把柴刀,扛着一把锄头,就上山去了。妻子问他,你去干什么?他却告诉她,有一个学生劳动的时候受伤了,他到山上去帮他找一种熬膏的药草,妻子说这是应该的,谁叫你是人家的老师呢。李貌心里便想,这话放到阿香身上也对,谁叫你也是她的老师呢?我当时如果不是她的老师,今天也许就什么事情都没有了。他妻子哪里想到,李貌要去寻找的,是一棵相似的鼠耳叶。

除了几枝细细的小苗苗,他把挖回来的那棵树蔸蔸修理得干干净净的,而且埋得深深的,看上去,那几枝小苗苗就像是刚刚破土出来一样。

他想她会来看它的。

她种下之后是否来看过,他不知道。但他想,既然她种下了,她就会找时间前来看它的。尤其是开春了,走到哪里,哪里都是刚刚冒出来的新绿,她的心里就会想起它来的。他想,她来的时候,要是看到那几个新芽芽,她肯定会高兴的。

李貌忽然发现自己也好像一个小男孩似的,仿佛自己也还没有长大一样,有点可笑,有点不可理解。他知道自己可以不这样的,可他的脑子里就是自己顶不住,他不明白,人为什么有时候总会这样。为什么?心里越想就越觉得实在可笑,他想别人要是知道了,肯定也会说他有点傻,就像他最早看到那棵树蔸蔸的时候,也觉得阿香是傻的一样。然而,也就在这时,他发现自己尽管结了婚,尽管阿香也嫁了人,可他的心里,还是在暗暗地为她着想,只是,他无法明白,这样的爱会怎么走下去。

能走下去吗?他真的有点不清楚。

他轻轻地将手抚摸在那几根嫩芽上,他感觉到掌心痒痒的,但他的心里很舒服,就像把手心轻轻地放在阿香的乳头上。

27

阿香真的看她的树来了。是李貌叫她来看的。

有一天他去家访的路上遇见了她。他笑着给她点点头,然后随口问了一声,你还好吧。她说就那样。这时,她突然想起了她的树,她说问你一个事?什么事你说。我在你的窗后种了一棵树,你看到了吗?他说我看到了,是你种的吗?她说是我种的呀,是不是死掉了?他便说没死没死怎么会死掉呢,好像已经长出几根嫩芽了。阿香就一脸的不相信,她说你是不是看错了?他说真的没有死,不信你自己看看去。

　　她来的当然不是晚上。她要是晚上来,她怎么看得见那棵树?再说了,晚上来她也看不到他,她要是来看树她却看不到他,只看树她来干什么?他总是一放学就回家去了。他在学校的那一个小宿舍,只是供他放放学生的作业本,还有一些教具什么的。他的吃住都放在家里,他的家离学校没有多远。

　　阿香来的是中午。她知道,她和他这时候见面,就是被别人看见了,也没什么大不了,因为这个时间,是不好发生那些让人怀疑的事情的。

　　她蹲在那棵树苑旁的时候,学校正好放学,李貌刚刚把课本放到宿舍的桌面上,就这时,他从窗户看到了她。但他没有急着惊动她。他已经好久没有细细地看过她了。

　　看着她痴迷的样子,他知道她心里是高兴的,而且是那种真高兴。李貌心里就想,他给她重新种上是种对了,自从她来到瓦村,自从她听到他李貌已经结婚已经有了小孩,自从她嫁给了那断腿的黄泉,她的心也许就再也没有眼下这般快乐过。对他来说,那棵树苑也许并不重要,可对她来说,却是太重要了,至少她在那棵树苑上看到了一种活的希望。

　　他要是不给她重新种上呢?那样的情景也许是可想而知的,她也许还会像眼下这么蹲着看它,但她的心,也许会像那棵枯萎了的树苑一样，慢慢地也枯萎下去。

会是那样的，他想。

随后，他发现她的头发真的越来越美了，她的头发永远是那么长，永远是那么柔亮，她的头发直直地披下来，水一样漫过她的腰，正好拖在身后的泥地上。

李貌看得出来，来的时候她是用心洗过的。换句话说，是给他洗过的，是洗来给他李貌看的，因为他已经好久好久没有好好地看过她的头发了。她那头发下边的腰身，也是越来越有样子了，蹲在那里看上去就像那些画上下来的，这也是她来到这里之后，他从来都没有好好地看过的。他的心随即就活跃了起来，忽然就有了一种想赞美几句的欲望，觉着只有这样的女孩身，才能叫作十八岁的女孩子。

她也知道，他在一直地看着她。

她不动，她静静地蹲着，由他看。

她只是拿着一根枝条，在树苑的那些苗苗间，来来去去地拨弄着，把苗苗间的那些泥土拨弄得碎碎的。李貌打开房门的时候，她曾抬头看了一眼，但很快就把脸埋了下去，随后的时间里，她没有听到他的锁门声，她知道他在偷偷地看着她。

她想，她就这么等着吧，她要等到他说话。

李貌似乎也看出了她的心思了，他说道：

"怎么样，是真的没死吧？"

说着扑身在窗前的桌子上。

阿香慢慢地歪过头，笑了笑，然后继续地拨弄着那些泥，那分明是在拨弄着李貌的心，或者说，是在拨弄着她自己的心。她知道她不能站起来，站起来就意味她得往他的窗户走，否则她站起来干什么，还不如就这么蹲着反而不容易被远处的人看进眼里。

后边的话是李貌自己找出来的。

他说:"你的头发好像比以前更好了。"

她就说:"以后啊,可能就没有这么好了?"

他说:"不会的。你的头发会永远都这么好。"

她说:"难了,我从家里拿来的茶麸,已经用完了。"

他就说:"茶麸哪里没有卖呢,我帮你买吧好不好?"

她说:"那就有点不好意思了。"

他就说:"这有什么不好意思呢,就当是我欠你的吧。"

就那一个欠字,阿香的脸上忽然就放出了一丝光亮来,心想你知道你欠我这就好,就怕你以为你结了婚,你有了小孩,你和我就什么事也都跟着了结了。好,知道欠我这就好。她心里同时告诉自己,李貌的心里还是爱她的。

这就好。她又想。

只要他心里还有她,她的心再怎么也舒服一些了。

末了她说:"你知道我为什么要把它种在这里吗?其实我已经把它扔掉了,我扔在门前的柴火上,扔了三天我才把它捡回来,我心想,要死就让它死给你看吧。所以我以为它早就死掉了。"完了抬头看着李貌:"你是不是觉得我的心里有点毒?"李貌连忙说:"不毒不毒,你还是以前的你,你还是像个小孩子。"

那时的阿香,其实也还不到十九岁。

听了他的话,她便高兴得一脸笑笑的。

28

李貌在街上偷偷地给阿香买了一饼茶麸,那是一饼很大的茶麸,大得就像一块石磨,而且很厚,厚得也像一块石磨。李貌把那石磨一样的茶麸就挂在学校宿舍的窗户后,那样不管他在不在,她都可以过来把它拿走。阿香来拿的时候是晚上。但这一天晚上没有发生什么。她拿到后就走了。她想他晚上也不会来的,她要是等他也是白等。事实上李貌也没来。一饼茶麸在他的心里,就像是他欠了她的。别的,他真的没有多想。

那饼茶麸是新的茶麸,月光下,阿香虽然看得不是太清楚,但那茶麸的香味告诉阿香,那是刚刚榨下来没有多久的,那种香味其实就是阿香头发里时常散发出来的那种香味,只是不知怎么,别人竟没有闻得出来,其实别的女人如果用的也是茶麸,她们的头发也会是这么香的,不同的也许是她的头发能把这种香味保留得久一些,而她们的头发洗完了,风一吹,香味也就跟着被风吹走了。阿香也说不清是什么原因,也许是因为她的头发长,因为她的头发能把那种香味收藏起来,然后慢慢地散,悄悄地放,一丝一丝的,久久的,让人迷醉。

回家的路上,阿香一边捧着,一边不时地把脸贴在茶麸的上边,好像李貌的手还留在那茶麸上,她似乎还能亲热地感觉着他的手留在茶麸上的一些余温。

显然，阿香想要的，不仅仅只是这么一饼茶麸。

茶麸只是能够满足她的头发永远地柔顺，永远地迷人。她想要的还有很多很多。那些本来是她应该得到的她都想要。但她也知道，她得慢慢来，她不能急，毕竟，他已经不是她的了，她只是想偷偷地偷一些回来。或者说，李貌欠她的，她都想得到，就像这一块茶麸一样。

不久后的一天，她在路上拦住了他。

她说："我想跟你问个事。你能告诉我吗？"

他不知道她想问什么，他只望着她没有说话。

她说："那种事真的疼不疼，应该不疼吧，是吗？"

说这话的时候，她的眼睛并没有看着他，她在看着自己的一只脚，她的那只脚正在胡乱地踢着脚下的一块石头。

李貌的心忽地往下一沉。他没想到她问的竟是这个问题，这个问题是他们两人最初的一份困惑，但这份困惑在他的身上早就像一块伤疤一样消失了，可在她的身上，怎么还是一块迷迷糊糊的疼痛呢？他两眼惊愕地看着她。他想她这到底是怎么回事？难道结婚后的这些日子里，她和黄泉一直都没有睡在一张床上吗？不会吧？一定是她一直都没有给他，没有给那个黄泉，要不就是黄泉一直没有给她。为什么？你既然嫁给了他，他既然娶了你，你就是他的妻子，他就是你的丈夫，你为什么不给他？他为什么不给你？李貌几乎不敢相信。

"你和他，一直都没有那种事吗？"

她只是给他摇摇头，眼睛依然盯着脚下踢着的那块石头。

"为什么？是你不给他，还是他不给你？"

阿香还是没有抬起头来，她还在踢着那块石头，踢着踢着，最后猛地一脚，把那石头给踢了起来，而且踢到了路边的草丛里。看着那个被踢走了石头的泥坑，阿香终于开口道：

"我以为他缺的只是一条腿，我没想到他那东西也是废的。"

李貌的心又是一沉，沉得有点暗暗地凄凉。

"真的吗？"他似乎不肯相信。

"我骗你干什么？"她回答道。

"那这事……真是苦了你了。"

然后，就不知道往下说什么了。

说什么呢？他突然觉得，那一夜如果校长他们不来踢门就好了，要是有了那一夜，她心灵上的这一块伤疤早就由他李貌给她抚平了，当然，如果校长他们不去踢门，而且永远不去踢门，那他和她，也许已经是夫妻了。可现在还去说这些还有什么用呢？他真的不知该怎么说才好。但他没有想到，阿香这时突然抬起了头来，而且两眼尖锐地盯着他，问道：

"有句话，你不会忘记吧？"

"什么话？"

"你说过的。"

"我说过的？什么话？"

"你说你要好好地给我一次。"

李貌的心怦地就踢了他一脚，这一脚踢得太猛，也踢得太突然，踢得他差点喘不过气来。他没有想到她要说的是这句话。他脸上的血也呼地燃烧了起来，而且一直烧到脸皮的外边；他的心也在胡乱地跳着。但他不知道如何回答她。太难回答了。他怎么给她回答呢？怎么回答？

"你没忘记吧？我可是一直藏在心里。"

"我没忘……只是这事……怎么说呢？"

"你没忘就好。我就怕你早就忘掉了。"

"忘和不忘还有什么用呢?这事,怎么跟你说好呢?"

"我不管你怎么说,我只想让你能好好地给我一次。"

"太难了,这种事,真的太难了!"

"我知道难,可你说过的,你得给我。"

李貌为难了。他真的不知说什么好。

但她没有因此而放过他,她盯着他。

"就一次,不行吗?"

"要是还没有结婚当然可以,可现在……"

"这个我不管。"

"不管不行的!会出事的!出了事怎么办?"

"你到我家里去,我晚上给你留门。"

"那就更不行了,不行的,你不要这么想。"

"我就这么想,就一次,我不会多要的。"

李貌忽然就抓起了脑袋。他的脑袋在一阵阵地发热。

"随便你哪天晚上,我会把门一直给你留着,我不关。"

"不行的,真的会出事的!"

"出什么事呢?在我家里,你说出什么事呢?"

"你那个家又不是你一个人。"

"这我知道,这事我跟他说过的。"

"你跟他说过了?你跟他说了什么?"

"我说我想跟别人帮他怀一个孩子。"

"你没说是要跟我吧?"

"我有那么傻吗?"

"那他怎么说?"

"头一天他没应,第二天他答应了。"

"你这简直是在开玩笑!"

"我是真的,不是开玩笑。他说只要孩子跟他的姓。"

"真要是怀了,孩子出来长得像我,你说怎么办?"

"不会的,你的小香就不像你。"

"可小香她,她是我的孩子。"

"我没说不是你的孩子。是你说孩子会像你,那她就不像。"

可李貌还是觉得不行。李貌抓头抓得唰唰地响,他说:"不行的,这事真的不行,别的什么我都可以给你,这事我不敢给你。"

"别的我什么都不想要,我就想要你好好地给我一次。你也答应过我的。你不能说话不算数!"

"不是不算数,是不能乱算,你知道吗?"

"你怕什么?你告诉我,你怕什么?"

"我是老师,我怎么能不怕呢?"

"你原来也是老师,那时我还不到十六岁,你怎么不怕?"

"那事我对不起你,我一辈子都记住我对不起你。"

"我不要你的对不起,我要对不起干什么。我就要你好好地给我一次。就一次。我只想好好地要一次。"见他没有做声,她又说道:"今天晚上我就给你把门留着,你只要轻轻一推,你就可以把门推开。"说完她自己先走了。她不想跟他再磨嘴皮。

留下的李貌,一个人傻傻地站在那里,脖子好像断了一样。他又开始恨自己了,恨自己不该自作多情给她换上那一棵树蔸蔸,给她换上那么一棵树蔸蔸干什么呢?它死了就让它死去吧,为什么要给她换呢?他要是不给她换,她也许早就死了这一份心了,自己为什么要给她换呢?为了换上那一棵树蔸蔸,自己还骗了老婆,说是去帮学生上山找药，你看你看，你最后都找来了什么药？你找到的是断肠药啊李貌！他还恨自己不该自己说出给她买那么一饼茶麸，她的头发有没有茶麸洗，关你什么事呢？他突然发觉，人的很多麻烦都是自己找来的。

他真的好恨好恨他自己。

他的头好像都被他抓伤了。

29

那天晚上李貌没有去。

第二天晚上也没有去。

第三天晚上和第四天晚上，李貌都没有去。

但李貌的心，却像是被阿香紧紧地攥在了手心里，像是被阿香串在了一根细细的绳子上，就像串着一只小蚂蚱，然后吊荡在一堆熊熊的大火旁，随时都要被烤焦的样子。第一天晚上，小香的妈妈想跟他要一次，她把自己的裤带都解开了，可他不给，动都不去动她。第二天晚上，小香的妈妈又给了他一次提示，可他还是没有理她。第三天晚上，小香的妈妈受不了了，她干脆先把自己脱光了，可他还是推开了她。他说我有点不舒服。妻子说你怎么啦，是头疼吗？他便顺着说是，而且疼得有点难受。然后顺势又抓起了头来。妻子的手便落在他的脑门上，然后又摸在了自己的脑门上，她发现两个脑门的热是一样的，便说你的头没有发热。他说你不懂。又说我自己头疼我自己不知道吗？妻子顿时就发愣了，最后只好悻悻地侧过身，自己冷冷地睡去了。

那几天，他最怕的就是在路上遇见她，就连夜里应该去的一些家访，都被他心慌意乱地免掉了。但阿香却没有这样就放过他。几天后的一天中午，她忍不住就跑到了学校的窗户下，她当然还是蹲在那棵树茑茑的边上，依旧是一副是来看树的老样子。那些树芽芽已经不再是原来的芽芽了，它们在春雨的温暖中已经增多不少。她说：

"你一直都没有去，是吗？"

他却不想承认这样的事实，他怕她会因此而死死地缠住他，让他给她说道理。他知道，他的道理是说服不了她的，他的道理在她那里都是成不了道理的，尽管他觉得她的道理也没有道理。他于是对她说：

"我去了。"

"你没去！"

"我不骗你，我是去家访回来时路过的。"

她想了想，似乎相信了他："你不敢进？"

"我推了，我推不开。"

"不可能。我试过的，一推就推开了。"

"可能是他又关上了，他不会让你这样做的。"

他的话虽然都是胡编的，但他的心却是明显的，他希望她还是把这个念头打掉的好，那样对他或者对她都有好处，尤其是对他，否则，他的心会永远地被她悬吊在一丛熊熊燃烧着的大火上，他觉得他就是那只蚂蚱了，那只被她吊在大火顶上的小蚂蚱，一不小心就会被烧掉了翅膀，烧焦了身子，烧得焦头烂额。他不愿意成为那样的一只蚂蚱。可她却不去理会他的话，她说：

"那今天晚上，你再去，我不相信推不开。"

"算了吧，人家不高兴就不要逼人家了。"

"我逼谁？你说我是在逼你吗？"

"不，我说的是他。"

"那我可以跟他再谈一谈。你去你的，你不用怕。我就要一次，只要有一次我就够了。我只要一次好好的。"

30

回去后，她依旧地在夜里把门留着，她没有上闩，也没有跟那黄泉好好地谈一谈。其实，从一开始她就没有跟人家黄泉谈过什么。关于黄泉的答应，关于黄泉对孩子的说法，全都是她阿香嘴里瞎编的。为了让李貌放心，她似乎什么可能都想到了。这一夜深更，她真的悄悄地爬了起来，她要去看一看，看那房门是不是真的像李貌说的，是不是真的被黄泉给闩上了。

果然，那门真的被闩得紧紧的。

她想还真的是被这黄泉给闩上了！

她想狠狠地骂他几句，把他从床上骂起来，但她忽然忍住了。他怕把他弄醒，怕待会李貌要是真的来了，他们要做的好事就不方便了。她只悄悄地把门闩拉开，让门又留出了一条缝来。她想，如果李貌从前边经过，他只要用手电筒随意扫一扫，他就能看到那条缝。可她回到床上躺下不久，黄泉的尖叫声就在她的耳朵里响了起来。他说：

"你怎么老是不关门呢？"

她一胳膊就朝黄泉打过去，但她打着的却是空空的床。床上的黄泉不见了。她吓得随即从床上坐了起来。她听到了黄泉还在门边嘟哝着：

"你是记性不好还是有意的？你忘了关，我起来我关上了，可你一起来，你又把门给留着了，还留得宽宽的，狗都可以跑进来了，你这到底是怎么啦？"

阿香顿时就愤怒了，可她刚要张嘴说什么，忽然又停住了。她想刚才黄泉那句话说了什么？他说那门留得宽宽的，宽得狗都可以跑进来了？她发现黄泉的话给了她一个启示，一个她一直苦苦找不到的好启示。她因此顺水推舟道：

"我告诉你吧，我那就是留着让狗进来的。"

黄泉一听就愣住了，他说：

"你让狗进来干什么？"

阿香说："你进来，我告诉你，有一条狗最近几个晚上老在我们家的门前走来走去的，有一天晚上还撞了几下我们家的门，我打开门出去一看，它看了我一下，它想进来，可它看到我在门槛上站着，就又跑走了，我看见它肚子一晃一晃的，可能是要生狗崽了，可能是想到我们屋里来找一个地方生崽呢。它要是到我们屋里来生那不好吗？所以我就偷偷地给它留门了，我想让它进来，你知道吗？"

黄泉没有进来，他还在门边那里站着，他说："让它进我们家来养崽干什么？我们家又不需要养狗，我们家养狗干什么？"

村上的人家，是没有几家不养狗的，只有黄泉一直没有养。养狗的人家不光是为了守门，同时也是为了小孩，为了小孩随地乱拉，但养了狗就不怕，狗可以帮忙随时收拾得干干净净。黄泉的家没有小孩，屋里也没有太多的什么东西，所以黄泉就一直没有养。阿香就说：

"你原来一个人，你当然可以不养啦，可现在我们是两个人，你不养我养，你就让那狗进来养几个狗崽吧。"

黄泉还是把门给闩上了。他说："你想养狗，回头我们买一只小的回来养就行了。干吗要让一条母狗进家里来养下一大堆呢？一条母狗和一堆狗崽比一个大人吃得还多，你知道吗？"

阿香不听他的，她朝他大声地吼了过去：

"叫你留你就留，你给我把门留着你知道吗？你给我把门快点打开！"阿香说着在床上狠狠地擂了几拳，擂得床铺嘭嘭地震响，吓得黄泉的心口也怦怦地乱跳。但黄泉已经回到了床边了。阿香猛地从床上跳下来，她往前一撞，就把黄泉给撞倒了。

"你疯了你！"

倒在地上的黄泉喊道。

阿香没有理他，她鞋也不穿，光着脚就咚咚地奔往屋外，她把门闩又响响地拉开了。阿香咚咚走回来的时候，黄泉还在地上愣愣地坐着。他想不明白阿香怎么啦，就为了让那条母狗到家里来，她用得着对他这么凶吗？阿香让两只脚板相互地搓了搓，往床上一倒，就躺下了。

黄泉晚上睡觉的时候，总把那只竹篓做成的假脚取下来，半夜要起来撒尿什么时，就用放在床头的拐杖帮一帮，阿香那一撞，把他的拐杖给撞飞了，他在地上摸着黑，怎么也摸不着，他对床上的阿香喊道：

"你拉拉我。我的拐杖被你踢走了。"

阿香没有理他，她在床上动也不动。

没有拐杖黄泉当然也能站起，只是连手带脚得多用几个动作，他见阿香没有理他，就只有自己动手了，一下两下三下，一直努力了四下，才把身子弄回了床边，他说：

"你把门那样留着，睡熟了有人进来怎么办？"

"谁要进来就让他进来呗，进来了怎么啦？"

"进来了就会把家里的东西偷走的。"

"你这个家有什么可偷的？人家会偷你吗？你一个断腿的，人家偷你干什么？"

阿香的话把黄泉伤着了。

黄泉悄悄地就不再吭声。

黄泉忍了忍，就忍住了。

两人后来也没有再说话。黄泉从阿香的喘息声里可以听出，阿香一直没有睡下；阿香也从黄泉的喘息里知道，黄泉也一直地睡不着。阿香想，也许自己真的得跟黄泉好好地谈一谈。他没有发现她偷偷留门之前，她觉得她是可以不跟他谈的，可他既然发现了，她只拿狗给他说事，拿狗来欺骗他，能行吗？她要是不跟他谈一谈，也许哪天李貌进来，他真的把李貌当狗给打了怎么办？他当然是打不过李貌的，但闹起来总是有点不太好。在她看来，她相信李貌会在她房里出现的。

他不来他就对不起她，她是这样认为的。她想他肯定会来。可她怎么跟黄泉说呢？怎么说才能让他同意把门给李貌留着呢？最后她想，这种事他黄泉不会同意的，这事还是不能给他谈，谈了反而会自己找事。还是把那门当作是给狗留着吧！慢慢地，她就迷迷糊糊地睡着了，等到她迷迷糊糊地醒来时，天早已经亮了。黄泉也早就起来了，他一直愣愣地坐在门槛上。往时，都是阿香先起的，总是阿香先开了门，先放了鸡，黄泉随后才跟着鸡的吵闹声懒懒地爬起来。阿香于是问道：

"你什么时候起来的？"

"我早就起来了！"

"你后来是不是又起来闩门了？"

"对，我起来了！"

"你怎么有那么多的尿呢？"

"不！我是特地起来闩门的！"

"为什么？你不闩门，天会塌下来吗？"

"天不会塌下来，可我睡不着！"

黄泉的话每句都是硬邦邦的，这让阿香很吃惊。昨天晚上，他还不是这样的脾气呢，今天早上怎么就这样了呢？阿香真想冲上去揪住他，然后跟他好好地吵一架，但她的腿没有迈过去，她想算了吧，大清早的吵什么吵呢，弄不好真的吵起架来反而会把什么告诉了他。

31

第二天晚上，她让黄泉先睡，她自己傻傻地坐在门槛上，身后的屋里黑黑的，灯也不点。她想今天晚上李貌会来吗？他如果现在来了就好了，那样，他们在屋里如果因为不方便，因为有黄泉，那他们可以到外边的什么地方去，但她觉得那样不好，她觉得在外边在野地里做那种事情怎么好呢，不行的，只有牛只有狗才会在野地里那样呢，不行，她想她得在屋子里，得在床上，她想只有在床上，他才能好好地给她，不在床上是怎么都不可能好好的，她要的就是要好好地得到一次。她想只要他来了，她会有办法的，什么办法？她一下也想不出来，但她想只要李貌来了，她就会有办法了。她怕的只是他不来，怕的是他来了门又推不开，怕的是她留的门又被起来撒尿的黄泉给关上了。她总不能就这样坐在门槛上等着他的到来吧？这肯定是不行的。

坐着坐着,她就觉得眼睛有点发酸了。她想先回到床上睡觉去了。怎么办呢?

突然,她想起了一个办法。

她把门板给一扇一扇地拆了下来。

她把门板一扇一扇地塞到了深深的床底下。

她想这样好了,这样他起来撒尿就没门让他关了。

但床上的黄泉,却被她闹醒了,他说:

"你在干什么,你不睡我要睡呀?"

阿香不想跟他说话,转身就到屋后洗手洗脚去了。可她还没有洗好,就突然听到房里传来了一阵拖动门板的声音,她知道一定是黄泉起来从床下把她的门板拖出来了。她放下脚不洗了。她咚咚地就杀回了屋子里。她看见黄泉已经把一扇门装上去了。她顿时就惊讶了,惊讶这断腿的黄泉怎么动作也能这么快?她火了。她朝他吼道:"黄泉!你想干什么?"

黄泉说:"没有门我睡不着!"

阿香说:"睡不着你就别睡!"

黄泉说:"我不睡?我不睡我干什么?"

阿香说:"你爱干什么你干什么,我不管。"

黄泉已经拖出了第二扇门,在往大门走去。

阿香就站在屋门边,看见黄泉出来,却没有去推他,她要是一推,就可以把拉着门板的黄泉推倒在地上,剩下的那一块门板也许就装不成了,可阿香却不知不觉地往旁边让过了身子,她让黄泉把门板从眼前拖了过去,只在嘴里发疯一样吼道:

"你要是再装上去,我就把门轴给劈了,你信不信?"

黄泉没有听她的,他很快就把门装了上去。他不相信她会真的把门轴给劈断。劈断了门轴,这个门就永远装不上去了。他想她不会那么做的,她那么说只是为了吓唬他。他想她还没有凶到那样的程度。那样做她就是一个疯子了。

阿香果然受不了了,她气势汹汹地就冲上来,她抓着装上的那扇门使劲地摇,摇得门板哐哐地震响,好像房屋都快被她摇倒了,摇得她汗都出来了,那门还是没有被她摇下来。她突然就放下了。她不再摇了,她转身就跑进屋里,从床脚下摸了摸,摸出了一把大斧头,回来就哐哐地朝那门轴发疯一样砍去。那门是杉木做的,哪里经得起那样一把大斧头,没有几下,就听得咚的一声,门板重重地跌了下来,随后失重地倒在地上,咣哐一声震响,差点没有压在她的身上。黄泉随后也喊叫了起来了,他说:

"你真的疯了!"

阿香却不理他,她说:"你不能怪我,我已经收到床底去了,是你又拉出来的,我又叫你别装上去,可你不听,我说我会砍下来的,你还是不信,你不能再怪我。"

这么说着的时候,手里的斧头已经砍向了另一个门轴。那斧头就像是砍在黄泉的心上,砍得他的心一颤一颤的。他想这女人也许是真的疯了,不,也许她的脑子本来就是疯的,所以李貌才不要她,别的男人也不要她,于是才剩到了我黄泉家的门口。要不,她长得好好的,怎么说嫁就嫁给我这么一个断腿的,一个有东西没有用的黄泉?她无家可归她也不一定要嫁给我黄泉呀?黄泉想。

黄泉不知道怎么办了。

32

　　就这天晚上,李貌还真的出现在了阿香的家门前。
　　李貌是从山背后家访回来的。李貌一共去访了三个学生家。一个是因为上课老爱打瞌睡,一看就知道夜里都没有好好地睡过觉,一问,说是晚上都跟着叔叔打猎去了。一个是因为老不交作业,问他为什么,说是他爸爸没有给他买作业本的钱,李貌一问,他父亲的头就一直地低着,都快藏到膝盖的下边去了,他说,家里的盐都快没有钱买了,哪里还有钱给他买作业本呢。李貌就说,那这样吧,我那里还有两张大白纸,明早你去早一点,你先割成两本用用吧,学生的父亲就从膝盖里把头抬起来,他说那怎么好呢?用老师的纸,怎么好呢?说着就站了起来,转身就抓来了两个鸡蛋,一手一个,递给李貌说,那你把这两个鸡蛋拿走吧,这两个鸡蛋本来是想留来换盐的,你先拿走吧,怎么能白要你老师的白纸呢。一边说一边硬是塞进李貌的手里。李貌怕推来推去反而把鸡蛋推烂了,有一次在一个学生家,他就跟一个学生的母亲推烂了几个好好的鸡蛋,挺可惜的。他于是就接住了。那种事情在村里虽然时常发生,但拿着那两个鸡蛋的李貌,心里还是挺沉重的,出了门,他就把那两个鸡蛋小心地放在了一块青石板上,然后回头对学生家长喊道:这两个鸡蛋我放在石板上了,你收回去留着换盐吧。然后就急急地逃开了,逃到了第三个学生的家里。这第三个学生,是因为白天跟了一个女同学吵架，吵着吵着，最后就和那女同学打了起来，他说那女同学老是要踢他的裤裆，他就对她说，你想把我的东西踢坏了让我成不了男人是吗，那我也要踢你的小肚，我让你以后嫁了人永远也生不了小孩，说完真的就一脚踢在了那女同学的小肚上，而且踢得力气很大，一脚就把那个女同学踢倒在了地上，疼得那女同学在地上好久都起不来，起来后就又呜呜地哭着回家去了，一路走还一路呜呜地哭着，哭得一路上的人都听到了，弄得还没有等到放学，她的家长就找到学校。

　　李貌从这个同学的家里出来时，天上的月亮已经没有了，已经落下去了，但路面依然看得清楚。经过阿香家的房屋时，李貌不知不觉地就慢了下来，一边走一边两眼紧紧地盯着阿香家的房门。她不是说过给他留了房门的吗？她说只要把门一推，那门就可以被他推开了。

　　慢慢地，李貌就停了下来。

　　他发现自己的眼睛好像有点看糊涂了。

　　他觉得他看到的那个房门怎么不像是房门了，而只是黑洞洞的一个黑块。他没有怀疑自己的眼睛，而是怀疑那房门怎么会是那样呢？尽管没有了月光，但还不至于黑到连门板都看不到了。可他看到的确实只是黑洞洞的好像只是一个门框。他甚至觉得，那个黑洞洞的门框，就像是立在那里的一块巨大的黑墓碑。

　　李貌又偏偏没有带着手电，他觉得月光那么好，还带手电干什么呢。如果带着手电就好了，只要把电筒光照在门边的墙壁上，就能看到那门怎么黑乎乎的了。李貌想，那是怎么一回事呢？他突然就想到了阿香是不是连门板都给他拆掉了？但他不敢相信那样的事实。他想她还不至于胆大到那样的程度。

真要是那样,她就简直有点发了疯了。

是不是那黄泉真的同意了她?

就因为自己没有了男人的能耐就同意了她?然后让别的男人夜里进屋跟自己的老婆睡觉?这可是没有几个男人能做得到的。别人都做不到,他黄泉就能做到吗?就因为断了一条腿,就因为没有了男人那本事?李貌不愿相信,也不愿相信那门是因为没有了门板的缘故。他看了看四周。四周好像没有任何人影,也没有任何动静。哪里都死了一样静悄悄的。他提了提胆子,就悄悄地摸了过去,可不等走近,他就看清楚了。他看见那门真的空空的没有一扇门板。李貌一转身就飞快地回到了路上,快得就像是一条一闪而过的影子,几乎没有任何的声响。但他没有走开。他也不是在犹豫自己该不该进去。不是。他是被那完全洞开的房门吓坏了。他要在路边找个地方坐下来,他要好好地想一想。替那房门想一想。替那阿香想一想。当然,也替他李貌自己想一想。

他最后坐到了一块石头上。

他完全地相信了。他相信了阿香的话。他知道阿香跟他说的一切都是真的。也难怪她有着这样发疯一样的举动。一个好好的女孩,一个全身上下都像火一样正当燃烧的女孩,却整夜整夜空空地躺在一个不中用的男人身边,她不把她自己烧坏了才怪呢!这当然都是他李貌给害的。也许……也许他李貌真的应该好好地给她一次。这也是自己曾经答应过她的。否则,在她的脑子里,她永远记住的就只有疼痛,疼痛,会一直地疼痛到老死。最可怕的是,如果她一直没有得到,她也许还会做出一些什么比拆走了门板更出格更疯狂的事情来。会的。肯定会!一个人失去的东西越多,敢于冒犯规矩的行为也就越大。就像人们时常说的,人穷了就不要命是一样的道理。……

可他真要是好好地给了她一次,她最后感到的不是疼痛,而是天底下最美妙最美妙的一件事情,那以后怎么办呢?她以后还会再要吗?她会只有一次就够了吗?不会的。绝对不会!人就是这样,嘴上说是一回事,事情上往往总是控制不住的,这就好比火烧山一样,谁都希望那火别烧别烧了,可那火是不听你的话的,它只听它自己的火势,它只听风的,风来了,它就跟着没完没了地往前跑,只要后边还有风,只要前边还有草,还有可以燃烧的东西,就会一直地烧过去,一直烧到不能再烧。还有,他进去了如果出了事怎么办?这脸以后还要不要?这老师以后还当不当?为了给一个自己曾经对不起的女学生一次满足,就什么都不管了什么都不要了?值得吗?他突然悚怕起来。他觉得阿香家的那一座房子,就像一个巨大的坟墓,那黑洞洞的房门就是一块巨大的墓碑,他要是走进那块墓碑,他也许就永远地出不来了!

　　李貌突然觉得屁股下的石头凉飕飕的,一直凉到他的脊梁骨里,让他感到阵阵的心寒。他知道他那是怕。那就快点回家吧!他于是站了起来,他暗暗地哆嗦了一下身子,像是在把身上的那些寒意给一一地哆嗦掉。可走在路上的时候,他的身子像是被掏走了什么一样,掏得他有点空空荡荡的,好像心没有了,肺也没有了,全都在刚才的恐惧中被丢失了似的,那手也不像是自己的手了,脚也不像是自己的脚,走出去的每一步都空空的像是踩不在地。他不清楚那是什么缘故。一直回到家里,关上了门,爬到了妻子的身边,紧紧地搂着妻子,才慢慢地有了一些安稳。

33

没有了房门，黄泉可是真的睡不安稳了。但李貌出现在门外时，他也没有任何的警觉。其实，他也没有想到阿香那是给李貌留着的。他几乎都没有往这个方向想到过。他睡不着是因为被阿香给吓着了。原来一直以为，自己一分钱都不花就白白地捡到了一个女人，以为是老天爷有意给了他一份恩赐，可眼下他发现根本不是这么回事。他发觉自己捡到的已经是一份烦恼，或许，还会是一份灾难。要不好好的，她怎么会因为一条狗便要在夜里把门留着，不给她留，她一斧头就把门轴给劈了！她这是不是疯了？他想是的，一定是疯了！说不定哪一天，她还会把房顶上的瓦也统统地捅下来，你要是敢去阻止她，她或许还会一把火将房子给你烧到天上去。

黄泉终于后悔了。后悔自己不该贪图这样的便宜。便宜没有好货呀！这可是老祖宗留下的话，老祖宗的话有过错的吗？老祖宗的话如果都会有错，这些话怎么能传到今天呢？可自己看到她的时候，怎么就一点都没有想到老祖宗的这句话呢？四下里那么多的乡亲，怎么也没有一个对他提醒过一下呢……人家为什么要提醒你呢？他们是你的什么人？你又是人家的什么人？他突然就想起了他的父亲来，他想如果父亲还活着，父亲也许会提醒他一两句的，父亲会在这个女人走进他们家里后，一再地吩咐他要好好地想一想，再想一想，孩子，天下怎么会有这么便宜的事情呢？只要父亲迟疑，只要父亲反对，他黄泉也许就不会答应跟她去登记的，大不了再多养她两天三天，然后就让她走人。他可以对她说，你走吧，我不能和你结婚，我也不想结婚，一辈子都不想。那样，就不会有今天的这一份烦恼了，什么烦恼也不会有。他真的有点恨起了自己。

他觉得自己真的好傻。

怎么就这么傻呢？

他原来一个人日子过得好好的，因为自己断了腿，村里每一年总会给自己一份固定的口粮，少吃一点，节省一点，一年到头锅里总是断不了煮的东西，可是她一来，那份固定的口粮就被取消了，因为你已经有了依靠了，因为有人可以养活你了。刚刚取消的时候，心里还有些隐隐地疼，看着那份固定的口粮说没有就没有了，心里有点不是滋味，但看着身边真的已经站着了一个女人，心情很快就又好了起来，以为自己到底捡得了一个好老婆，捡到了她，那些失去的东西就都会回来的……可是……可是谁会想到原来捡到的竟是这么一个疯女人！

怎么办呢？往下的日子怎么办？

这天晚上，他没有再跟阿香睡在一起。他是被她给吓坏的，吓得不敢再回到原来的床上。她砍完了门轴，就回床上躺下，但她手里的斧头却没有丢掉，她就那样握着斧头躺在床上，黄泉一看就吓坏了。他想她是真的疯了！她要是半夜再如何地发起疯来，她要是一斧头就把他给劈了怎么办？

他因此爬到了楼上。

他就睡在楼上的那几箩谷物旁，他想如果有人进来，如果有人想偷什么他们就偷吧，只要这几箩谷物他们偷不走就行了。他把楼上的楼板扫了扫，就躺下了。躺了好久，似乎才迷迷糊糊地睡了下去，可他还没有完全睡好，就被阿香的一阵叫喊惊醒了，阿香说：

"你说过的,你说过你要给我的,我就要你好好地给我一次,你快点呀,你快点,你听到没有李貌,李貌……你快点给我……"

随后是咣咣的踢床声,踢得他在楼上都被震着了。黄泉于是坐了起来。他想冲下楼去,他想看看她到底是怎么回事。但他冲不下去,他一冲下去他就会一头栽到楼梯脚下,弄不好还会把自己摔得半死。

他也没有叫喊,他只是愣愣地坐着,让脑袋轰轰地响着。黄泉突然地明白了。这一明白使得黄泉的脑子几乎完全地失控。黄泉的嘴里跟着就恨恨地咬起了李貌的名字,他说李貌李貌李貌李貌啊李貌……原来她说的那条狗,竟然就是你呀李貌!李貌呀李貌……李貌这个名字几乎把他的脑子撑破了。他受不了!他想自己虽然没有了中用的东西,可自己怎么说也还是男人呀!她要是这样下去,自己怎么活呀……她一定是跟李貌说好了她才这样留门的……李貌那东西好好的,他怎么会不来呢?他跟她本来就有过那种事情,他肯定会来的……他今天晚上不来,明天晚上也会来的,明天晚上不来,后天晚上也会来的……我怎么办……我就这样眼睁睁地看着他们……我是瞎子吗?……就算从今以后我自己睡在了楼上,他们睡在楼下,我看不见可我不是聋子呀……我要是装聋,我要是装瞎,我黄泉不成傻瓜了……我黄泉是傻瓜吗……可这样下去,跟傻瓜又有什么区别呢?我还有脸活下去吗?我还不如自己死了算了!

黄泉痛苦地坐在楼梯口上,好像随时都会掉下去。

从楼梯口到地面,不是太高也不是太低,如果一头栽下去,也许也能死掉……可要是不死呢?不死以后可就更惨了!

突然,他想到了一瓶酒。

有了酒,也许就什么胆量都出来了。

那是去年埋葬他的老父亲时,人们喝剩在一些碗里的,是他一点一滴地灌回了瓶子里，整整灌了一瓶。那是一种木薯酒，除了酒精，好像比任何一种酒都要烈，很多人都说喝一两口暖暖身可以，多喝了两口就头疼了，要不也不会给黄泉剩在那些碗里的。但在那个很难喝到酒的日子里，只要喝不死人，就都是好酒了。黄泉其实是一个很能喝酒的人，但他一直让那瓶木薯酒在床头的地上留着，他舍不得喝，他想留着有什么事需要请人来帮忙的时候再拿出来，在村上，总是有一些事情是需要别人来帮忙的，尤其是像他这样一个断腿的人。但这时他突然就想到了它。他觉得眼下的他就是最最需要那瓶酒的时候了。他不想再留了。

他急急地下了楼梯。他是一只脚挪下去的，他把自己的另一只脚，一只用竹篾做成的假脚，给忘在了楼上了。那是他睡觉的时候脱下来的，他把它丢在了那几箩谷物的边上。

随后的黄泉，就像一只受伤的袋鼠，光着脚，一跳一跳的，他先是跳到屋里，在床头的地下摸出了那瓶酒，他本来想拿到门外去，他想坐在门槛上，或是坐到门外的哪一块石板上，独自伤心地灌下去，可他摸到酒后突然就不想走了，他就那样顺着身子坐在了地上，他让自己的身子靠在床脚上。他把塞在酒瓶口的玉米棒使劲一拔，将瓶口对着嘴巴，就咕嘟咕嘟地倒了两大口。放了一年多的酒，并没有失去丝毫的酒力，也许又是他好久好久没有喝酒的缘故，黄泉觉得那酒好像比以前更猛更烈了，刚刚下去的那两口，随即在他的咽喉里燃烧了起来，而且很快就烧到了胃里。但他没有停下，他咕嘟咕嘟地，转眼就把那瓶木薯酒给统统灌到了肚子里。

他的身子，骤然间便燃烧了起来。

他的脑袋在阵阵地发热，所有的头筋都在头皮下像是被人拉紧了一样，在蹦蹦蹦地暴跳，仿佛要把他的头皮掀开来，然后像夜间的蝙蝠一样飞往屋外的夜空。他的嘴巴在呼呼地直喘着粗气，让那些已经灌到了胃里的酒，一阵阵地往外飘散着酒气，飘得满屋都是，仿佛只要点上一根火柴，整个屋子就会呼的一声着起熊熊的大火，把整个房子转眼间化为灰烬。

这时的黄泉，却不再想到去死了，而是想起了一把刀——一把尖刀。那把刀挂在厨房的墙上。他于是晃晃悠悠地站了起来，一跳一跳地往厨房跳去。他摸着黑，在墙上拿下了那把尖刀。他决定把阿香拉起来，然后连夜找李貌去！可是，跳回到床边时，他却突然一刀，狠狠地插在了阿香的大腿间。阿香的尖叫当即像闪电一样，把他给击倒在了床前，就那一倒，他手里的那把尖刀，竟在他的脖子上把他给无意地了结了，看上去就像是自杀一样。

34

村里人当天就把黄泉给下葬了。给黄泉装棺的时候，没有人想到黄泉的那条假腿哪里去了，要不要找出来给他装上。那只竹篓做成的假脚，其实一直地丢在楼上那几箩谷物的边上。村里的人对黄泉的死并没有表示任何的怜惜，他们只是对黄泉的行为感到不可思议，都觉得他不该这样的，怎么可以这样呢？你的东西不中用，你可以不娶人家呀？娶了人家，你不能用你只能怪你自己，你不能怪别人，你更不能拿着刀插到人家的那个地方去，你以为那把刀是你的那个东西吗？你想插就可以随便插进去？你的目的是什么呀？你不就想让人家的东西也不能用吗？你想让人家的东西跟你的东西一样了，你心里就平衡了，你怎么可以有这样的想法呢？你的心也太毒了吧，你的心怎么会这么毒呢？平时我们可没看到过你的心有这么毒呀？你怎么突然就变得这么毒了呢？怕别人用你的老婆是不是？怕别人看见你的老婆漂亮受不了会把你的老婆搞走，是不是？你给了她一刀她就永远地走不了，就永远地陪着你过一辈子了是不是？可你怎么也死了呢？死了也好，你要是不死，你要是还活下去，你们俩的日子也过不下去了！

自然，也是因为没有人知道阿香那留门的事。

35

埋葬黄泉的那一天，天蒙蒙亮，阿香就被人抬到乡里的卫生所去了。那时的乡还不叫作乡，叫作公社。公社的卫生所当然医不了阿香的那种伤，但抬去的人不知道，只以为抬到那里就可以了，谁知他们把阿香刚一放下，卫生所里的医生就惊讶得不停地乱喊乱叫，都说哎呀呀，哎呀呀，怎么会是这个地方呢！哎呀呀，哎呀呀！显然，他们也是没有看到过有哪个女的被人用刀插在了那个地方的。他们在不停的哎呀声中，只是匆匆地给她做了一些止血和止痛的处理，一边处理就一边叫道，快快快，快叫车，得马上送到县里去。

阿香就被救护车拉往县人民医院去了。

那是阿香有生以来头一次坐的车，尽管那一次根本不能叫作坐，因为她一路上都是躺着的。她最深的印象就是车子颠颠簸簸的，好像车子随时都要翻到路的下边去，结果是车子没有翻，她肚子里的东西却是翻过来翻过去，翻过去又翻过来，不知翻了多少遍，翻得她一路胸口闷闷的，最后是不停地往外吐。她不知道她为什么会那样。

这一次，是李貌先告诉妻子的，他说我们一起去看看她吧？怪可怜的。妻子说好的去就去吧，她可能还要我们帮她一点什么吧？李貌说不知道，见了人再说吧。

一到城里，小香的妈妈就想起了那个当官的男人，那个曾经让她怀过孕的男人。她于是把李貌拉到一边，她说阿香这肯定要花很多钱，阿香哪里有钱呢？她说我去找找他吧，让他帮忙想点什么办法。她说你跟我一起去吗？李貌想了想，他说也许我去了反而不好。妻子说也是，那我就一个人去吧。她没有想到那个人的良心竟然还好好的，他并没有因为在下乡的时候乱搞了她，他的心就跟着坏透了，他几乎没有多想，他伸手拍了拍她的臀部，就答应了她。他说好的，那我现在就跟你去一下。转身抓了一件衣服就披在了肩头上，然后疾速地往医院赶去。她在后边紧紧地跟着，她特别喜欢他披着衣服走路的样子，风风火火的，两只手在衣服下插着腰，把衣服撑得鼓鼓的。她给他的头一夜，他就是这样地披着衣服，一只手还紧紧地搂着她的肩头，两个人一起行走在田间的小路上。那个晚上的月牙很亮，他就那样搂着她慢慢地走着，走着……一边走，一边还不时地捏着她的肩头，有时是捏她的腰，有时拍一下她的臀部，让她觉得全身都痒痒的，让她一辈子也忘不了。她爸爸其实也喜欢像他这样披着衣服，一摆一摆地行走在田头上，摇晃在地坎边，可她爸爸也披不出他的那副模样。她也曾偷偷地让李貌在走路的时候，也这样地披过衣服，李貌也披不出他的那一个模样。她不知道为什么。县里的就是县里的，他一进医院就帮他们找到了院长，然后就给院长悄悄地吩咐了一些话，那些话，后来还真的帮阿香减去了很多的医疗费。

妻子去找那个人的时间里，李貌一直坐在阿香的身边。

他问:"伤得厉害吗?"

她说:"当然厉害啦,怎么不厉害呢?"

这么说的时候,阿香脸上的恐惧还没有完全褪去。她看了看李貌,把目光投到李貌给她带来的橙子上,她伸手想去拿一个,李貌看到了,马上帮她抓了一个过来。他说挺甜的,我帮你破开吧,说着从身上掏出了一把小刀。阿香却不让他破,她说你别破,先给我。李貌便把橙子递进她的手里。阿香拿着橙子在手里转了转,又把手伸到李貌的面前。

她说:"你把刀也给我。"

他说:"我来帮你破吧,我来。"

她说:"你给我。你给我你就知道了。"

李貌不知道她是什么意思,只好把刀也给了她。阿香一手拿着刀,一手拿着那个橙子转了转,最后把橙子的肚脐翻了上来,对李貌说:

"你看吧,就好比这样,你说厉害不厉害!"

说着亮了亮小刀,对着橙子的肚脐眼直直地插下去,而且狠狠地绞了绞,绞完了,才从橙子里慢慢地把刀抽出来,嘴里说道:

"你看吧,就像这样,你说伤得厉害不厉害?"

然后把那个橙子递到李貌的手里。

李貌的眼睛一直地盯着那个橙子,他看见阿香手里的小刀一绞,一下就把那个橙子给绞烂了,鲜亮的橙汁,在随着抽出的小刀,从橙子的深处慢慢地往外流,流在了阿香的手上,流到了他李貌的手里。

那是多好的一个橙子呀,皮色亮亮的,黄黄的,拿在手里也是肉肉的,又结实,又丰满。那样的橙子是很鲜很甜的,然而这么一绞,就把橙子给绞烂了。

李貌完全地明白了。他为此感到一阵可怕。

李貌把被绞烂的橙子破开。橙子里的肉，已经被绞得模糊一团，但李貌还是切了一片尝了尝，他给阿香也切了一片。

"挺甜的，你尝一尝。"

阿香却不接。她看都不看。她说：

"都被绞烂了还说甜，再甜还有什么用？"

李貌的嘴巴突然停住了。他知道阿香说的什么意思。他想把嘴里的橙子拿出来，最后没有，他暗暗地拉动了一下喉咙，把嘴里的橙子悄悄地吞了下去，不想却差点被噎住了。李貌的眼白翻了一下，翻得眼泪都出来了。他暗暗地把眼泪擦了擦，然后说道：

"让我帮你看看吧，我看一看。"

这样的安慰，有时候也是一种安慰。说着就去动了动阿香身上的被子。阿香看了看四周，便把被子给了他。那是一个宽大的病房，除了阿香，还有好多好多的伤病者，横躺在四周的病床上。李貌当然不能在那么多人的眼皮下，把阿香身上的被单掀开，在别人的目光里把阿香的裤子脱下去。李貌没有。阿香也没有。阿香的身子不能动，但她的手是可以活动的，她抓住身上的床单给李貌往上举了举，让李貌把头伸进去，去帮她把裤子往下拉，只有这样，旁人的眼睛才看不到。在别人的眼里，那样就像是夫妻一样。不是夫妻怎么可以这样呢？如果只是兄妹，如果只是父亲与女儿，都是不能这样的。

那一眼，李貌没有停留太久，事实上，他也根本看不到那里的伤，那里早被医生包扎了起来。他的手在那上边轻轻地碰了碰，好像还没有碰着，他的手就把她的裤子提了上来。

可那一眼还是把李貌的脸给吓白了。他突然觉得，那一刀其实是插在他李貌身上的，也许插的也是这个位置，也许……也许又是插在他的心口上……如果当时他不转身回家，如果他糊里糊涂地走进了那扇洞开的门，结果肯定会是那样的，如果是那样，现在躺着的就是他李貌了……或许，或许根本就不再是躺在这里，而是跟着黄泉一起，到地狱下边去了。他的心在暗暗地发抖。

阿香以为他在替她担心，就安慰说：

"会好的。"想了想又说，

"现在没有早上那么疼了。"

她说着伸出一只手，轻轻地压在他的手背上。

李貌默默地点着头，一时却怎么也张不开口。

36

阿香没有想到的是，她那里却永远医不好了。

黄泉的那一刀插得太深，把她的东西给插坏了。

医生说，要医好也是可以的，但得需要很多的钱，而且得到另一个地方医。医生为此征求过她的意见。医生说你自己先好好地想一想，留你就转院，不留我们就帮你处理了。她不知道医生说的处理是什么意思。但她没有多想就回答说，留，怎么不留。其实她也不懂留是什么意思，不留又是什么意思。医生说，我的话你可能没有听懂，留的话，肯定要花很多的钱，那样的手术我们这里做不了。然后告诉她，里边的什么东西被刀割坏了，还有什么东西也被割坏了，医生的嘴里好像一连说了她里边的两三个地方。阿香还是听不懂医生说的那些东西。医生最后就很通俗地告诉她，那些东西，有的是生小孩用的，有的是与男人睡觉用的。听着听着,阿香又听得糊涂起来,她慌忙问:要转到哪里才能医?医生说,得转到市里的大医院去。说完医生又重复了一句,那是要花很多钱的,肯定要花很多很多的钱。阿香哪里有很多很多的钱呢。她说我没有钱,我哪有钱呢?我眼下都不知道拿什么当钱给你们。医生说,那你就决定吧,如果不留,那以后这里就不能用了。阿香就问,那撒尿呢?撒尿也不行了吗?阿香想,要是连尿都撒不了了,她可会被尿给憋死的。医生说撒尿没有事,尿你还是可以随便撒的,就是跟男人做的那种事,你做不了了,你也不会生孩子了。阿香想了想,觉得挺复杂的,最后只好说道,那些东西没有了就没有吧,只要还能撒尿就行。

医生就没有再多说什么了。

对阿香来说,男人和女人之间的那种好事,就这样永远地成了画在墙上的一块烙饼了,她永远地没有办法再吃到肚子里去了,有关男女的记忆,也因此永远地停留在了与李貌最早的那一夜。尽管那时的她还没有长大,还只是刚刚含苞,还远远没有开放,尽管那一次记忆在她的脑子里,一直地疼痛着,那样的疼痛,而且一直在她的记忆里疼痛下去。

37

阿香的遭遇时常让李貌想得心疼,疼得他夜里老是在床上翻来翻去,把梦中的妻子也给时常地翻醒了起来。妻子说你怎么啦?有虫子吗?他乘机往身上抓了抓,他说可能是。她便也动了动自己的身子。

她说怎么光是咬你呀。他说我怎么知道呢？我又不是虫子。在李貌的心里，他更愿意每天夜里都被虫咬上一咬，而不是这样天天夜里都为阿香的事感到心疼。他越想越觉得自己实实在在是对不起人家阿香，可他又不知道自己该怎么办？

这一天是六月六，六月六的太阳是乡下最好的太阳，村里所有的人家都在忙着晒东西，晒得房前屋后，到处都是衣物和被子，就连路边的小树上，还有那些高高的田坎，都晒得到处都是。李貌也忙着帮妻子搬东西。妻子说晒吧晒吧，都晒了吧，不晒就霉到里边去了。李貌脑子一愣，忽然就想起自己是不是也应该把心里的一些东西晒出来，晒到阿香的面前去。李貌想，他应该当着阿香的面，给她做一个深刻的表白，否则他的心也会发霉的。

李貌于是在阳光下朝阿香的家走过去。

还走在路上的时候，他就看到阿香了。他不知道她要去哪里，她从山脚那边过来，他往她那边走过去，走到中间田坎上的时候，李貌最先站住了。但他开口的话，却从她家的那两扇门说起。阿香家的那两扇门，还是没有了门轴的那两扇。给黄泉下葬的那一天，有人的眼睛曾盯在了那两扇门板上，说是拿来给黄泉做棺材算了，最后是因为有人反对，觉得那两扇门虽然没有了门轴，但还是应该给阿香留着，只是没有人想到该不该帮阿香修一修，埋完黄泉回来，有人看见那门空空的，有点难看，就把那两扇门板拿出来，靠在那里，远远看去，就像是有人在家里守着似的。

李貌说，那两扇门找人修了吗？阿香说没有。回来后，她也一直让门那样靠着，进出的时候便挪一挪。她对李貌说，修不修都一样。显然，她从阴影里还一直出不来。头上的太阳明晃晃地照着，她的脸上却看不到有丝毫的光亮，仿佛再大的阳光都会被她的脸色淹没。李貌说还是找人修修吧，修和不修总是不一样的，你那个家毕竟就你一个人了，有门没有门，晚上的感觉还是不一样的。阿香说那你就去帮我修吧！李貌说我当然可以修，就怕别人看见了不好。阿香说，那你就帮我叫个人来修呗。

李貌心想这是可以的。当然，也不能由他亲口去找人，那样别人也会说，说她阿香的门跟你李貌有什么关系呢？莫非李貌把阿香的家也当成了自己的家？那样也会给人留下话柄的。不过也不难，换一个人不就行了吗？回头让妻子也就是小香的妈妈，去叫一个人去帮不就行了吗？如果那样被人传开去，还会暗地里说小香妈妈的心还挺宽的呢。

说完了门，李貌才把心里的歉疚晒了出来。

李貌说："阿香，我对不起你……真的对不起你。"

阿香说："我不知道你说什么。说这些还有什么用呢？"

李貌说："我没好好地给你一次，我真的对不起你。"

阿香说："我知道你想过要给我，可是你怕。"

李貌点点头："是。我怕。我还想告诉你一个事。"

"什么事？"

"我其实，从来都没有去推过你的门。"

阿香一愣，眼睛顿时就大了起来，那大大的眼睛里，白的是恨，黑的也是恨。她知道他说的是真的，但她还是不禁要问：

"你一个晚上都没有去推过吗？"

他点点头："一个晚上都没有推过。"

她怎么都没有想到，事情原来竟是这样！她的心好像被什么猛地插了一下，随后便颤抖了起来。她两眼空茫地看着他，像一个被人欺骗的小孩从此再也找不到回家的路，她的嘴巴在傻傻地张开着，她对着李貌无声地吼叫着：李貌呀李貌，你怎么能这样呢？你那不是在害我吗？你如果不是那样骗我，我就不会因为门的事跟他黄泉闹成那个样子，我用不着把门拆下来，因为我可以再等你，等一个晚上你不来，我可以等两个晚上，等两个晚上你不来，我可以等三个晚上，等三个晚上你还不来，我可以一直地等下去，不管等到哪一天，可是你……你为什么要那样骗我呢？如果不是因为拆了门板，他黄泉怎么会对我动刀呢？他不对我动刀，他自己也不会死，我的下边那里也会好好的……那样我就还可以等下去……可是你？你怎么可以那样骗我呢？……

阿香的眼睛已经潮湿起来了。

李貌忽然就有些后悔了，后悔自己的话眼看又要弄得阿香满脸的泪水，他不知道该怎么安慰她，他只愣愣地盯着她，盯着她那两只潮湿的眼睛发呆。他看见阿香那潮湿的眼睛里，慢慢地走出了两滴眼泪，但那两滴眼泪却走得很慢，很慢，后边的泪水好像被阿香给掐住了，只留了那两滴眼泪孤独地往下流着，最后在脸上慢慢地流成了两条长长的泪痕。

38

阿香洗头用的茶麸，只剩下鸡蛋大的一小块了。

看着那一小块的茶麸，阿香的心慢慢地凉了起来。她想这也许是最后一次用他的茶麸了，这一次洗完，以后就再也得不到他买的茶麸了，也许从下一次开始，她就得用自己买的茶麸洗头了。她把那一小块茶麸放在一个竹簸里,细细地捶打着,每一下都像是捶打在她的心上。

她想,他还会给她买吗?

她又想,她还让他给她买吗?

她知道,如果让他知道她的茶麸没有了,她想他也许还是会给她买的。一饼茶麸对他一个拿着工资的人来说,算得了什么呢?可问题是,他这样一个胆小的男人,自己还巴着他干什么呢?巴着他,在以后的日子里,还能得到什么呢?

她不知道她会得到什么。

她还巴望在他的身上得到什么吗?原来是想让他好好地给她一次,可现在自己那东西都没有了,她对他还有什么巴望的呢?阿香越想越觉得糊涂。就在这糊涂的过程中,她把那剩下的一点茶麸,已经捶打得碎碎的了,碎得都快成了粉了,再捶下去,就不好洗了。这时她才发现自己忘了烧水了。往时她总是一边弄茶麸一边烧水的,等茶麸弄得差不多了,水也跟着烧好了。可是这一次她竟把烧水的事给忘了。

但她没有马上起身去烧水。

她先把那些捶碎的茶麸,装进小布袋里,她把它们集中到一起,一点一点地往布袋里装,一直装到只剩下了一点点了,她还不肯放过,好像这是最后一次了,这一次洗完,下一次就没有了。一块茶麸当然要不了多少钱,她如果愿意,她也是可以自己买来洗的。可她不想再买了。她想自己买来干什么呢?她只想用他给她买的。可从今以后,这茶麸可能就永远没有了。

她把茶麸都装进布袋之后,才起身去烧水。

水当然不用烧得太多,因为眼下不是冬天。

她只舀了一瓢水，就生起了火来。有那一瓢水，就足够她把那一小袋茶麸完完全全地泡住了，有那一瓢烧开的水泡出来的茶麸水，她就可以再冲两瓢冷水下去，有那样的几瓢水，她就可以细细地泡着她的长发，然后慢慢地洗了。

　　可那一瓢水，她后来竟然烧了三四次都没有烧好。

　　第一次烧着烧着，水早都烧开了，可她还在茶麸的问题里没有醒来，一直听到锅里的水发出了滋滋的干叫，她才慌了起来，于是往锅里加水，再不加，那锅就会被她给烧红了。可加下去的水很快就又烧开了，她却没有心思去把它倒出来，她似乎有点留恋那一点点剩下的茶麸，她真想把那一点点剩下的茶麸就那样留着，留在那个小小的布袋里。如果以后洗头的茶麸他不再给她买了，那么这一点茶麸就是他给她的最后一点点茶麸了。她想把它们留下来。她想把它们永远地挂在一个地方。

　　可是挂着干什么呢？

　　那样做到底是为了什么？

　　就这样，第三瓢水又被她给烧干了。

　　只好又舀了第四瓢水下去。这一次，她不再迟疑了。她觉得没有必要把那一点点茶麸留下来。她想还是有一次洗一次吧！这一次的水刚一烧开，她就把水倒到木盆里，然后把那一袋茶麸浸到滚烫滚烫的水中，然后慢慢地让那袋茶麸在热水里转动着，从这边转过去，又从那边转过来，转得盆里全都是茶麸的水泡泡，橙黄橙黄的，然后再把冷水加进去，然后把长长的头发慢慢地泡到里边，然后才慢慢地洗起来。那一次，她洗得特别久，也洗得特别地心细。

　　自然，也是洗得特别地伤心。

　　洗着洗着，她忽然停下了，她发现自己的泪水都悄悄地滴进了桶里了,她不由得更加伤心起来。水慢慢地就冷了下去,再洗已经没有什么意思了,阿香这才把头发捞起来。准备把茶麸从布袋里倒出来的时候,她的心思突然又上来了。她想,她不应该把那一点茶麸渣像往常一样倒到阴沟里,应该倒到他能看到的地方去。她因此想到了那棵树,想到了他窗后的那一棵鼠耳荚。她如果把那一点茶麸渣倒到那里去,他会看到吗?他如果看到了,会想起一定是她的茶麸用完了吗?这么一点点的茶麸太少了,也许他根本就看不见,看见了也不会想到这是她洗头的最后一次茶麸的?他就是知道这是她洗头的最后一次茶麸,他会怎么想呢?他会想到继续给她买回来吗?但她决定试一试,反正倒到了阴沟里也是白白地倒掉。

夜里,她偷偷地摸到了他的窗户后边,把那一点茶麸渣,倒在了那一棵鼠耳荚下。她没有倒得离树蔸太近,太近了她担心他看不到。她也没有倒得离树蔸太远,太远了她怕他的心思也琢磨不到。倒完了,她就回去了。

第二天她没有过来。

第三天,她也没有过来。

第四天,她也还是没有过来。这一天她曾远远地看到过李貌,但她看到李貌并没有想到过来跟她说句什么,或者是告诉她茶麸已经买回来的事情。她想,他一定是没有看到倒在树蔸下的那一点点茶麸,或者是他看到了,但他觉得没有必要再给她买茶麸了。他还跟她好干什么呢?他也许从此就不再跟她好了,所以也懒得再跟她说什么了。他只是远远地看了她一眼,就往别的地方走去了,像是什么事情都也没有过一样。

第五天,她却自己受不了了。深更半夜的,她就自己摸了过去。她想还是去看一看吧,看一看她好从此死了这条心。可她哪里想到,她的手刚往那里一摸，她就摸着了一饼厚厚的茶麸！阿香的心顿时就暖烘烘的，她紧紧地抱着那饼茶麸就往家里奔跑。

那天晚上，阿香的心情又好起来了。

她想这就好。她想只要李貌的心里还有她，还有她用的茶麸，她的心就多多少少地还有着一些依靠。但她没有吭声。她也不想因此去当面感激他，感激他干什么呢？后来见了面，她也提都不提。而李貌呢？也像是没有过什么茶麸的事情一样，问都没有问过，仿佛那一块茶麸没有什么可说的，说了反而把他们之间的那一点点什么给说没了。

39

阿香的长发依旧柔柔地飘流着，可阿香家的门槛，却长出了高高的野草来了。那些野草也许是阿香头一天出现在黄泉家门口时就看到的那些野草，也许不是。其中几根狗尾草，倒是与阿香当时看到的那几根，几乎一模一样，都在弯弯地垂着头，在风里慢慢地摇摆着。中间的野草，因为被阿香的脚时常踢踩着，稍微地低矮一些，两旁的野草都高过了上边的台阶，看上去就像是一直没有正常地住过人。

这一天，李貌和妻子从阿香家的门前经过。妻子走在前边，李貌走在后面。每次与妻子从阿香门前经过，李貌总是努力让妻子走在前边。阿香那天不在家。阿香的家门紧锁着。李貌的妻子忽然停了下来。她看了看阿香家锁着的门，目光最后落在门槛下的那些野草上。

"他们家出事多久了？"

"快一年半了吧。"李貌说。

"有了吗？有一年半了吗？"

"有了，有一年多了。"

妻子随即叹了一口气，好像有股凉气从她的脊背后升了上来。

"一年半才多久？这女人的心怎么就长草了呢？"

妻子的话说得有点冷，冷得李貌的心也给冰着了。他愣愣地看着妻子，觉得她不应该这样说人家阿香。

"这样说人家干什么呢？"他对妻子说道。

"这话又不是我说的。"妻子顶了他一眼。

"谁说的？"李貌的目光没有挪开。

"你自己不会看吗？她心里要是不长草，她能让那门槛长出那么高的野草吗？"她自然也觉着奇怪，奇怪她阿香的头发护理得那么好，这门槛下的野草怎么就没心思管了呢？她想不明白，嘴里便又说道：

"她的头发怎么又不像这些野草呢？"

"那头发是她的命根子，你不是她，你不会知道的。"

"我是不知道，我就是不知道我才这么说的。她的头发要是也像这些野草一样，谁还会有话说呢？"

你知道她那头发怎么那么好吗？那是有人一直帮她买茶麸给她洗你知道吗？你当然不会知道，你要是知道了，她那头发可能就跟门槛下的那些野草一样了。这话李貌当然没有说出来。他只对妻子说：

"走吧，管人家那么多干什么呢？"

妻子却不走。她朝阿香的门槛直直走去，然后委身在那些野草的前边，将那些草一棵一棵地揪起来，一棵一棵地把根上的泥摔打在台阶上。

李貌没有过去，也没有走开。阿香的心情是不好，这一点他知道，可她还不至于心情坏到连门槛下的野草都不肯拔掉吧？你连自己住的窝都不管，光管那头发干什么呢？他真的有点想不明白。他暗暗地摇摇头。他想一个人真是很难理解另一个人，你不是她，你就怎么也不知道她那是为什么，她为什么成了这样？

他真想上去也摸一摸那些野草，但他不动。

他又想，妻子的话也是对的，一个人的日子过得再难，但把腰弯一弯，顺手把门槛下的那些青草拔一拔，是一点都不难的，如果看到一棵拔一棵，看到一棵拔一棵，那些野草就不会长得那么高的，她怎么这一点点的心思都没有了呢？好端端的一个阿香，怎么就走到了这一步？不觉又默默地摇摇头，他真的替她心酸。

妻子把草拔完了，拔出来的野草竟然一大把。她把野草捆做一捆，但她没有扔掉，她站起来，她往阿香的门框上看了看，然后高高地挂在了一个木钉上。看着高高挂着的那把青草，李貌的心里有点不是滋味，他说：

"你扔掉吧，挂在那里干什么？"

"不这么给她挂着，她还不一定知道有人帮她把这些野草给拔掉了，你相信吗？"妻子说。

"可你挂在那里不好看。"

"总比它们长在门槛下好看吧？"

妻子说着已经走回来，她推了推李貌，她让他在前边走，她怕李貌在后边会把那把青草拿下来。走了几步，李貌还是回过了头来。他想阿香回来看到了会伤心的，弄不好，她会以为是他李貌给她那样做的，因为除了他李貌，谁还会把她放在心上呢？妻子却又推了他一把，妻子说走吧，有什么好看的。

李貌只好把头又转了回去。

妻子突然又想起了什么。她说你说她以后还会嫁人吗？李貌想了想，他说我怎么会知道呢？她那里都没有了，有谁还会愿意娶她呢？妻子想，也不一定，她说也许有人愿要的，黄泉的东西也没有用，黄泉不是也遇着了她吗？李貌就回头给了妻子一个白眼，心里说你懂什么？妻子却不在意李貌的眼色。她说实在不行，她也可以给别人当后妈呀。说完还帮阿香连连地嘘了几口气，她说像她现在这个样子，给人家当后妈也不行，她的心都没了，怎么可以给别人当后妈呢，当后妈的女人是最需要用心的，比亲妈还要用心得多。完了又连连地嘘了几口气，嘘得自己的心也凉飕飕的。她说好端端的一个女孩，竟然落到了这步田地！这可都是你们这些男人给害的！你知道吗？

李貌只是低着头，默默地走着。他的脑子仿佛那把野草一样，一直被妻子高高地挂在那个门顶上，怎么也下不来。

40

阿香的心真的长草了吗？

李貌背着妻子曾悄悄地找过阿香，前前后后地找了五六次。第一次，是在春天，阿香在刚刚分到的水田里。第二次，是在夏天，阿香在地里收玉米。第三次，是在秋天，阿香在山后砍柴回家。第四次，是在冬天，阿香在门前的地里捡猪菜。第五次，又是春天，这一次是过年的时候。每一次，李貌的嘴巴总是吧嗒吧嗒的，像是在课堂上给他的学生上课一样。

李貌说:"你还是女人,你知道吗?你不要以为你不能生小孩了,你也不能给男人睡觉了,你就不是女人了,不是的,你还是女人,除了不能生小孩,除了不能给男人睡觉,你跟别的女人没有什么不一样的。女人是不方便一个人过一辈子的,也不是说不可以,我是说女人单独过日子是很难很难的。女人总是需要有男人在身边的,有一个男人在身边和没有一个男人在身边,是不一样的,哪怕只是说说话,哪怕只是聊聊天,哪怕就是吵吵架也总是好的。女人和男人不光是为了睡觉,也不光是为了生小孩,你知道吗?你长得这么好,愿意娶你的男人多的是,只要你愿意,会有很多男人愿意娶你的,不会是所有的男人都在乎那些东西的。你不能这样一个人过下去,你知道吗?"

李貌说:"你就这样想一想吧,你今年也才二十多,二十多后还有三十,三十后边还有四十,四十后边呢,还有五十,五十后边还有六十,六十后边呢还有七十,七十后边呢?还有八十,八十后边也许还有九十你过不过?我的意思是,往后的日子真的是很长很长的,长得你根本就不知道到底有多长,如果你就这样一个人,如果你不想再嫁人,这长长的日子总有一天你会觉得很难过的,你总不能说闭闭眼睛,你就可以过了。你过不去的,过日子不是闭闭眼睛就能过去的。生活从来都没有那么容易,这不是只过一条河,也不是只爬一座山,你咬咬牙你就可以过去了;过日子不是只过一条河的,也不是只过一座山,而是要过很多很多的河,要爬很多很多的山。你知道我说的意思吗?你不能这样一个人过下去。"

李貌说:"你是不是以为,只要我还爱着你,只要我还给你买茶麸,你的心就足够了?可你想过没有,我就是天天跟你说我爱你,我也会真的永远爱着你,可这对你有什么用呢?除了能保证你洗头用的那块茶麸,我还能给你什么呢?爱这个东西,有时是很虚的你知道吗?

我爱你，我当然爱你，我也没有理由不爱你，我这说的也是真的，我还可以给你说，只要我活着，这一辈子我都会爱着你。可我除了给你这么说，除了保证给你不断地买那一块茶麸，我还能给你做什么？我真是替你想不明白，你都遭遇了这么大的不幸了，可你想问题的时候，你的脚怎么还老是不沾地呢，你怎么还老是把自己的脑袋高高地挂起来，把你的脚也高高地挂起来，你这样做是很不现实的你知道吗？对你来说，最好还是嫁一个人。只要你愿意，你没有找不着的，我不相信你找不着。"

李貌说："我还是想跟你说说，关于我还会不会永远爱你的事。你好像只要有了我这句话，你就什么都不在乎了。这个事，我想我得跟你好好地说一说。怎么说呢？我只有这样给你说吧，这个事你就当作是我欠你的吧，好不好？我欠了你的，我肯定会记在心里。这就好比我欠了你一担谷子，我一直没有办法还给你，可你不能就这样整天地坐在家里，你只等着我还给你这一担谷子呀？你还得该种什么就种你的去，你不去种，我那一担谷子又还不到你的手上，你这不是过日子的方法，你知道吗？我这也并不是说，我想赖账我想不还你那担谷子，那担谷子我会还你的，我会用一辈子来还给你。你别再这样下去了好不好？看着你一个人过日子，我心里真的有点疼。我真的为你心疼你知道吗？你要知道，我是真的因为爱你，我才会替你感到心疼的，你知道吗？"

最后一次，李貌给阿香讲了一个故事。

李貌说："这个故事我不知道你听说过没有，可能你没有听说过。我是在学校读书的时候，在一本书上看到的，说的是一个老人。这老人原来做过妓女。妓女你知道吗？就是旧社会把身卖给男人过日子的那种女人。为了挣钱，她每天都要接好多好多的客人。她的客人就是男人。换一句话说，就是她每天要给好多好多的男人睡她，所以就把她的那个地方给睡坏了。解放了，不给再卖身了，她那地方也不能生孩子了。按说，她也是没有人会要她做老婆了的。孩子都不能生了，谁还会要她呢？而且她还卖过身。可她还是想嫁人。她觉得一个女人不能一辈子没有男人。后来还真的有一个男人看上了她。她告诉他，说她不能生小孩。那男的说不能生我们就接养一个吧，这有什么关系呢？结婚后，他们就真的接养了一个小孩，一家三口，日子一样过得十分地美满。"

每次说完，阿香只是短短地回他一句话。
头一次，阿香说："有人要，我也不嫁。"
第二次，阿香说："我才不管那么多。"
第三次，阿香问道："你就是这么想的？"
李貌不知如何回话。阿香就补了一句："我不爱听！"
第四次，阿香说："你欠我的只是一担谷子吗？"
李貌当即给问哑了，哑得两眼发呆。
李貌拿妓女说事的那一次，她的回话刀一样锋快。
她说："我不跟妓女比！我没有卖过身！"

41

李貌想把茶麸给阿香断掉。
就像一个母亲想给一个小孩断奶一样。

他想，如果这样不停地给她买下去，她就会觉得他心里还爱着她，她就会因此而不想再嫁人，如果他不再给她买茶麸呢？也许她就会不得不让人替她找来一个男人，不找她怎么过下去？倒不是说没有茶麸她过不下去，而是因为，没有了爱她也许就过不下去了，她就不得不另做打算。

这么想的时候李貌走在路上，他正在去给她买茶麸。想着想着，他突然就停下了，他坐在了路边的一块石头上，但想着想着，李貌又怕了起来，他怕她因为没有了他的茶麸，没有了他给她的这一点点的爱，她会因此而了断了她的人生……会吗？也许会。茶麸虽然不大，可茶麸就像是他和她之间的一根独木桥，茶麸没有了，他们之间的这个独木桥就好比突然间给断掉了……那样，他在这头当然是没有什么的，大不了让内心再内疚一次，可她呢？她也许会看着断桥而感到崩溃，然后一头就重重地摔下去，摔到桥下的河水里。

这么一想，李貌不觉得有些后怕起来。

他就这样痛苦地坐在那石板上。

路过的人看到了，都对他说：

"走吧，老师！"

"你们先走吧，我坐一会。"李貌说。

有人看到他的脸色很不好，就问：

"老师，你病了还是怎么啦？"

李貌的脸色就紧张起来，他说：

"没有呀。没事没事，我歇歇就走。"

他当然不跟他们一起走，等他们都走远了，他才站起来，一个人慢慢地往前走着，走到一个独木桥上的时候，他再一次地停了下来。那独木桥不是太宽，也不是太长，那其实是一块棺材板，不知是谁从哪里弄来的。桥下是一条比棺材板窄一点的小溪流，溪水下边是一块很宽的青石板，青石板的上边流水很浅，但很滑，人要是掉下去，是谁也站不住的，掉下去就会当即摔倒了，然后就会顺着水流滑到下边的一个水坑里，那是一个深水坑，如果不会游水，如果在上边被摔昏了头，在那一个深水坑里是起不来的。

于是他又想起了那块茶麸。

如果没有了那块茶麸……如果阿香从这桥上摔下去……如果她的头被摔昏了……如果她顺势往下滑……如果滑进了那一个深水坑里……那结果呢？结果她能自己起来吗？

李貌的害怕又上来了。

他不敢再往桥的下边看。

他觉得有点恍恍惚惚的。

他急急地就走过了桥去。

那一天，他很用心地给阿香选了一块特别好的茶麸，很新，很香，捧在手上，顺手拍一拍，就能把香味一下一下地拍起来，拍进人的心脾里，让人有种醉一样的滋味。他想，他好像有多久没有给她买到这样的一块好茶麸了？有时也认真地买过的，但更多的时候，是顺手买到手上就算了。他想，等阿香拿到这块茶麸的时候，她一定会为这新新的香味而高兴的。他回头四下里看了看，看见身边没有认识的人，便把那块茶麸匆匆地塞进了箩筐的底处。每一次上街给阿香买茶麸，李貌挑去的总是一对箩筐，箩筐里放着几张学校的旧报纸，那是用作盖茶麸的，然后再去买其他的东西。有些东西是家里要买，有些东西是学校要买，如果什么都不买，就会走到一个偏僻处，往另一头箩筐放进几块断砖，然后挑着回家。当然不能直直地回到他的家里去，而是得先回到学校，先把茶麸拿出来，然后偷偷地挂到窗后的木桩上。

那里挂着一件长长的烂蓑衣,那是一件谁都不会动的烂蓑衣。

阿香的茶麸,总是挂在蓑衣的下边。

42

阿香的眼神是越来越寡,越来越淡了。

远远看到有人走来,她总是早早地把头低下去,把目光压在脚下的泥地里,就是迎面见了人,目光也是干干的,几乎看不到什么表情。那两只寡淡的眼睛,就像是两只假眼。在人们的眼里,阿香的眼睛以前是很迷人的,虽然嫁给黄泉没有给她带来过什么幸福,但她见到人时候,目光总是闪闪地发着亮,在那样的目光里,人们总是看到有一层水汪汪的东西在里边转悠着,就像是两口小水潭,潭不大,但很深很迷人,会让人一不小心就掉进去,然后半天都出不来,然后就让人感到全身都爽幽幽的,可现在,现在什么都没有了,那层汪汪的水没有了,那爽幽幽的感觉也消失了,人们看到的只是两只枯干的眼睛。

那两只枯干的眼睛,分明还要枯干下去。

有人便当众骂了起来:

都是因为那个黄泉!

黄泉的那一刀插得也太深了!

那一刀把一双水一样的眼睛给插死了!

其实,阿香的眼神没有死,也没有枯干。

只是那水似的眼神已经被她藏到了内心的深处。

她只对一个人开放,那是李貌的女儿小香。

每次见到小香，阿香的眼睛都会霍然一亮，那层水汪汪的东西随即从她的心灵深处往眼睛浮上来，好像没有受到过什么伤害一样。当然，这都是在小香的身边无人的时候。

她一直觉得，小香这个女孩本应该是她的孩子，虽然这个孩子是从另一个女人的身上掉下来的。她想，如果李貌不跟小香的妈妈结婚，如果李貌一直等着她阿香的到来，这个女孩不就是她阿香的孩子吗？她觉得小香一点都不像她的妈妈，也不像她的爸爸，反倒很像她阿香，尤其是那头发，黑黑的，顺顺的，长长的，就连她的名字都和她阿香的一样。她其实就应该是她的孩子。

这种感觉一天比一天更加强烈。

她觉得小香的那一头长发，像极了她小时候的头发了。她想，也许李貌和小香的妈妈生这个小孩的时候，李貌的心里也是想着和她阿香生的，要不，这个小孩的头发怎么这么像她阿香的头发呢？他李貌没有这么好的头发，他老婆也没有这么好的头发，这孩子的头发是哪儿来的呢？肯定是李貌和她阿香生的。她想一定是！

如果小香是她的孩子该多好呀！

每次看到小香的时候，她总想上去靠近她，她总想如何摸一摸她的头发，看看她的头发是不是很像她小时候的头发，但她总是没有轻易靠近，她知道她应该小心，否则，她就可能永远也无法靠近她。

这一天她终于逮住了一个小香身边无人的机会，悄悄地就靠近了过去。当时的小香正在摘着路边的野菊。阿香悄悄地也摘了一把在手里放着，但她把花先藏在了她的身后，她悄悄地蹲到她的跟前，她说：

"小香，你在做什么呀？"

小香让她看手里的那些花朵。

"我摘花呢，我摘了好多的花。"

其实也就三五朵,有的还被她摘烂了。也许是因为花茎太韧,她弄不断,于是就拼命地拉,就把花朵给弄烂了。阿香便把手里的菊花亮出来,她说:

"阿姨帮你摘了一把,要不要?"

小香的嘴巴还没有说话,就把菊花抢过去了,抢得好几朵菊花都掉到了地面上。阿香帮她一朵一朵地捡起来。小香拿到菊花就要走,阿香却把她拉住了,她说:

"你先别走,让阿姨先看看你的头发。"

小香于是转过身,她把头发给她看。阿香在小香的头发上摸了摸,就把自己的头发甩了过来。她让自己的头发与小香的头发垂在一起,她让小香看看她的头发好不好。小香说好。她又把头发捧起来,她让小香摸摸她的头发看软不软。小香摸了摸她的头发,小香说软。她又让小香闻闻她的头发看香不香。小香就闻了闻她的头发,小香说香。

阿香的心花顿时就开放了起来。

她又让小香闻闻自己的头发看香不香。

小香闻了闻自己头发,小香说不香。

于是她就对小香说:

"哪天让阿姨帮你洗洗,让你的头发也香香的好不好?"

小香默默地点点头。

阿香说:"哪天你自己到阿姨家里去,阿姨好好地帮你洗。"

小香又点点头,然后捧着花就往前边跑去了。跑去的小香就像一团火,把阿香的眼神也燃烧了起来,她真想跟着小香一直地往前跑。

43

阿香于是等着。

她想小香会来找她的。

在等待的那些日子里,她与李貌曾有过一次对话。对话是她主动的,但对话的内容却与小香无关。她问李貌:

"如果你老婆哪天死了,你告诉我,你会娶我吗?"

那一天太阳已经西下,李貌要去一个学生家。学生的家得从阿香的房屋边路过。阿香当时正在屋里,远远地她就看到了李貌往这边走来。她不知道他要去哪儿,但她突然就走了出来,她迎着李貌就走了过去。她想问他要一句话,她觉得这句话对她很重要,如果李貌答应她,如果他的老婆哪天先死了,而她阿香还活着,他李貌就会娶了她,那她就把李貌的这句话深深地藏在心底里。她觉得,如果有了李貌这句话,她的心里就有底了,那样不管日子多么难,她想她都是能够挺过去的。但她不想在她的家门前问要这句话,她怕别人看到了眼睛挪不开。再说了,她也怕李貌不肯在她的家门边与她说话,怕他一甩头就走人。李貌看见阿香从路上走来,以为她有事要到村里去,便把路给她让了过去。往时两人对面走来的时候,他总是这样先停下来,等她过去了他再走。有时他想看一眼她的脸,可她总是不肯给他看,她总是低着头直直地走过去。他觉得他已经没有话要对她讲了,他就是有话对她讲,也是白讲,反正什么话她都是不肯听进去的。

但这一次,他没有想到是阿香自己先停下。两人的目光于是撞在了一起。那样的撞击是很强烈的,但她不再把目光拿开,他也没有把目光挪走。看她的眼神,他知道她一定是有话要说,果然她就先开口了。阿香没有想到,她的话竟把他吓了一跳。

李貌瞪大着双眼,惊恐地看着阿香,突然问道:

"你告诉我,你是不是想害死她?"

阿香也被李貌的突然一问给吓住了,但她不知道他为什么这样问她,她顿时被他问住了,她突然一慌,不知道怎么回答。李貌的目光却刀一样逼着她,像是把她的身心都给戳穿了,李貌说:

"我告诉你,你要是真的想害死她,这对你来说是很容易的,你可以在过桥的时候把她推下去,你也可以在她吃的东西里放农药,可我告诉你,你千万不要这么做,你要是有这样的想法,你要是把她害死了,你也活不了你知道吗?你想害死她不就是为了要嫁给我吗?可是你想过没有,你要是真的害死了她,你也跟着会坐牢的,你还会被枪毙你知道吗?你要是被枪毙了,你的命都没有了你说你还能嫁给我吗?你可千万千万不要这么想。你要是这么想,我就会怀疑你的良心出了问题了,你知道吗?你的心情一直不好,这我知道,但你的心还不会坏到这个地步吧?"

李貌说得自己都怕了起来,怕得他脸色都青了。说完了他也不想再多说了,他觉得再怎么跟她说都是没有任何用处的,他跟她说了那么多次让她嫁人她都不嫁,这事她的心要是真的坏了就让她坏去吧,他再怎么多说也是白说的,李貌于是就拨开了站在面边的阿香,往前走去了,他要赶到那个学生的家里去。

阿香的心一下就瘫掉了。她想我的良心怎么就出了问题了?我只想问他要一句话,我的心怎么就坏了呢?难道你老婆以后永远都不会死吗?她为什么不会死呢?难道你们两个是天生的一对吗?难道你死了,她才会死吗?我不相信!但李貌已经风风火火地走远了,他就像是在逃离什么妖魔一样,远远地逃离而去了。

44

阿香的眼神因此更加地暗淡了,只有在看到小香的时候,才悄悄地闪亮了起来,她问小香:

"还记得阿姨说过的那句话吗?"

"记得呀……什么话?"

每次小香却都是这样给她回答。

她的心里便暗暗地有点被逗乐了,她觉得小香这个小孩真是有点好玩,好玩得实在可爱,于是就不厌其烦地再一次提醒她:

"你不是答应过要到阿姨那里洗头吗?"

"记得呀。"小香说。

"那你什么时候去呀?"

"不知道。"小香又一次这样回答。

"那你到底是想还是不想让阿姨帮你洗头呀?你看阿姨的头发这么好,阿姨把你的头发也洗成这样不好吗?要不你再闻闻阿姨的头发吧,阿姨的头发洗得可香啦。"这么说着的时候,她的头发已经长长地垂到了小香的眼前,把小香的情绪撩得痒痒的。小香笑笑地把小脸凑上去,紧紧地贴在阿香的头发上。除了在阿香的头发上,小香的小脸在哪里贴到过这样的头发呢?当然没有。小香的小脸每次贴在阿香的头发上时,都想那样久久地留着,不想把脸拿开。她觉得阿香的头发实在是太好了。

"香吗?"阿香总会再一次问道。

"香。"小香的回答也总是甜甜的。

"那你闻闻你的头发,有没有阿姨的这么香?"

小香就闻闻自己的头发,然后笑笑地摇摇头。

"香吗?"阿香问。

小香又是笑笑地摇摇头。

"想不想让阿姨帮你洗?"

"想。"小香依旧地点点头。

"那就去阿姨家里洗头啊,为什么又不去呢?"

小香又不知道回答了,她只是笑笑地看着她。

"知道阿姨的家在哪里吗?"

"知道呀。在那里。"

"是不是怕去阿姨家?"

"怕什么怕,我不怕。"

"不怕就去阿姨家里洗头吧。"

小香又不知道怎么回答了,她依旧笑笑地看着她。阿香就又禁不住摸了摸小香的头发,她知道那样的头发,如果落在她的手里,就会比她阿香的头发还要顺,还要香,她要把她的头发洗得就像她的妈妈小的时候帮她洗的一模一样。

阿香就这样一直耐心地等待着。

一直等到了小香七岁的那一年。

45

那一天，小香的头发被一块牛屎弄脏了，而且是热腾腾的一块烂牛屎。那块烂牛屎是从一头黄牛的尾巴下刚刚掉下来的，还没有落到地上，就在空中横飞到了小香的头上去。那天是小香在班上做值日。小香和一个男孩同桌，放完学，扫完地，锁好教室，他们就一起往回走。两个小孩不是一个村子的，但有一半的路要走在同一条路上。那头黄牛当时正走在那条路上吃草，一边吃一边排出一些作废的东西。小香当时走在前边，那男孩走在后边，中间拉着不远不近的一点距离。小香已经从黄牛的身边走了过去，过去了都有一丈多远了，突然，她听到扑的一声，什么东西扑在了她的后脑上，力量还挺大的，小香的脚跟因此没有站稳，她往前踉跄了两步，就倒在了前边的路上。

那是后边的男孩无意弄出来的。他手里拿着一块木板，一边走一边敲打着路边的什么，走到黄牛的身后时，正好看见黄牛的尾巴下有东西往下坠落，男孩的目光突然一闪，握紧手中的木板就朝着牛尾巴横扫了过去。男孩其实没有任何的目的，他只是顺手一扫，他觉得好玩。

可他怎么也没有想到，那块牛屎竟在空中扑到了小香的头上，而且把小香给扑倒了。他看了看倒在地上的小香，看了看手中的木板，突然就愣住了。他当时先是有些想笑，但随即就收住了。他朝小香跑了过去，把她迅速地扶起来。

小香不知道发生了什么事。

她惊恐地看着扶她起来的这位同桌。

男孩这时才丢下了手里的木板,急急忙忙地在给小香拨掉巴在头发上的那些牛屎。他倒是一点都不怕脏。显然,这是一个敢做敢当的男孩!他丝毫都没有想要逃离远去。

他让她别动!

他把她头发上的牛屎剥下来,一下一下地甩在地上。看着男孩手上甩下来的那些东西,再看看那块木板上的牛屎,小香忽然就什么都明白了。她转过身看了看男孩的一双手,脸色唰地一变,哇地就哭了起来。她伸手就往他的身上打来,但男孩突然吼了一声,把她的手给吓住了。他说:

"你别动!你一动你身上就都是牛屎啦。"

小香哭着脸看着男孩。

她说:"那我怎么办呢?"

男孩突然灵机一动。他说:

"走!到河边去,我帮你洗。"

男孩说着蹲下身子,在路边的草丛上连连抹了几下,把手上的牛屎抹掉,然后拉着小香,往小河边急急地走去。

刚走到河边,小香就感到了冷。

她说:"怎么洗呀?水很冷的。"

河里的水是有些冷了。秋天都已经过去了好久了。河岸边的很多树,叶子都快掉光了,剩下的一些叶子,在风中摇晃着,枯黄枯黄的,眼看也在树上呆不了几个日子了。男孩看了看河水,自然也知道冷。他还知道他不能让小香到冷冷的河里去,他知道那样她会受不了。她肯定是受不了的。因为她是女孩子。可是他呢?他是可以下到河里去的，因为他是男孩，男孩不应该怕冷。而且，他觉得就是怕他也得下去，因为她头上的牛屎是他给弄上去的，他不下去弄水给她洗，她头发上的那些牛屎怎么能弄掉呢？

男孩说："你不用下去。"

小香说："那怎么洗呀？"

男孩说："我们找个地方吧，找到了你就躺在河边，你把你的头发放下去，放到河里去，我到河里去给你洗。"

两人就一路地找，最后找到了一个河岸很低很低的地方，水也浅浅的，男孩没有等到小香躺下，就捞起裤脚走进河里去了。男孩的脚刚一下水，嘴巴就哇哇地叫起来，好像有什么很尖很锐的东西穿透了他的脚板心。小香听到了冷水给男孩带来的尖叫。她的心也被狠狠地刺了一下。

"很冷，是吗？"她问他。

男孩咬咬牙，他说："有点冷，你躺下吧，我帮你洗。"

小香就慢慢地躺了下来，挪了好久，才把头发挪到了水边上。男孩急急地就给她洗起了头发来。小小的男孩哪里会洗呢？他又是捧水，又是给她搓揉，其实只是让那两只小手在水里和小香的头发上，胡乱地忙了一通，一不小心，把很多的冷水都泼到了小香的脸上和脖子上，冷得小香一颤一颤的，嘴里不时地发着尖叫。

她问他："快好了吧？"

男孩却没有回答，他知道他还没有给她洗好，所以他没有回答，但他很快就发现他的两只小手越来越不听话了，他发现他的两只小手在她的头发上颤抖着，连水都下不去了。小香没有听到男孩的回话，听到的只是脑后有什么东西在得得地响着，小香有点觉得奇怪，挪了挪身子，把头吊了下去，就这样她看到了河里的小男孩。她看见倒着

的小男孩正在河里颤抖着,那得得的声音是从他的牙齿上敲出来的。她一下就知道了。她知道他在河里被冷着了!她于是给他说道:

"那你起来吧,不起来你会冷死的。"

男孩这才得救一样,急急地跳着走了上来。

小香还在地上躺着,但她看到了上来的男孩在她的眼里还在不停地颤抖,好像冷水已经冷到了他的骨头里去了。她挪了挪身子,慢慢地翻着身,一边吊着湿淋淋的头发,一边也站了起来。她看到头发上的流水还是脏兮兮的,她因此不敢把头立起来。那男孩因此有些难过了,他似乎忘了他的身子还在哆嗦,他对她说:

"要是夏天就好了,夏天我会帮你洗干净的。"

小香的头就那样歪着,她没有做声。她让头发上的脏水往下流,她用手去捋了捋,她想让头上的脏水流得快一些,只捋了几下,她的手也跟着冷冷的了。她说:"那怎么办呢?"

男孩的牙齿不再乱敲了,他的手在不停地往身上乱摸乱搓,最后深深地插在大腿间,好像那里是他身上最暖最暖的地方。他说:"等一等好吗?等我的手暖一点了,我再下去帮你洗。"

看着自己的手都发红了,小香便可怜起了那个男孩。她说:"算了,你不要下去了,你回去会生病的,生了病,你明天就来不了学校了。"男孩在小香的话里被感动了。他看着她,随即又替她为难起来。他说:

"你这样怎么回家呢?你妈会骂你的。"

小香知道。小香的脸色马上就又难看了起来,像是要哭。她说:"那我怎么办呢?我妈会骂我的,她会骂死我的。"

两个小孩最后在河边坐了下来。

最后,小香就想到了阿香。

46

阿香的门敞开着。

看见小香进来的时候,阿香的心血顿时就沸腾起来,她让那个男孩你先走吧,你走吧,你不用在这里等她了,你先回家去吧。她兴奋地朝他舞着手,就像赶一只小鸭子。那男孩嘀咕着让她不要告诉别人,她说好的,你回去吧,我不会告诉别人的,小香也不会告诉别人的,是吗小香?小香点点头那男孩就离去了。

阿香没有急着用她的茶麸给小香洗头。

她先暖了一些水,把小香头发上的那些牛屎冲掉,然后让小香等着,一边烧水,一边拿下了茶麸。阿香的茶麸就挂在后门的墙外边。那是一饼只剩了一半的茶麸。那半饼茶麸弯弯的,像饼弯弯的月亮,那弯弯的月亮中间,是她一次次洗头的时候砍掉的。小香觉得那一块茶麸很好看。阿香便把那饼弯弯的茶麸递到她的手里,让她好好地看,等小香看够了,才把那半饼弯弯的茶麸放到地上的一个竹簸里,到厨房去拿来了刀,给小香细细地砍起来。她让小香在一旁好好地看着。

第一刀下去的时候,她停了一下。她告诉她:

"小时候,我妈给我洗头,就是这样砍的。"

她让小香细细地看,看她一下一下地砍着那饼茶麸。那些被砍下来的茶麸,都细细的,如果砍下来的茶麸有的颗粒大了,她就用刀把一下一下地捶成粉末。

那一天的阿香，一点都不急。

每一样，她都做得比任何一次都认真。为了这一天的到来，她已经等得太久太久了。这么久的日子都等过来了，这时候她还急着干什么呢？因此，她一点都不急。

她要给小香细细地做。她要细细地做给她看，待会她还要细细地给她洗，她要让她洗完这一次，很快就会有第二次，第二次之后跟着还会有第三次……随后是不停地洗下去……她当然知道，小香是不会每一次想洗头的时候都跑到她这里来的。那也不可能。但她要让小香觉得她给她洗是最好的，觉得她在家里给她的妈妈洗，是怎么洗也没有她阿香洗得这么好。她要给小香的心里深深地种下一个念头，她要让那个念头在小香的心地里一天一天地长大，那样，她阿香就会因为洗头而与小香越来越亲……会吗？她想会的。

只要这一次能洗到小香的心里去，往后就什么事都有可能。

所以，她让自己不要急，她让自己的心，细了再细。

砍好了，她把那饼弯弯的茶麸挂回原来的墙面上，回来后又把那些砍下的茶麸，细细地捶打了一遍。她告诉小香：

"小时候，我妈给我洗头，都是这样的。"

捶好了，她从墙上的一个木钉上取一个小布袋。小布袋只有拳头那么大，看上去就像个小公羊的睾包包，那昏黄的颜色是被茶麸染来染去染成了那样的。

她让小香看了看那个小布袋。

她告诉她，这是她妈妈给她留下的。她妈妈以前洗头一直都用着这个小布袋，她也一直地用着这个小布袋。然后她把小布袋的口口打开，让小香把竹簸里的那些碎茶麸，一抓一抓地抓进来。她对她说：

"小时候，我妈给我洗头，都是让我帮她抓的。"

小香觉得很好玩，两只小手来回不停地抓着，一直抓完了茶麸的最后一抓。小香不知道为什么她妈妈没有让她这样抓过。

这时，灶上的热水已经烧好了。

阿香让小香拿着小布袋，自己就端水去了。

那是一个洗脸用的小木桶。木桶里的水看不到，看到的只是热腾腾的热气在往上飘。阿香叫小香不要动，她抓住她的小手，把小布袋上的那根绳子提起来，然后从木桶边把那个小布袋慢慢地吊进去。小布袋落到水里的时候，有点沉了沉，这时她才让小香在空中把绳子松下来，然后不停地拉动着，让热水里的小布袋，落下去又提起来，提起来又落下去，都轻轻地，并不让桶里的热水震上来，否则会把小香的小手给烫着的。吃够了热水的小布袋，越来越沉了，最后，她让小香把小布袋一直地沉到水桶底，但布袋的绳子没有丢，她让小香把绳子绞在手指上，让她在水桶里来来去去地拉动着那个小布袋，就像是在拉着一只小山羊，在院子里来来去去地奔走着。她又告诉小香：

"小时候，我妈给我洗头，都是让我这样拉着的。"

桶里的水很快就被小香拉出了一阵阵的香味，香得满屋都是。

阿香问小香香不香？小香点点头。小香说香。阿香说等下阿姨帮你洗的时候，阿姨就把这香味都洗到你的头发里去，好不好？小香点点头。小香说好。她让小香又拖了几个来回，自己用另一个木桶提来了半桶冷水，然后一瓢一瓢地舀进去，等舀得差不多了，她知道水温合适了，就让小香把长长的头发吊到桶里去，然后一下一下帮她洗起来。她先把小香的长发在水里涮了涮，然后用那个小布袋轻轻地压在小香的后脑上，压了好一会，那温不温烫不烫的小布袋，让小香的小后脑觉得特别地好，从后脑一直地好到她的心坎上。她不知道她妈妈为什么没有这样给她洗过。看着小香一动不动的样子，阿香知道小香的心里在慢慢地享受着她给她的好。

"舒服吗？"她问道。

"舒服。"小香回答说。

她便再一次地告诉她：

"小时候，我妈妈都是这样帮我洗的。"

那样的话，阿香那天说了很多遍。她当然是有意要这样说的。她要让小香一次又一次地给她听到心里去，就仿佛是在告诉她，你现在享受的就是妈妈在给你洗头，你知道吗？那一天的阿香十分地幸福，似乎小香就是小时候的她，而她就是她小时候的妈妈。她真是恨不得把小时候妈妈所给过她的爱，全都统统地拿出来，统统地给到小香的身上。她就那样慢慢地给她洗着，细细地给她洗着，把母亲给自己洗头时所留下的最好的记忆，都一点一滴地挤出来，一点一滴地又落实在小香的头发上。

小香的头发洗好了。

她把小香的头发也擦干了。

她坐在小香的面前，一动不动地看着她。

她似乎越来越觉得，这小香就是她的女儿了！

她让小香闻一闻头发香不香。小香闻了闻，小香说香。她又让小香把头发甩一甩。小香便把头发甩了甩。小香甩头发的时候，阿香突然觉得小香真是像极了小时候的她。小时候，母亲每一次给她洗完头，都是这样让她甩一甩的。母亲特别喜欢她甩头发时的样子。

怎么这么一样呢？

阿香的心里真的像开了花了。她看着她，禁不住又说道，你再甩一甩好吗？像阿姨这样甩一甩。一边说一边先甩了甩自己的长发。小香便学着阿香的样子，把长长的头发又甩了一次……这一次，小香甩得太美了，甩得就像一柄撑开的伞！

阿香的心完全地醉了。醉在心里，也醉在了脸上。醉得小香都有些吃惊了。她从来都没有看到阿香有过这样的笑容，她想阿香姨的笑容今天怎么这么美呢？美得阿香都忘了让她回去了。

后来是小香自己突然想到的。她说：

"我要回去了，我爸我妈他们会找我的。"

阿香这才醒了过来，她的神情随之一愣，一时都不知道怎么才好。她真是舍不得她走，但她知道她得让她走。她只好点点头，她说："好的，那你就回去吧。"

小香跳了跳，就跳着往外走去了。看着小香跳着走去的小身影，阿香真是越来越觉得她就是她的女儿了。她觉得她就是她阿香的女儿小香！悄悄地，阿香的眼里流下了两行长长的热泪。

47

小香还没有跑回到家里，就被李貌在路上碰到了。他看到女儿头发飞扬地奔跑在村头的路上。天虽然已经快黑，但女儿那飞扬的头发，在他的眼里就像一团黑色的火焰，在昏黄的天空下呼啦啦地燃烧着。

李貌是寻找小香来的，看到小香跑过来时，他远远地就站住了，正想开口严厉地说句什么，小香已经跑到了他的跟前，他的嘴巴刚刚张开,他的声音还没有出来,就被一股久违的香味给镇住了……那股香味尖刀一般,锋利地钻进他的咽喉,迅速插入他的心肺深处……就那么一个喘息的瞬间,李貌的整个身心,被小香头上的香味给粉碎了。

他像散了架似的,猛地愣住了!

小香说:"爸,你看我的头发!"

小香昂着头,朝他来往地甩动着她的长发。

李貌立即就醒悟了。他闻出了那味道就是阿香头发上的那一种味道。那种味道他已经很久很久没有闻到过了。他禁不住将小香一把搂往怀里,捧着她的头发使劲地闻起来。最后,他吩咐小香:

"回去不要告诉妈妈,知道吗?"

小香瞪着两眼:"不告诉她什么?"

李貌说:"不告诉她洗头的事呗。"

小香说:"知道,我不告诉,你也不要告诉。"

李貌笑了笑:"好的,我们都不告诉她。"

牵着小香,就回家去了。

可是刚一进屋,小香就把洗头的事全都给妈妈说出来了。小香感觉她的头发那么香,香得她怎么也禁不住。妈妈悄悄地愣了一下,随即把目光投到了李貌的脸上。

"你带她去的?"她问。

"你问她,谁带她去的?"李貌说。

不等母亲问话,小香就说是自己去的。

母亲听完笑了笑,嘴里就不再说什么了。李貌当时觉得有点奇怪,匆匆地在妻子的脸上过了一眼,她嘴巴闭着,也不吭声。屋里的天已经昏暗,妻子一时也看不清楚他的表情。

这样的结果正是阿香急于知道的。

第二天,她把小香拦在了一棵大树下。

她问小香:"怎么样?"因为问得太急,小香没有听懂。小香说:"什么怎么样?"阿香说:"我给你洗的头发呀?妈妈知道吗?"她怕的是小香的妈妈会有什么说法。小香说:"妈妈知道呀。"阿香的神情便有些紧张起来:"妈妈知道了怎么说?"小香说:"妈妈没说什么。"阿香当然觉着有些奇怪:"妈妈什么都没说吗?"小香说:"妈妈是什么都没说呀。""那爸爸呢?""爸爸也没说什么。"阿香就更奇怪了:"爸爸真的什么都没说吗?"小香说:"爸爸真的什么都没说。"她就置疑地盯着小香的两只小眼睛,她说:"爸爸是不是不知道你在哪里洗的头?"小香说:"爸爸知道呀。""那爸爸怎么知道呢,是你告诉他的吗?"小香摇摇头说:"是爸爸自己闻出来的,爸爸一闻就知道了。"

就那一个闻字,阿香心里呼地燃起了一把火。

她说:"爸爸怎么一闻就知道了呢?"

小香点点头,把阿香心里的那把火弄得更旺了。

她问:"爸爸怎么闻的?能告诉阿姨吗?"

小香一把就搂住了阿香的头,在她的头发上学着父亲的样子使劲地闻了闻,又闻了闻,每一次都闻得响响的,把阿香的魂都给吸走了。阿香心里知道,李貌那闻的其实是她阿香,是的,他闻的绝对是她阿香。她因此高兴地把小香搂进了怀里。她对她说:

"哪天想洗了,就又到阿姨那里去,好吗?"

小香应了一声好的,便风似的往前飘去。

48

然而在李貌的妻子那里，有根神经却睡着了。

第一次小香洗头回来，她真的没有多想什么。

她只是觉得好，很好，洗得真的是好。

第二次小香洗头回来，她依然觉得好。

看着女儿那洗得顺顺的头发，觉得这样下去还真的是一件好事情，这样下去，她这个当妈的，就可以为女儿的那头长发省些心了，也省事了。说真话，她其实不是太喜欢女儿留着那么长的头发，不好洗，因为得经常洗，不洗就乱得像个鸡窝，鸡窝里还动不动会冒出一些难闻的汗味来。她曾不止一次地要把小香的头发剪短一些，但李貌不让。她知道李貌为什么不让，有时就因此把小香洗头的事推给李貌。可女儿觉得爸爸洗得不好，洗来洗去，最后还是回到当妈妈的手上，有时候就洗得她心烦，就心想那个女人的心情怎么就那么好呢？她那一头长发她洗了那么多年了怎么就不心烦呢？她曾时常地对李貌说，你呀，你也全靠是跟了我结婚，你要是跟了她结婚，你早就不知道哭到哪里去了。李貌说为什么？她说还用问吗？你看她那一头长发，还整得那么好，整得那么顺，整得那么香，她的心思不都在那头发上去了？你要是跟她结婚，那那个家不都得压在了你李貌一个人的身上了？你说你不哭谁哭呀？弄不好你哭的声音都没有你信不信？李貌说这只是你自己猜想的，人家爱人家的头发，人家又不是天天都在那里整着那个头发，再说了，能把头发整得那么好的女人，至少可以说明人家是一个勤快的女人。李貌的话还没有说完，她就把话抢走了，说她勤快吗？她勤快她家的门槛怎么长出了那么高的野草？李貌说那是两码事，你要是碰到那样的事，你也许连门上都会长草，你信不信？她想了想，觉得也有可能。但她没有说出来。

第三次小香洗头回来，她还是觉得真的好。她似乎在女儿的头发上看到了阿香的一种心情。她对李貌说，让她经常帮小香洗洗头发也挺好的，这样她的心情就会因为小香而慢慢地好起来。李貌没有回话。李貌只是点点头，他曾因此感激地看了妻子一眼，觉得妻子的这份心态挺好的，而且也挺难得。

第四次、第五次，也没什么，她还是觉得挺好的，有时也禁不住在小香的头发上摸一摸，摸完了还觉得手上挺舒服的，有时还偷偷地把手也闻了闻，觉得那味道是真的不一样，但心里还是没有多想什么。

第六次，李貌的妻子突然愤怒了。

那根睡着的神经，被李貌给撞醒了！

她两眼一瞪，就朝李貌大声地吼了过去：

"李貌！你不要这样好不好？你不要她每次洗头回来，你都这样闻着她的头发好不好！"当时的李貌正使劲地闻着女儿的头发，闻得嗦嗦地乱响，一边嗦，一边还在嘴里不停地说着："好，真香，简直香死了人了！"他没想到妻子会对他突然发出那样的吼声。他被妻子的吼声给吼住了。他愣了一下，给妻子把头抬了起来。他说："怎么啦？闻闻我女儿的头发怎么啦？"妻子的眼睛像在冒火，她在狠狠地盯着他："她每次回来你都这样，你知道你这样像什么吗？"说着也像李貌一样,在空中把鼻子吸得嗦嗦地乱响。小香在一旁便偷偷地笑,她转头就对爸爸说:"爸爸,以后你别闻得那么响好吗?闻得太响了,妈妈听着闹心知道吗?"

"对,闹心!"

妻子接过女儿的话大声喊道。

李貌一时还没有替妻子想得太多,他在女儿带回来的那种香味里还没有完全醒来,他说:"这怎么就闹心了呢?那你晚上睡觉还打呼噜呢。"

"我打呼噜是我自己的事,可你这,你这是什么?你以为别人不知道你这闻的是什么吗?"

"我闻的是什么呀?我闻的不是我女儿的头发吗?"

"你以为你这闻的是女儿的头发吗?"不等李貌回话,她又狠狠地摔了一句过来,"那我就告诉你吧,你闻的是另一个女人的头发,你以为我不知道吗?"

李貌的脸皮被妻子给撕下来了,他首先想到的是推开女儿,他不想让她听到他们的这些话。他一边推着小香进屋,一边干干地笑了几声,只是笑声里有点尴尬,还有点隐痛,嘴里沉沉地说:"胡说八道!完全是胡说八道!"

49

小香洗头的事却暂时没有受到影响。

只要想洗,小香依旧自己跑到阿香那里。阿香也确实因为小香的往来气色好了许多，尤其是心里的那块底，慢慢地就又有了些安稳了，好像小香已经眼见着是她的女儿了一样，只是因为说不清的什么缘故，如今先寄养在了另一个女人的手里，如此而已。

她想，只要她好好地如此下去，弄不好哪一天她还可以成为李貌的妻子的。只是不知道那一天会是哪一天？那一天她需要等多久？她劝自己先不要去想那么多，她劝自己你就这样先活着吧。她想只要她不嫁人，只要她对小香好，他李貌的心里会自己长出眼睛来的。她不相信他的心里没有眼睛。他的心里要是没有眼睛，他那样闻着小香的头发干什么呢？他在学校的窗户后不断地给她挂上那一饼茶麸干什么呢？还有学校地里的那一棵鼠耳叶……那棵鼠耳叶长得挺好的，白天她虽然很少靠近过，但每次把用完的茶麸渣倒在下边的时候，她都会用心地摸摸那些叶子。她知道它在生长着，虽然长得有些慢。慢点要什么紧呢，只要在长就好。

她觉得她和他的事，也像这棵鼠耳叶。

只要在长就好，慢一点就慢一点，她想她熬得住。

当然，这都是因为她并不知道，那棵鼠耳叶早就不是原来的那一棵鼠耳叶。不知道有时就有不知道的好。要不她心里的那块底早就没有了。她心里要是没有了那个底，结果会如何呢？

这是谁也无法知道的。

每一次给小香洗完头，她便也闻一闻小香的头发，仿佛那样一闻，是跟李貌偷偷地闻在了一起了，闻完了才让小香回家去。有时候，她没有让小香马上离开，她让小香学着也帮她洗一洗。

她告诉她："小时候，我妈也是经常让我帮她洗。"

小香问："你那时多大呀？"

阿香说："跟你现在差不多。"

小香说:"你那时有我这样会洗吗?"

阿香说:"不会就好好地跟妈妈学呗。"

小香洗得好不好,对阿香来说一点都不重要,重要的是,阿香从小香的小手上,感受到了一种没有过的东西,那种东西一丝丝的,能一直暖到她心上的任何一个角落。那样的日子是顺心顺意的,顺了两年多三年。

50

在这两年多三年的光阴里,李貌的妻子也曾有过晚上睡不着的时候,曾在深更半夜里好几次地把李貌从梦中推醒。

她说:"她不会想打我们小香的什么主意吧?"

李貌知道妻子想说什么。他睡得迷迷糊糊的,但他的脑子里并不迷糊。他说:"打什么主意呢?你说她想打什么主意?"

妻子说:"我在问你呢?她会不会打的什么主意?"

李貌说:"人家是看见我们小香的头发长得好,除了喜欢还能有别的什么主意呢?"

妻子心里还是迷迷糊糊的,不知说什么,只好让李貌睡去。

有一次,她看见阿香牵着小香从田埂上穿过,一高一矮,一大一小,头发都长长的在身后一甩一甩的,甩得她脑子有些发晕,晚上又睡不着了,她推了推李貌,又把李貌给推醒。她说:"今天她和小香走在一起,好像她们是母女似的。"

李貌迷迷糊糊的就有点烦了。他说:"你别老是自己去想这些好不好，有些东西吧，你不想它就怎么都不像，可你越想它就越来越像，你相信吗？本来一点都不像都被你想成是相像的了，你信不信？"

她就说："我也就是想想嘛，想想都不可以吗？"

只好又让李貌转身睡去了。

后来有一次，不知怎么她突然想到了阿香的那个伤处，就又在深夜把李貌给推醒了，然后在李貌的耳边问道：

"你说她那里真的不能用了吗？"

李貌睡得迷迷糊糊的，但还是忽然就想起了那一个橙子来。

那个被阿香给一刀绞烂了的橙子！他于是问道：

"你说呢？你说她那里还能用吗？"

"我是问你呢？"妻子说。

"我不知道你什么意思？"

"还用问吗？我担心你呗！"

"你以为你担心了她那里就能用吗？在医院的时候，你说你往她那里看了多少遍？你前前后后看了五六遍，人家医生都没有你看得那么仔细，能不能用你到现在还不清楚吗？"

"我是怕她突然又好了呗。"

李貌的脑子里又回到了那个橙子上。那是一个多么好的橙子呀，那种金黄，那种透亮，那种结实，那种丰满，怎么拿在手里都是感觉肉肉的，可是那一刀直直地插了下去，就把里边的肉都给绞烂了，绞出了很多汁……那样的橙子怎么还能好回去呢？

"要是能好，那倒好了。"他有点暗暗地感叹道。

妻子突然就撞了他一下，她说："你什么意思？"

"那样她就可以嫁人了呀！"

"这样说还差不多，我还以为你有什么想法呢。"

李貌就暗暗地笑了两声，他说："我会有什么想法呢？我告诉你吧，我就是有想法，她那里也是永远用不了了。除非哪天在路上她突然捡到一块黄金，那黄金比你的头还要大。"说着就顺手摸了摸妻子的头，吓得妻子连忙挡开，她说："干吗拿我的头来比呀？你拿她的头比不行吗？"李貌说："好啊，那就让她先捡到一块跟她的头一样大的黄金吧，那块黄金她可以换成很多很多的钱，然后她到城里去做了一次大手术……可她到哪里去能捡到那样的一块黄金呢？哪里有那样的一块黄金，你去告诉她吧？"

妻子便偷偷地笑了，心想哪能捡到那样的一块黄金呢？阿香肯定是一辈子都捡不到那样的一块黄金的，做梦都捡不到！她说：

"你这么说我就放心了。那就让小香永远到她那里洗头吧，她爱帮小香洗多久，就让她帮她洗多久。"说着推了推李貌，让他转过身，接着睡他的去。随后，自己也慢慢地睡去了。但是，这两个睡着的人谁也没有想到，他们的女儿很快就知道了她爸爸和阿香姨原来的那些事情。

51

那一天小香从阿香的门前经过。阿香正在地上吃晌午饭。阳光从门外照进去，在阿香家的地面上照成了一个大大的门。阿香就在那块门的阳光里坐着，她端着一碗粥，头低低地在盯着面前的那个辣椒钵。辣椒钵就放在阳光里的地面上。但阿香没有看到她。她也许一边吃一边正在想着别的事。小香看着看着，突然就觉得阿香好可怜。心里就想:她为什么老是这样一个人呢?

有一天洗完头正要回家,走到门边的时候,小香突然回过头去,她看到阿香就站在她的身后不远处,她知道,她一走,屋里的阿香阿姨,就又要冷冷清清的一个人了。

小香说:"我想问你一个事,可以吗?"

阿香说:"可以呀,什么事?你说吧。"

小香说:"你为什么,老是一个人呀?"

阿香没想到是这个事,顿时就干了不少脸色。

她说:"没什么呀,一个人挺好的。"

小香说:"好什么呀,我觉得你好可怜。"

阿香的心忽然就感动了,仿佛这孩子的血已经跟她的血融在了一起了。心里说,可怜又有什么办法呢?但她嘴里却没这么说。

她说:"可怜什么?不可怜呀,阿姨这样挺好的。"

话刚说完心里却忽然酸酸的,门边的小香都看出来了。

小香说:"你为什么不嫁人呢?"

阿香的眼睛就不敢看着小香了。她怕小香的目光太锐利,怕小香的目光把她给刺着了。虽然自己是个大人,但在小香这样的小孩面前,阿香知道,自己的心有时还是很脆弱的。她的眼睛于是满屋地到处乱转,好像要寻找什么,但什么东西也没有找到,最后,只好让目光回到小香的脸上。

她说:"你真的很想知道吗?"

小香点点头,她说:"想知道。"

阿香说:"那就回去问你爸爸吧。"说完似乎有点后悔,她说:"算了,还是别问他吧,你别问他,好吗?"

可是已经晚了,小香的眼睛回家后就盯住了爸爸。

小香说:"爸,我想问你一句话。"

爸爸说:"什么话?你说吧。"

小香说:"阿香姨为什么一个人过日子?"

李貌的心突然就踢了他一下,把眼睛踢大了。

"你问我,我问谁呀?"他想这样把她挡过去。

可小香说:"她说让我问你的。她说你可以告诉我。"

李貌的心猛然就喊了一句我的天呀,阿香你怎么这么糊涂呢?再糊涂也不能这么糊涂呀。你都给我女儿说了些什么?你想说什么你就自己说吧,干吗要让她回来问我呢?这不是要害我吗。

他于是问道:"她怎么跟你说的?"

"她就说让我回来问问你,她说你会告诉我的。"

"那你就去告诉她,你说你爸不知道,你看她怎么说。"

小香就真的又回去了,可阿香还是没有告诉她。阿香只给她提醒了一句话,她说回去跟你爸爸说,说阿姨之所以一直一个人,就因为你爸爸给我说过一句话。小香问她是一句什么话?阿香只是给小香摆摆手,让她不要问。她说你回去再问问你爸爸吧,这回他肯定会告诉你。可李貌还是不知怎么回答,他为此想了大半天,脑子里就是翻不出那一句到底是他的哪句话。他只好再一次对小香说,我不知道,你还是再去问问她,她告诉你是哪一句可能就是那一句。

阿香听到后,就伤心了起来。

她想,李貌一定是忘记了他说过的那句话。

但她还是不肯直接告诉小香。她对小香说:

"你回去告诉他,那句话是我救他的时候,他给我说的。"

小香愣了一下,她从来都没有听说过,有谁救过她的爸爸。

"你真的救过我的爸爸吗?"她问道。

阿香给小香点点头。她说:"我是用这头发救他的。"

小香又愣了一下,她看着阿香的头发想不通。她说你用头发怎么救我爸爸呀?阿香就告诉她,说你爸爸有一天被人绑在太阳下,他口渴了,渴得要死,我就用头发去装水给他喝。你回去问问他,他会告诉你的。小香顿时就感动了。她说那你不就是我爸的恩人了吗?阿香心里说当然啦,但嘴里没有回答。小香把这救命的事拿回去刚一开口,她看到爸爸的脸色突然难看起来,爸爸随即就低下了头,爸爸没有给她回话,等到爸爸把头抬起来的时候,她看见爸爸的眼睛好像被什么小虫咬红了,好像还咬得很疼,疼得小香不敢再开口。

没有多久,小香告诉阿香,她说她什么都知道了。阿香说你都知道了什么呀?小香说,我知道你和爸爸很多很多原来的事。阿香问是谁告诉你的,是爸爸吗?小香摇摇头。她说不是。

她告诉她:"是我爷爷告诉我的。"

她爷爷其实就是她的外公,但她的外公觉得叫外公不如叫爷爷好,再加李貌家里早就没有了任何人,所以,就让小香一直地叫他爷爷了。她爷爷就是那个到云顶林场,把她爸爸李貌接回来的那个大叔。那位大叔这时已经快七十了,他也早就不再是那个主任了,但他还会时常像当主任的时候那样,肩上披着衣服,两手背在腰后,在田野里来来往往地漫步着,有时,还会吼出几声狼似的嚎叫,只是那声音已经没有原来的那么粗了,也没有原来的那么壮。他那腰也不再是原来的腰。他的腰已经弯弯的,走一步,脑门就会往下点一点。

52

没有多久,小香出事了。

小香的头发和小香的一句话,把妈妈给得罪了!

事情的起因当然是小香的不对。那一天,小香从阿香那里洗头回来了,可小香的心还在阿香那里放着。她一进屋就懒懒地坐在椅子上,没有等她坐暖,妈妈进来了,妈妈一进来就一屁股坐在她的边边上。那是一张双人椅。小香不想让妈妈碰着她的头发。她往边上让了让,但让不了多大的地方,她于是就有点生气了。因为妈妈的身上都是汗,妈妈的头发上也都是汗。小香对妈妈发话了。

她说:"你不会去坐那张椅子呀?"

她们的对面还有一张椅子,也是一张双人椅。但妈妈没有想过自己为什么不坐到对面去。妈妈只是想,我为什么要坐到对面去?妈妈也跟着说话了。

妈妈说:"那你不会坐过去吗?"

小香不服了,她说:"这是我先坐的。"

可妈妈说:"先坐怎么啦?先坐就不能过去吗?"

小香觉得妈妈霸道了。小香的目光在妈妈的身上燃烧了起来。她说:"你过去,这是我先坐的,你快点给我过去!"

妈妈就是不过去!妈妈知道小香为什么。妈妈说:"怕我碰着你的头发是不是?怕我碰着你就自己坐过去,不过去就不要啰里啰嗦的,再啰嗦我就给你一巴掌你信不信?"

小香就是不过去。

小香也不把妈妈的巴掌放在心上。

她突然就朝妈妈伸出了手,要把妈妈推过去。

她说:"你起来,你坐到对面那里去!"

妈妈真的就生气了,妈妈朝她吼了一声:

"你再推?你再推我的巴掌就不认人了!"

妈妈的巴掌已经高高举起,但小香的眼睛没有看到,她还在推。妈妈的巴掌于是真的生气了。妈妈的巴掌真的不认人了。妈妈的巴掌狠狠地就劈在了小香的小脸上。

妈妈的手下得很重,把小香的眼睛都打花了,她晃了晃,她的眼睛都看不清楚眼前的很多东西了。她摸摸脸,脸上烫乎乎的像是被火烧了一样。小香哇地就哭了起来。她受不了了。她一转身,就哭着跑到了门外。

最后,就跑到阿香的家里去。

她对她说,我恨死我妈妈了!

她问她,你恨我的妈妈吗?

她又说,如果不是因为我妈妈,你就是我的妈妈你知道吗?

她对阿香说,我的妈妈如果是你,而不是我的妈妈就好了。

她说你应该是我的妈妈的,你为什么不是我的妈妈呢?你跟我爸爸那么好,你还救过我爸爸,我爸爸为什么不跟你结婚呢?我爸爸要是跟你结婚了,我现在就是你的女儿了。我真是恨死了我的妈妈了,她为什么要在你的前边嫁给了我的爸爸呢?

那天的小香说了很多话。后来,她突然瞪着眼对阿香问:

"如果我妈妈突然死了,你会嫁给我爸爸吗?"

阿香突然就心慌了。她想她问的怎么跟我问她爸爸的一样呢？她突然就想起了她爸爸给她回答的那些话。她好想拿她爸爸的话来回答她，可她突然觉得她不能像她的爸爸那样回答她。因为她还小，她是不能像她那样的。而她也不能像她的爸爸那样。她只是两眼迷惘地看着她，她不知道如何给她回话。慢慢地，小香也不再吱声，但临走时，又两眼愣愣地盯着阿香。

小香说："你还没有回答我呢？"

阿香说："我回答你什么呢？"

小香说："我妈要是死了，你会嫁给我爸爸吗？"

阿香说："我不知道，回去问你爸爸吧。"

53

回到家里，小香还真的就问了爸爸。

她说："爸爸，你还喜欢阿香阿姨吗？"

李貌脸色一沉："你是不是又去了她那里了？"

小香却没有告诉他。她只是拖住爸爸问着：

"如果我妈妈死了，你会娶阿香阿姨吗？"

就这一句，妈妈听到了。妈妈当时却装着没有听到。妈妈是跟在小香的后边进来的，小香进屋的时候没有回头，所以小香没有看到她。但她也不愿意再听到他们下边的话，她怕听多了心里也受不了。她当时在牛栏边，她只是使劲地踢了踢眼前的牛栏，而且踢得响响的。响响的牛栏声果然把他们镇住了。李貌不再说话。小香也不再说话。李貌只对小香做了一个鬼脸,小香自己也嘘了一声,还以为妈妈刚刚进来,没有听到他们的话。

吃饭的时候,妈妈没有吭声。

吃完饭,妈妈还是没有吭声。

洗完澡上了床,妈妈依旧是无事一样。

到了深夜了,妈妈起来了。妈妈在起来之前,怎么也睡不着,她翻过来想的是他们的话,翻过去想的还是他们的话。她想,我不能再打你了,打了你,你爸爸心疼,你还会跑到那个女的那里去,去说我的坏话,还希望我这个当妈的早点死去,死了好让你爸爸换那个女的给你当后妈……你说你才多大呀?你怎么会有这样的坏心眼呢?这样下去还得了吗?我要是不给你一点下马威,我还能给你当这个妈妈吗?……说到底我都是你的妈妈呀,你是我身上掉下的肉,我要是再打你,我自己也会心疼的。我不再打你了好不好,但我可以……我可以把你的头发给剪了……我剪了你的头发又没伤你的肉,这总可以吧……对,我就剪掉你的头发!她知道,剪掉了小香的头发其实就是剪掉了阿香脑里的一根筋,阿香只要看到小香的头发没有了,她心里就会什么都清楚了!

她咬咬牙,决定这一刀非剪不可!

她像一只行走无声的老猫,先是在窗台那里,轻轻地拿起了那把剪刀,她先拿自己的头发试了试,她怕有响声,她还悄悄地走到了门外。她试了一刀又一刀,她发现在下力的时候,剪刀稍稍有点声响。为了消除那点声响,她又悄悄地弄了一点油滴在剪刀的关节上,直到剪刀什么声音也没有了,才摸回屋子里。

她很看重这一刀。她要保证这一刀剪下的时候不得出现任何差错,既不能惊醒李貌,也不能惊醒小香,否则就可能达不到目的。因为记恨她的巴掌，小香上床的时候已经爬到了最里边，她让她爸爸睡在中间。但这时，她往女儿和丈夫中间挤了进去，她用脊背把丈夫挡在了外边，她把身子紧紧地贴在了女儿的脊背上，然后，慢慢地抓住女儿的头发，将剪刀慢慢地伸进去，然后慢慢地剪，慢慢地剪……剪得好像很响，又好像没有丝毫的声音。

李貌的脸一直朝着床外，那声音没有把他惊醒。

女儿的脸也一直对着里边的墙，也没有听到任何的响声。

剪下的头发她没有扔掉。她找了一根红线，把那一抓头发结结实实地绑起来，像绑了一束长长的马尾巴，挂在一张椅子上，等待着他们第二天早上的醒来。

54

看到那束头发的时候，李貌的心猛地就踢了他一下，把他的眼睛给踢慌了，他几乎没有多想，就转身回到屋里，看了看女儿的头发。女儿还躺在床上睡着，但女儿的长发已经没有了！女儿的头发被剪成了短发了，就像好好的一块玉米地，夜里被人偷偷地拦腰砍断了，砍得乱七八糟的，砍得就像狗咬，只是，她还在睡着，她还一点都没有感觉到。李貌的心情十分难受，为小香，也为他自己。对他来说，就好比偷偷开垦的一块地，夜里被一场洪水突然冲走了，地里的谷物没有了，就连泥土也被冲走了，日后，就连偷偷闻一闻的机会，他知道也都没有了！

妻子看见了李貌一脸的恨，但她不怕，她直直地盯着他：

"说呀，你怎么不说话呢？我还等着你骂人呢！"

李貌这才回头认真地看了看妻子，他也看见了妻子一脸的凶气，像是从什么铁笼里刚刚放出来的样子。女人愤怒的时候是不是都是这样？他不知道。他真想上去狠狠地给她一个巴掌，或者狠狠地给她一脚，但他知道，他只要一上去，她马上就会站起来，那样他就会踢在她的身上，把她踢到对面的墙脚下……但是，她不会就那样蹲在墙脚不动，然后反思自己的过错，不会的，她会舍生忘死地腾空而起，狼一样朝他李貌扑上来……结果呢？结果他当然不怕她，他只要将她一扭，或者将她一捋，就可以将她制服在泥地上，可结果呢？……你总得给她放手吧？你一放手她又扑上来怎么办？两人不能这样一来二去，一去二来，从早上打到中午，然后又从中午打到晚上，一直打到天黑……除非是给她下手重一些，把她彻底地打翻在地，打到她怎么也动不了……可真要是那样，估计自己的身上也不会留下几个好地方，她那些指甲是干什么用的，还有她的牙……最后弄不好两人都得上医院……最后呢？最后上边肯定就得来人，上边总得给你一个说法，因为你是一个人民的教师，人民教师怎么可以把老婆打到医院里去呢？她又没偷情她又没做什么坏事她只是把她女儿的头发给剪掉了……真要那样又何苦呢？

李貌深深地吸了一口气，示弱地把目光从妻子的脸上挪走。

他只说："我不骂你，我骂你干什么。但小香我管不了，她会恨你一辈子的，你相信吗？"

妻子在愤怒里还没有缓过气来，她的目光仍然锐器一般，在到处乱撞，好像撞到哪里，哪里都在发出丁丁当当的响声。她说："她恨呀，我让她恨，她不是早就想把我给恨死吗？我死了她好跟着你去跟那个女人一起住算了。我由她恨，她爱怎么恨就怎么恨，我无所谓。

恨死了我倒安静了！"

李貌不再做声。

他们的小香已经被他们的吵闹惊醒了。她一醒，随即便满屋都是她的哭声和骂声！李貌立即示意妻子出去避一避。妻子却坐在那里动也不动。她似乎是下定了决心了，她似乎要等待随后发生的任何事情。李貌看着情形不对，只好拉着小香就急急地往外边走，他怕小香哭着哭着，会突然愤怒地扑往她的妈妈，那样的结果是可想而知的，真正受到伤害的不会是小香的妈妈，而是小香自己。他安慰小香别哭了，他说没关系的，头发又不是脑瓜，剪了就没有了，要不了多久，你的头发又会长长的。

可小香的嘴里还在不停地骂着，怎么也劝不住。

好像她那骂的不是她的妈妈，而是别的什么坏人。

李貌便告诉她："别骂了好不好，你再怎么骂，她也还是你的妈妈呀，你以为你骂她死，她就真的会死吗？才不会呢！人的命是一个怪东西，你越骂有时候它反而就越硬，它越硬它就越是死不了，这就好比路边那些野草你知道吗？那些野草被人踩得越多它就长得越韧，韧得你想拔都拔不动。真想骂，你就骂在心里吧，骂在心里别人也听不见，别人听见了，别人就会说你不懂事你知道吗？算了吧，别骂了！你看爸爸就没有骂。骂她干什么，我才不骂她呢！"

这么一说，自己的心情也跟着好了一些。

可小香却对他愤怒了，她对他突然吼道：

"爸爸，你是一个窝囊废！"

吼完就往远处跑去。

55

李貌不承认自己是一个窝囊废。

他只是觉得自己一时难以摆平,摆平不了他的女儿,摆平不了他的妻子,也摆平不了他的阿香。但有一个办法他觉得可以拿来救救他,那就是先离开她们远一点。眼不见就心不烦了。他觉得这话还是很有道理的,尤其是面对他眼下的现实。正好是新学期要开学,李貌急忙找上头说了说,上头想了想说也好,就同意了。李貌于是就真的离开了。

走之前,他找阿香说了几句话。

他说:"别忘了,需要茶麸的时候就告诉我。"

阿香却淡淡地瞅了他一眼,随即把脸低下去。

阿香说:"除了茶麸,我不知道你还怎么爱过我。"

这让李貌有些犯难了。他知道他给她的确实不多。

但他不该说了下边这句话。他说:

"你以为我买那一块茶麸就容易吗?"

阿香的脸慢慢就抬了起来。她以为是自己的话把他给伤着了。她看着李貌心想:是不是他每一次都因为那一块茶麸要跟老婆打一架呢?但她没有问。她还真的有点怕,怕李貌真的说出了什么惊天动地的经历来,那样她会很难受的。她想她还是不知道的好。不知道就可以安然地用他买的茶麸洗下去，洗的时候心里也舒服一些。她最后给他点点头。

阿香说："好的。用完我告诉你。"

李貌说："那我以后怎么给你呢？"

阿香没有想过。

阿香说："由你吧，怎么方便你就怎么给。"

李貌说："要不这样吧，我让学生送给你。"

阿香说："就怕你的学生会传出去呗？"

李貌说："不会的，我找个嘴巴牢靠的。"

阿香说："牢靠的嘴巴也是人家的嘴巴呀，总会关不住的。"

李貌说："那我怎么给你呢？你不可能不用茶麸洗头了吧？"

阿香说："我不用茶麸我用什么呢？"

李貌说："是啊，不用茶麸你用什么？"

阿香两眼茫然了，她愣愣地看着李貌。

她不知道他为什么会这样。

李貌的手突然朝她的头发伸过来，直直地插进她的头发里。

他说："茶麸的事你不用管，我会有办法的。"

一边说，一边细细地抚摸着手里的头发。阿香让他摸，阿香不动。她静静地听着她的头发在他的手里发出的沙沙声，那种沙沙的响声让她的心顿时觉得酥酥的，也软软的。她已经好久好久没有听到那样的声音了。她看着他的那只手，看着他的手指在她的头发上来来去去地走着，捏着，她的心慢慢地就回去了，回到了李貌最早摸在她头发上的那个时候，于是她禁不住说道：

"你的胆子要是都这样就好了。"

李貌的手突然就软下来，像是被阿香的话烫了一下。他知道阿香的话里有很多的话。他不知道怎么跟她说了，只低着头。最后还是阿香开口，她说那我就等着你的茶麸吧。李貌只好给她点点头。阿香随后问了一句，有没有小一点的茶麸，如果有，以后就都给我买小点的。阿香的这点心思李貌还是明白的，她想以后拿到茶麸的次数多一些，他这一走，她能看到他的机会毕竟要少了。他说好的，那我以后都给你买薄点的。阿香说有薄的？李貌说薄一半吧。阿香说好的，那我就要薄一半的那一种。

　　走之前，李貌跟女儿也谈了谈。

　　他说："你愿意在哪儿读？跟我还是跟你妈，如果跟你妈，那你就得好好地听她的话，你知道我的意思吗？"

　　小香只回了他四个字："我不跟你！"

　　李貌说："那好，那你就在村里读吧。"

　　完了又吩咐一句，"阿香姨那边，你也不要再去了。"

　　最后，他跟妻子也谈了谈，他说：

　　"事情也就这样了，你也不用跟女儿老过不去，她一个小孩她懂什么呢？阿香那边，你也给她留个脸吧，弄不好别人笑的是你而不是她你知道吗？再说了，欺负谁也用不着去欺负那样的一个人，人家那样也挺难的！"

　　妻子的心情那天还算不错。

　　她当时站在门前的阳光里，她说：

　　"我知道，你走吧，你走了就清静了。"

　　李貌就这样上路了。

56

　　李貌去的那一个地方离家有点远,只有到了周末才能回来,但李貌从来都没有偷偷地去看过阿香。每一次回来,也并非在家里忙得躲不开身子,他如果心里想去,偷一点闲空,偷偷去看看她,也不是太难的事情,可李貌竟然没有偷过。
　　李貌也没想过那是为什么。
　　阿香也没想过李貌为什么这样。
　　那小香自然也是没有再到阿香那里去过了。
　　阿香的屋里,依旧只是阿香和她的影子来回地晃着。
　　阿香的茶麸倒是有一个小男孩久不久地送来。她也不想跟那小男孩问要一句什么,问人家要话干什么呢?能问到倒也好,就怕开了口,结果回答是李貌什么话也没有,那不是自己给自己添烦恼吗?那小孩也总是一放下茶麸就转身走人,汗也不擦,总是跑得比鬼还快。有时,阿香都怀疑会不会李貌就藏在哪里等着那个小孩。有时,她只是从外边回来的时候,看见有一块茶麸放在门边,她知道又是那个小孩帮李貌送来的,便四处看了看,但哪里都没有那个小男孩的影子。
　　有时候,阿香捧着门前的那饼茶麸发呆。发呆过后,便是捧着那饼茶麸翻来覆去地看。看什么呢?除了薄厚不一,那些茶麸与李貌以前买的那些茶麸并没有什么本质的不同。她知道那些茶麸肯定也还是李貌亲手买的茶麸,肯定是的,如果是别人帮买,别人会随便买的,阿香看得出她手上的那饼茶麸不是那种随便买的，是李貌亲手买的，只有李貌亲手买的茶麸才都是那样新新的，香香的，一看就知道是刚刚榨下的。有时就想，是不是李貌每次都跑到人家的油榨坊坐着，等着给她买呢？她想也许是的，真是辛苦了他了。

可是，让阿香想不明白的是，一样的茶麸，一样的新鲜，一样的芳香，她的头发怎么就开始往下掉了呢？每洗一次都要掉下来一些，掉得她怎么看怎么心疼。有一天，她往下一梳，竟梳下了满满的一梳头发。

她顿时就被吓坏了。

被梳下的头发给吓坏了。

她想这是怎么啦？她当时曾怀疑过那梳子上的头发不是头发，这不是头发吧不是吧，头发怎么会这么一梳就梳下来了呢？头发是长在皮肉里的，头发可不是长在沙地里的那些野草！

她怀疑是自己眼花了。她想自己是不是病了？

她把梳子放下，让自己神情安定下来，然后紧紧地抓住梳子往门外走去。外边虽然没有太阳，但比屋里亮多了，也清楚多了。

这一次，她看好了。

她看到梳子上确实不是野草。

她的手顿时就禁不住颤抖了起来。

她颤悠悠地抬起了梳子，她想再梳一把看一看，但梳子插进了头发后，她的手又自己软了下来。她不敢再往下梳。她怕又梳下满满的一梳头发怎么办？

晚上，阿香睡不着了。

她想李貌走了多久？

走了还不到一个学期吧？

看着那把梳下来的头发，阿香想，这样下去，哪一天李貌看到她的时候，她如果成了一个头发稀溜溜的女人，就像那些八十岁的老太婆一样，那可就糟了。这一想她害怕了起来。

她怕因为没有了头发，李貌的心里就不再有她了。

她的头发要是越来越少，他就不会再给她买茶麸了。

你头发都没有了，还给你买茶麸干什么呢？

没有了茶麸，她和他李貌，以后……弄不好就没有来往了……她突然就不敢想了。这么久以来，她之所以感觉着他心里还有她，不就因为那一饼茶麸吗？虽然那一饼茶麸没什么大不了的，可真要是没有了那一饼茶麸，他们之间以后就一点牵连也没有了，那就像是小渡口那里的一张小竹排，是了，那一饼茶麸就像河渡上的那张小竹排，那竹排虽然不大，每次也只能拉过去两三个人，但是那竹排要是没有了，要是漂走了，你就只能在这边河两眼睛空空地看着那边河了，你想过去，但你怎么也过不了……不能小看那张小竹排呀！如果没有了那一饼小小的茶麸，慢慢地，他李貌的心里就用不着再这样时不时地惦记着你了，那样他就会对你慢慢地冷下去，冷到两人最后都不相识了一样，相识也只是像别的男女那样，谁也不再属于谁，他不再属于她，她也不再属于他。

怎么办呢？

就这样，阿香又病了。

像很多说病就病的女人一样，阿香病倒了！

正好，那一饼不大的茶麸快洗完了，那个比鬼还快的小男孩，她想很快就又要出现了。她把门一直地打开着，她随时地等待着那个小男孩的到来。门外的任何响声，都成为她判断可能是那个男孩的到来。她担心他把茶麸偷偷一放就又转身鬼一样跑走，于是就急急地赶到门外，但那些响声，却都不是那个比鬼还快的小男孩。但她相信，那个小男孩会很快来的。

她把门一直地打开着。

一直等到了不久后的一天黄昏，终于等到了那个小男孩的到来。那是一个没有声响的男孩，他越是靠近阿香的家门，脚步就越是格外地轻，就像是提着脚在轻轻地走，好像是怕他的脚步会惊动了屋里的阿香似的，他的任务只是把茶麸神出鬼没地放在她的门槛上，他的任务一完成，剩下的就是鬼一样飞快地跑开。那个小男孩看见了打开的门，于是就从门的一边悄悄地把茶麸往门槛上推过去，可是，他手里的茶麸还没有放好，阿香把他叫住了。

她说："你别放在那里，你帮我拿进来吧。"

小男孩被阿香的话吓了一跳，他站到了门槛上。他看了看阿香，然后捧起茶麸往屋里走。没有等男孩放下，阿香就开口道：

"李老师都没有让你托句什么话吗？"

"没有。"小男孩回答道。

她的心倏地一凉，但她不肯相信。

"真的什么话也没有吗？"

男孩给她摇摇头。男孩说：

"没有，他没有让我给你说什么。"

阿香就深深地吸了一口气，人也跟着恍惚起来。

"他是不是特别地忙呀？"她问道。

男孩不知如何回答，老师忙不忙他怎么知道呢，他看到的老师每天都是那种样子，而那种样子的老师算不算很忙，他真的不知道。男孩看了阿香一眼，于是自作主张地问道：

"你有什么话要我托给李老师吗？"

"没有。"阿香随口就回答道。

她心里明明是有话的呀,她怎么又说没有呢?

阿香被自己的回答惊愕了一下。

"没有那我走了。"男孩说。

"等等,你先别走!"

男孩好像被吓了一下,愣愣地看着阿香。

"他也没说要我托什么话给你带回去吗?"

"没有。"男孩子摇摇头。

阿香不禁又深深地吸了一口气。

"那就算了。"

"那我走了。"

"那你走吧。"

男孩于是走了,走到门槛上又被喊住。

阿香说:"你再等一等!你等等好吗?"

转身就跑进屋里拿来了一束头发。那一束头发就是她梳下来的那些头发,不知什么时候,已经被她一根一根地拿下来,整理成了整整齐齐的长长的一束。她让门槛上的男孩帮她交给李貌。男孩却不敢接过她的那束头发。李香这才想起怎么这样把一束女人的头发,让一个小男孩拿在手里回去呢。她让男孩再等等,转身又急急地跑回到屋里,急急地在墙角找到了半张水泥纸,把头发卷在了纸中。那男孩这才接到了手上,但还是小心翼翼地,并不敢紧紧地抓在手里。

她想,等李貌看到了那一束头发,也许就会想到她是不是病了,那样他就会想办法回来看看她。男孩在她的眼里很快就走远了,很快就看不见了,这时,阿香忽然又想起了什么,她觉得应该让他告诉一声李貌,说那把头发是从她的头上掉下来的,她不告诉他,他李貌能知道那是她阿香掉的头发吗？她恨自己怎么糊涂成了这样了，起脚就朝着男孩消失的方向追过去，可追了好远都看不到那个男孩的影子。那真是一个比鬼还快的男孩。

57

李貌拿到那束头发时，却没有想得太多。男人有时候就是这样。他只以为她想他了，她担心他把她给忘了，便拿了头发作信物，用以拨醒他的心弦，让他时常地挂念着她。这么想时，他的脸上还暗自地笑了笑，觉得阿香真是爱他爱得有点发傻了，傻得就像一个刚刚恋爱的小孩。但他没有把那头发扔掉，而是压在了枕头下。晚上睡觉的时候还是禁不住看一看，摸一摸，自然也闻一闻，完了再放回枕头下。他觉得这样也好。这样晚上睡觉的时候就可以想她一想。有一天，有一老师进来，坐在他的床头边，顺手把他的枕头往里推了推，把那头发差点给推了出来，吓得他脸色都变了。那老师一走，他便急急地塞到了枕头的深处，直到有一天，因为班里两个学生的打架，他才想起把那一束头发拿出来。

那是两个女学生，一个是四年级的，一个是五年级的。那一天是星期一，第三节课的课间，两小孩不知怎么突然吵起嘴来，吵着吵着，觉得光用嘴巴不足以表达，四只手就在空中挥舞起来，你指着我，我指着你，指来指去，四只手最后就绞在了一起了，绞着绞着，就揪起了头发来，你揪我的，我揪你的，都拼命地低着头，斗牛一样，谁也不再给谁松手。看到的学生很多，早就把他们围成了圆圆的一大圈,但谁也没有上去将她们分开,跑去喊老师的学生倒不少。李貌跑过来的时候,两个小女孩还在那里低着头牛一样顶着。李貌吼了几声,都没能把她们吼住。他只好下手了。他一手抓住一个女孩的手腕使劲一捏,一下就把那两个小孩的手腕给捏疼了,两只小手才不得不放开了,但另一只手却依旧紧紧地揪在对方的头发上。李貌只好又去捏住那两只小手,最先被捏疼的是那个四年级的女孩,她一放手,五年级的那一个随即就抬起了脸来,但她的手还在对方的头上紧紧地揪着。

"放手,人家都放了你怎么不放?"李貌对她吼道。

那五年级却没有轻易放手,她猛地使劲一拉,好像只有这样她才能成为胜利者,不想这一拉却出事了,她把那四年级的头发给揪了下来,整整揪下了一大把。当时的李貌被吓着了,他猛地吃了一惊,伸手就去捧住那四年级的脑袋,他想一定是出了血了,然而竟然没有,便拉着他们到一旁处理去了。处理结束后这才突然想起了什么。他想那头发怎么一揪就揪下来了呢?这两个女孩子在四年级的时候曾经是同桌,后来有一个病了,休学回家了,等到她转回学校的时候,她的同桌已经是五年级的学生,而她呢,当然还是读原来的四年级。这个四年级的同学,就是被揪下头发的那一个。李貌的心突然就飞走了,飞到了阿香的头发上,他想起了枕头深处的那束头发来。他想阿香是不是也病了?他急急地就回到她们刚才打架的地方,从地上捡起了那一撮头发。

第二天,他让那个男孩给阿香提前送去了一块茶麸,并吩咐他问一问阿香是不是病了,但他想,他也许是问不出来的,阿香也许也不会告诉他,便告诉那个男孩,如果她不说,你就帮我注意一下她的脸色,看她的脸是不是那种有病的样子。男孩回来后却怎么也说不清阿香是不是病了,他只是又给李貌带回了一把头发,不同的是,这是一团乱发。

"有没有病,你看她的脸色看不出来吗?"

"我看不出来。"那男孩回答他。

李貌就有点糊涂了,刚要抓头,手又放下了,他一把拉着那男孩,去看了一眼那个被揪下头发的女孩。他问,她的脸色是不是跟她的脸色差不多?男孩子认真地看了看,他果断地告诉他:

"差不多,都是这样有点死白死白的。"

李貌的心里一下就明白了。

他于是焦急地等着周末的到来。

58

李貌不敢自己偷偷去看阿香。

他怕老婆在屋里看不到他的影子,会断定他一定是跑到那里去了,那样她就会随后跟踪而去,她要是真的跟踪到了那里,他就怎么说也说不清楚了,弄不好她还会咬定,说他每个星期回来都这样偷偷地跑到阿香那里去过。真要那样,还不如先跟她说一说。也许跟她说一说,她会让他去一去的。

李貌说:"阿香是不是病了?我在路上听说的。"

妻子说:"什么病呀?我就知道她家的母牛死了。"

李貌不由得在心里暗暗地替阿香呵了一声。

李貌说:"那她就可能是真的病了。"

妻子说:"死了一头母牛就病了?"

李貌说:"人跟人不一样。"

妻子看出了李貌的神情,他一脸的在想着阿香。

就问道:"她病没病你真的不知道?"

回答说:"我怎么知道呢?"

妻子似乎不肯相信,她说:

"这么说,这么久你都没有去过她那里?"

"我要是去过了,我还用得着跟你说吗?"

这样的话,妻子听了心里倒是有几分舒服。她心说这样就好,这样就对了,这个男人看来是比以前像一回事了。她知道他一定是想去看看她,但她不能轻易地答应他,她想她不能让他觉得她对他已经完全放心了,甚至对他们完全地放手。她想她不能给他那样的感觉。她于是装着愣了一下,目光把握不定地扫了扫李貌,像是在用目光给他一点什么警示,然后问:

"她最近没有去过什么医院吧?"

她当然是话里有话,李貌说:

"我怎么知道呢?"

"她没捡到过什么黄金吧?"

这么一句,让李貌听出来了。

李貌说:"那你捡到了吗?"

妻子说:"我捡到干什么,我好好的,我又不用上医院。"

李貌不想跟妻子啰嗦这些,他只想尽快地去看一看阿香。

他说:"我想去看看她,要不,我们一起去吧?"

妻子说:"我去干什么?你想去你就去吧,去吧去吧,想去你就去吧,免得病死了你在心里骂我不给你们见面,去吧去吧,你以为你是去干什么呀？你不就是去看一看吧，你以为你还能去干别的什么呀？去吧去吧！"妻子说着推了李貌一把。

李貌转身就直直地往阿香家走去。

这一去，不想却和阿香出事了。

59

阿香正在屋里砍茶麸准备洗头，砍得笃笃地响。门敞开着，李貌一出现在门前，她就看到了。她眼睛顿时一亮，心也跟着一热，差点就要站起来，但她最后没站。她只是抬着头让眼睛直直地抓着他，手里的刀也没有停下，还在继续笃笃地砍着手里的茶麸。她看到李貌走到门槛下的时候停了一下，然后左右地看了看，她知道他那是看一看附近有没有看到他的人。也许有，也许没有，阿香不知道。阿香只希望他快点进来。阿香家的门槛下边只有五级台阶，可她看到李貌好像走了好久，好久。李貌走到门槛上的时候，又停了一下，这一停，她知道他那是为了先好好地看看她。就那一看，她看到他身上的一件什么小东西，忽然从他的裤胯那里掉了下去，掉在了她家的门槛里，她的目光因此闪了一下，但她没有多想那到底是什么东西。

李貌也没有注意到，因为那小小的东西在落下去的时候并没有任何的声响。他在门槛上停了一下，他看着阿香，想给她先说句什么，但嘴里最后竟没说就走进了门里，直直地朝她走来。李貌一边走一边注视着她的头发。那束头发和那一团乱发，一直在他的脑子里挂着。他当然看不出，她的头发到底少了多少，但他看到她的头发好像是真的没有以前那么看着舒服了，看上去明显已经有些散，有些乱，还有些枯干，好像是刚刚睡觉起来，还来不及梳理似的。他心里倏忽就滑过了一丝伤感的情绪。

他说："小心，你的手。"

她的手一直没有停，还在砍着那饼茶麸。她的眼睛也一直在看着他，看着他走到她的跟前蹲了下来。

"来，我来帮你砍砍吧。"

她看到他的手已经长长地伸过来。她没有多想就把刀递给了他，但她的眼睛还在直直地注视着他。她已经好久好久没有这样看过他了。她为他的到来而感动，但她不想急于表达出来，她似乎在让自己慢慢地感受着什么。

她的眼睛，已经偷偷地有些湿润了。

李貌没有注意到她的眼睛，他的目光停在了手里的那把尖刀上。接过那把尖刀的时候，他的心暗暗地踢了他一下，他忽然想起了那一个橙子来。那个被尖刀绞烂的橙子。仿佛有股寒气从刀上冒起，悄悄地钻进了他的脊骨深处。

"你说的那把刀，不是这一把吧？"

她已经注意了他的神情。她摇摇头。

"不是。那一把，我早扔了。"

其实，那一把就是这一把！

李貌又看了一眼手里的尖刀，依然觉得有点莫名地沉重，他在空中掂了掂，才慢慢地砍了下去，一边砍，一边让目光在屋里四处游走着。他的目光忽然被墙上的一个竹篓挂住了，心里顿时又是一凉。

那是黄泉留下的那只假腿。

他说："你一直都挂在那里吗？"

她的目光也跟着停在了那只竹篓上。

她点点头，随后嗯了一声，她说：

"原来是丢在楼上的，后来我拿了下来。"

"这样挂不好，会经常看到的。"

"那有什么呢，再说了，经常看看也好。"

李貌惊愕地把目光收了回来，收回到她的脸上。他知道那样挂着，其实是挂在了她的心上。她似乎也看出了他的心思。

"你知道的，如果不是因为我，他如今还会好好地活着。"

李貌心想是的，但他没有回话。

阿香的目光这时离开了李貌的脸，低下头去：

"他是被我害的，也是被你害的，你说是吗？"

李貌的心猛地就踢了他一下，踢得有点发紧，不由得暗暗地吸了一口气，没有吭声。他也把头低了下去，看着手里的尖刀一下一下地砍在茶麸上。突然，他把刀停了下来。他说："够了吧？用得了这么多吗？"阿香其实早就发现了，早在他李貌刚刚到来的时候，自己就已经砍够了，但因为他的进来，她的手便一直不停地砍着，再加了他的一阵乱砍，别说是她一个人洗，就是两个人三个人，也是一次洗不完的。

但阿香却坐着不动。

李貌便去看她的头发，他正想问问她，头发怎么掉了那么多？她却先说了。她说："你看到我给你的头发了吗？"李貌说看到了。"我还以为你没有看到呢？"李貌又说了一句看到了。她说："你是不是没想到那是我的头发？"李貌说想到了呀，怎么没有想到呢？"想到了怎么这么久呢？我以为你会等到我的头发全掉光了才来看我呢。"李貌说怎么会呢。这么说的时候心里却有点虚虚的，他确实是没有想到那么多。他随即就想起了她家的母牛来。

"听说你家那母牛死了，怎么死的？"

阿香的目光吃惊地凝视着李貌，问道：

"你不是为了我家那头母牛来的吧？"

"不是不是，我是来看你的，我以为你病了。"

阿香心里说，是的，我是病了，但嘴里却没说，她跟着就也想起了她的那一头母牛。她说："你知道吗？我那母牛都快生崽了，还是一只牛牪呢，他们帮我破开时都看到了，都说太可惜了，真的是好可惜啊，好好的一只牛牪，要是不死，再过几天也就生下来了……都怪我，我那天也不知道怎么回事，我在家里好好的，突然就想起要拉着它到外边去走走，我想让它走动走动，让它吃吃一些嫩草，我哪想到那两个小孩他们也把牛牵到那里干什么，他们那两头牛一见面就打架，我一看见它们打架我就跑，我要是把我的母牛也一起牵走就好了，我一跑，我就把我的母牛放下了，那两头公牛打着打着，就把我的母牛给撞到沟下边去了，怎么也起不来，我叫了好多人来帮才抬了起来，可起来没有半天就死掉了……都怪我，好好的我牵它出去干什么呢？……"

说着就又暗暗地为她的母牛掉下了眼泪。

李貌也跟着难过起来，不是为她的母牛，而是为她，为阿香，想她一个人孤苦伶仃的，一头牛对她来说，就如同是屋里的另一个家人，换是谁，也都会伤心，都会掉头发的。他想她后来给他的那一团乱发，一定就是这样掉下来的，可是，前边的那一束呢？那束整整齐齐的头发又是怎么回事呢？那时她的母牛还没死呀？但他不敢问。他怕又问出什么伤心的事情来。他顺势颠了颠竹簸里的茶麸说，你还是先洗头吧。阿香却依然不动。李貌说水烧了吗？没烧我帮你先烧水吧。说着就要起身，阿香却告诉他，早烧好了，示意他往不远处的灶头看一看。那灶上果然热气腾腾的，水早就烧开了。李貌说那你就洗吧。阿香却还是坐着动也不动。李貌想了想，忽然说道：

"要不，我帮你洗吧。好吗？"

阿香仿佛是听错了似的，好像有点不太相信，她突然抬起头，惊疑地注视着眼前的李貌。她看到李貌对她微笑着，她看到李貌还对她点了点头。李貌似乎也看出了她的惊疑，就再一次问道：

"我帮你洗吧，要不要？"

阿香的心真的就感动了！

她说："你不怕吗？"

他说："怕什么？"

她说："她要是突然进来呢？"

他说："她不会来的。"

她说："她要是来呢？"

他说："不会的。我跟她说了，我说我要到你这里来，我说我来看看你，她知道了她就不会来了，她还来干什么，不会来的。"

阿香的感动顿时就像沙子一样，从一个高高的坡上哗地流了下去，原以为今天的李貌突然胆大了，原来竟是这样……不过，他能帮她洗头，这也是够她满足的了，毕竟，这是他有史以来头一次说帮她洗头的。而且，没有等她回话，他就已经起身忙去了。

事实上，李貌也就是端端盆，加加水，然后就是在旁边蹲着看着，洗头的事还是阿香自己的事，但在阿香的心里，李貌能这样就已经是够好的了，她什么时候得过这样的好呢？

60

洗完头,阿香的精神一下就好多了,随着心情的好,阿香心里的念头也就跟着活跃了起来,她想趁着这样的机会再多感受感受一点什么,然后把那些感受到的好,深深地藏在心底,用以孵养往后的日子。她一边撩拨着头发,一边看着李貌,就一边想,想着想着,慢慢地就觉得全身热乎乎的,痒乎乎的。她说:

"我想洗个澡。我都好几天没洗了。"

"洗呗,那你就洗呗,洗了头再洗个澡,就更精神了。"李貌看到阿香那种精神的样子,心里也挺精神的。他说:"那我就先回去了,呆太久了也不好。"李貌说着把身子转了过去,但后边的阿香却一句话把他拉住了。阿香说:

"你能跟我一起洗吗?"

李貌的心怦地踢了他一下,踢得他走不动了。但他没有转身,他只是把头侧了回来,好像他要是转过身,他的身子就回不去了。

他说:"还是你自己洗吧,我在外边等你好吗,要不,我就先回家了,找时间我再来看看你。"

阿香却没有把他放走。她说:

"跟我一起洗个澡都不行吗?"

李貌觉得是真的不行。他说:

"还是你自己洗吧,好吗?"

她还是不肯。她的目光死死地拉着他。

"我又不是要你给我别的什么。再说了，要也要不了。"

"这我知道。"

"那一起洗个澡有什么呢？"

李貌还是觉得不太好，他只好找借口了。

"要是被人看到了不好的。"

"谁会看到呢？谁会到我这里来呢？"

"就怕有人突然进来呗，就怕万一。"

"哪里会有什么万一呢？没有的。"

"就怕万一呗。"

"你不是说她不会来吗？"

"她是不会来的。"

"那谁会来呢？"

"就怕有别的人呗。"

"说这么多干什么？你就说，愿不愿跟我一起洗吧？"

这话有点一针见血了，李貌怕的就是这样的话。他把脸转了回来。他不想让她看着他的脸。

阿香说："我跟你说真话吧，我是真的好想让你跟我洗一次，我想让你帮我洗，可我……我不会逼你的，我真的不逼你。可你自己应该想一想，你应该摸摸自己的心，你问问你自己，你觉得该不该帮我洗一次。帮我洗个澡算什么呢？我那种事都没有了，我让你帮我洗个澡都不行吗？你自己想想吧，我不逼你的，真的，我不逼你。"

李貌于是开始抓头了，但他没有抓得太重，也没有抓得太久，因为阿香的那些话，对他来说并不难理解，难的只是承受，他只要把心一横，咬咬牙也就过去了，那就像是要越过一条沟……不，不是一条沟，越一条沟你只需要把握住你的力气，力气用足了你就过去了，过去了你就赢了，到了那边你就没事了，但这事不一样，这事有点像是要翻一堵墙，墙不高，但墙的那边你看不到，也许翻过去你赢了，也许，翻过去却翻进了一条深沟里，那可就糟糕了……但李貌还是慢慢地转过了身来。他不想给阿香留下太多的伤害。他看了看阿香，把头点了点。点头的时候，他的目光里藏着许多深深的内疚。

阿香顿时就高兴了，高兴得像个小孩。

她上来就要帮他脱衣服。他却不让。他说：

"你先脱吧，我去把门先给关上。"

说着就要转身，后边的阿香把他拉住了。

阿香说："你别去，我去吧。"

像是怕他那一去便走人了。

阿香笑笑的就关门去了。然而，阿香那一去却没有把门关好。她只是关上了一扇，另一扇刚刚拉了一半，她的手就突然停住了。

她突然看到了一样小小的东西。

那小东西就在门槛里边的泥地上。

那是一颗深灰色的扣子。

阿香一下就想起来了，想起李貌进门的时候，她曾看到了小小的一点什么从他的裤胯那里掉下去，她的眼睛当时曾亮了一下的，但她没有想到原来竟是这么一颗扣子。她想这扣子从他身上的什么地方掉下来呢？是他衣服上的扣子吗？不是，肯定不是，他衣服上的扣子比这大得多，他的衣服上没有这样的小扣子。那就是他裤门上的扣子了，对，一定是他裤门上的扣子。你裤门上的扣子怎么可以掉呢，而且还是掉在我阿香的家里，你待会回去，你老婆要是看见你裤门上的扣子没有了，她还会以为是我阿香拉开你的裤门时，把你的扣子给拉掉的呢，李貌呀李貌，你怎么这么马虎呢？你好不容易才来看我一次，我们俩也好不容易在一起洗这么一次澡，回去了你要是怎么也说不清楚你怎么办？那以后她还会让你到我这里来吗？你怎么这么马虎呢？李貌呀李貌！再说了，就算你回去后，你老婆她没有发现，你这扣子也是不能这样掉的呀你知道吗？你明后天回到学校，你进了教室，你给学生上课，你这裤门要是突然开开的，你那样像话吗？最最不能掉裤扣的，就是你们老师了你不知道吗？你知道那些学生的眼睛很尖的，尖得就像锥子似的，只要你裤门上的扣子掉了，没有了，你的裤门打开了，他们的眼睛就会拐着弯往里钻，那些眼睛你知道的，他们就是什么也看不见，他们也会拼命地往里钻的，他们的眼睛钻进去了，他们看到了什么就会说什么的，而且会说你一辈子，那样你就不是一个好老师了你知道吗？对了，有的老师就是因为裤门出了事的，你应该听说过的吧？我们村里原来有个女的跟一个老师出的事，就是被抓起来坐牢的那个老师，我跟你好像说过的，可你不知道他们最早是怎么出事的吧，就是那老师上课的时候扣子掉了，那个女的看到了，下课后她就跟着老师到房里去，她告诉老师说你的裤扣掉了，说完了她又不走，她就在那里看着老师往裤子上补钉扣子，那老师也不脱裤子，他就拿着扣子拿着针拿着线，就在裤子上钉，那样哪里好钉呢？那女的在一旁看了就笑，就上去帮他钉，没钉完呢，两人就那个了。你可不能出那样的事啊李貌，你和我已经出过一次事了，再出事你就完了！

她想她得先帮他把裤门上的这颗扣子钉上。

她捏着那颗扣子就直直地往屋里走去了，她要去给他拿针，她要去给他拿线，到屋后去先帮他钉上。她怕洗完澡了他就走了，到时她也忘了，那可就出事了，就糟糕了。可拿到了针，拿到了线，她又突然想，我先不能帮他钉上，我还是让他先跟我洗完澡了我再帮他钉上吧，免得他一胆小，他一想起什么可怕的事来，就会不跟她一起洗澡了，他会吗？她想他也许会的，这个男人她还是了解的，那样她自己可就后悔了。她于是把扣子放在了桌子上，把针线也放在了桌子上，然后直直往屋后走去。

回到屋后，她看见李貌的裤子还没有脱，上去就用手拨了拨他的裤门。他的裤门上，果然掉了一颗扣子，阿香就偷偷地笑了，但她嘴里没说什么，李貌不知道她笑什么，只以为她在为洗澡的事而高兴，就也跟着笑了笑，两人就往后边的洗澡棚走去了。

也许就在这时，就在他们走进洗澡房的这个时候，小香的妈妈从家里慢慢地出来了。她是突然觉得自己也应该过来看看才好，反正也就看一看，也没什么，看一看也损不了自己的什么东西，别人知道了还会觉得她心眼还挺宽厚的。可她没有想到，她最后看到的，竟是他们两人正在一起洗澡。

61

阿香家的洗澡棚，就在屋后的围墙下，在厨房边。

阿香家的用水都是山泉水，来自山脚高处的一口泉水，是用竹笕引下来的，引了一节又一节，一直引到厨房边。竹笕里的水流不大，但没日没夜地总在流，夏天怎么流冬天也是怎么流，任何季节都没有断过。

阿香嫁给黄泉之前，黄泉从来没用过什么水柜，也没用过什么水缸，那时候的黄泉什么都不用，就连洗澡也是直接地冲洗在哗哗的水笕下，煮饭也直接拿锅头在下边接，洗菜洗脚，也是如此。阿香对黄泉说，你怎么这么懒呢，水缸你没有钱买，你可以自己做一个水柜呀，做一个水柜有什么难呢？用不到三天，阿香就动手做好了一个半腰高的水柜了。做水柜的石块，是她自己在山脚下一块一块撬起来的，也是她自己敲敲打打，一块一块砌上去的。那时候没有水泥，砌石块的灰浆，都是用石灰和黏黄泥和在一起的。没有石灰，她就跑到那些石灰窑的边上，一点一点地铲，一点一点地抠，一个石灰窑得到的不够，她就跑到另一个石灰窑去，另一个石灰窑还是不够，她就继续地往前跑。水柜做好之后，阿香又在水柜一旁的不远处，做了一个洗澡间，也是石头砌的。从山泉引过来的还是那一块竹笕，阿香让它先流到洗澡的棚子里，流往水柜的那一块竹笕，是从洗澡棚的上边接过去的，洗澡的时候，只要把接往水柜的那一块竹笕往旁一挪，泉水就在空中直直地泻到洗澡棚里了。

做好洗澡棚的那些天里，阿香曾时常跟黄泉一起在竹笕下洗澡。有时，她只蹲在洗澡棚的门前，看着黄泉在里边洗。当时的黄泉还不太习惯，他觉得阿香那样蹲着看他，觉得有点怪怪的，有点不好意思。他说看什么看，别看，你一看我就不知道怎么洗了。她没有给他离开，她说我看我的，你洗你的，有什么你就洗什么，我又不去动你，你怕什么？看着赤裸裸的黄泉，她曾在内心里替他暗暗地感叹，感叹黄泉其实还是长得不错的，如果不是因为少了一条腿，如果不是因为那东西失去了男人的作用，他跟别的男人是完全一样的；如果李貌不是人民教师，如果不是每个月都能领到那点钱，李貌也许还不如他黄泉呢。她觉得老天爷真是有点不太公平，你让人家少了一条腿就少一条腿吧，你怎么让人家那东西也不管用了呢，如果他那东西还能用，她心里也就多多少少可以满足一些的……他那东西怎么就一点都不管用了呢？

在床上的时候，黄泉是躺着的，她看不清楚；在洗澡棚里，他不得不站着，她可就完全地看清楚了。她发现老天爷就是这样地不公平，你有什么办法呢？看着黄泉那不中用的东西，她曾时常地想：这也许就叫命咧，命里要有的东西你就是想躲也是躲不掉的。这对别人来说，也许不信，但阿香自己信，不信她就无法对她的命运找到合理的解释。人往往都是因为解释不了自己的处境才相信命的。如果不相信，就会连自己的命是什么都无法知道。至少，因为相信，你知道了你的命就是眼下的这等状况。也就是因为看到了这种状况，才会想到要给自己的命补上一点什么，或者紧紧抓住眼前的一些什么。人的很多非正常的行为，有时都是这样产生的。

有时看着看着，阿香就会动手去帮黄泉搓搓身子。黄泉倒也喜欢让她搓。他觉得娶了一个自己不能用的女人，但这个女人能帮他搓一搓，心里也是感觉挺好的，也挺有味道的。他当然也会帮她。他不能给她那种快活，他帮她搓搓身子，他觉得也是应该的。她当然也喜欢他帮她。有时她也会觉得，他虽然不能给她那种快活，但他帮她搓搓身子，在那种肌肤与肌肤接触的过程中，有一种快活还是可以让人感觉得到的，那样也挺不错，也挺好的，总强过两人在床上什么事都做不了。

黄泉死后，洗澡棚里便只剩了阿香一个人。

因此，看着脱光了的李貌，阿香顿时感慨万千。

但她什么话也没说。李貌也没说。李貌和小香的妈妈都没有这样地洗过呢。他一时还真的有点不太习惯。但为了她，为了她阿香，他告诉自己一定要成全她。

阿香把接往厨房的水笕刚一挪走，泉水便哗哗地流下来，她把身子接过去，先让水冲了冲，随即就让到了一边，她让他也先冲冲。就在他冲的时候,她的手过来了。她禁不住要摸他一摸,他的手就也跟着动了起来。但两人还是谁也没有说话。两人只是你摸摸我,我摸摸你,然后让水冲冲你,又冲冲我,接着又是相互地抚摸着……凭着手上留下的记忆,他感觉着她的肌肤没有以前那么滑嫩了,怎么还会有以前那样的滑嫩呢?那时候她才多大年龄,而现在她已经多大年龄了,这么多年的风风雨雨,早把她身上的那些滑嫩给洗掉了,虽不能说已经被洗得无影无踪,但原来的那种感觉却是真真的差不多没有了。他甚至有点感觉着她的皮肤都开始有了一点点的松弛,他仿佛能感觉到这么多年来,她皮肤里的水分是怎样一天一天流失的……李貌的心不由得一阵酸楚,眼里随之就漫下泪来。阿香没有看到李貌的泪水,她的手也在细细地抚摸着他……这一天,她觉得她等得太久太久了,从医院回来之后,她的脑子里几乎一片空白,她想,她这辈子看来是要永远地失去他李貌了……她想他不会再爱她了的,不会了的,她那里都没有了,他还爱她有什么用呢?……但她又不肯相信,相信他真的因为那样就不再爱她了……她不愿相信!……她想只要他真的爱她,她就是什么也没有了,他也还是应该爱着她的……她没有想到,她还能和他这样赤裸裸地站在水笕的下边……她突然感觉着有了一种意想不到的满足……尽管这样的满足是在她的再三要求下才得到的……她知道,她如果不对眼下的事实感到满足,她可能就不再有任何是可以满足的了……她的眼里也在悄悄地漫下泪来。她禁不住猛地将他一抱,就紧紧地搂住了他。就这一抱,一股内疚的情绪撞上了李貌的心头。他想,这样的抱,应该是他李貌先表现出来才对的呀?如果是他最先这样紧紧地把她抱进自己的怀里,她阿香就会觉得他是很爱很爱她的,她就会永远地觉得好,觉得他李貌对她的好。

李貌于是把阿香突然推开。

然后，他两眼泪汪汪地凝视着她。

但他没有等到她明白他为什么推开她的搂抱，便像她刚才紧紧搂住他的一刹那，猛地将她抱进了自己的怀里，紧紧地，紧紧地，比她刚刚抱他的时候要紧得多，紧得她都有点喘不过气来。

阿香是有点喘不过气来了，但她不动，她让他抱，她恨不得让他把她紧紧地搂进他的心里去。她也狠狠地抱着他。两人都紧紧地抱着，谁也没有说话。两人的眼泪都在悄悄地流淌着，你流你的，我流我的，流得很长很长。慢慢地，她在他的身上感觉到了他的身子热乎乎的，他也在她的身上感觉到她的身子也是热乎乎的，他们真想就这样一直地抱下去，永远不再分开。显然，谁都在感觉着这样的情景实在是来得太晚太晚了，如果早一点这样，如果黄泉的那一刀还没有插下去，那眼下的情景结果会如何呢？那该是多么美好多么深情的一种结果！更何况，何况那个时候……她的皮肤还是好好的，摸到哪里，哪里都是滑滑的，嫩嫩的……可现在，他们也只能是这样了。

除了这样，还能怎样呢？

这样其实也够好的了，真的够好。

只是，就在这时，小香的妈妈进来了。

小香的妈妈看到有一扇门关着，有一扇门却要关不关的，悄悄地推了推，就推进来了。她往里走的时候，屋里静悄悄的，她还觉得有点心虚，她想他们可能不在屋里，他们可能到外边去了，所以他们的门关了一扇留了一扇，但她又不敢太肯定。她想也许他们就在屋里呢？于是，就在静静的屋子里静静地走了走，就像是走在夜里，一边走，一边用目光到处瞄着，她想他们可能窝在哪个房里，她正悄悄地往阿香的房门走去，这时，忽然听到了屋后的洗澡声。随后，她就什么都看到了。她看到他们紧紧地搂在一起，她看到他们你帮我洗我帮你洗……他们的一切都被她看在了眼里。

62

小香的妈妈没有做声。

晚上，她照样做饭给李貌吃，她也吃，她女儿小香也要吃。她只是没有做声，自然也是因为一直没有想好该怎么对付李貌，心里想得太急了，胸口便感到一堵一堵的，堵得她心慌，像随时要把她给堵死了似的。

李貌再三地想跟她解释，可嘴巴刚刚张开，就看见她的手高高地举过了头顶。一看见她的手高高地举起，李貌的话就自己回去了。她的嘴里总是对他说：

"你别说！你说什么我也不听！"

夜里，她也依旧和李貌睡在一张床上，只是中间已经拉开了一条宽宽的河道。她照样把衣服脱得所剩无几，不脱就会把她给热死，但她没有让他碰她。他当然也不再碰她。他要是碰她，她的巴掌就会朝他狠狠地打过来，就跟劈柴似的。他怕。他知道惹谁也不能这个时候惹她。她当然也睡不着。屋里的公鸡叫到第三遍的时候，她突然起来了。她终于想好了。她一起来就朝着他喊道："你也起来，我要跟你谈一谈。"

她不想跟他在床上吵。她也不知道为什么。

李貌刚走到堂屋，她转身就把女儿睡着的房门关上。她不想让女儿听到太多，就连另外两个无人的房间，也被她统统关上。然后，她从墙脚拖来了一张椅子,咚的一声狠狠地砸在李貌的面前。李貌以为那是让他坐的,便怀疑地看了看,他怕她什么时候已经在椅子的哪条腿上做了手脚,他要是一屁股坐上去,他就会叭的一声倒在地上。村里有一个女人就经常这样收拾她的老公,因为她的老公在外边爱跟一些不三不四的女人玩嘴。李貌生怕她也学起了那一招。

他抓住椅子摇了摇,却被她吼道:

"这不是给你坐的,你坐到对面去!"

李貌乘机就坐到了身后的椅子上。

但他想不明白,她把那张椅子砸在那里干什么?

他无法知道。她其实也不知道。她也许只是顺手愤怒地把椅子拖了过来,然后狠狠地砸在那里。

她说的谈一谈,就这样开始了。

一个在椅子的这边。一个在椅子的那边。

她说:"你为什么要那样?你说你只是去看看她的,你说你只是去看看她我反对了吗?你如果真的只是去看看她,你怎么看我都不会反对,可你,你却和她那样。你说你为什么要和她那样?"

李貌的嘴巴刚要回答,她却不让。

她自己停了停,她的手就朝他举了起来。

她的手一举起来,他的话只好停在咽喉里。

她说:"你们俩竟然那样脱得光光的,还死死地搂着,你说,我看见了我心里会怎么想?如果你是我,你要是看见我跟别的男人也那样,也脱得光光的,也死死地搂着,你心里会怎么样?你告诉我,你要是看见了你会怎么样?"

一边说一边又把手举起来,她就是不让他回话。

停了停,她猛地一脚就狠狠地踢在那张椅子上。

那椅子没有倒地，而是被她踢到了李貌的面前。

李貌看了一眼被踢到面前的椅子，没有做声，一只脚悄悄地就踏到了椅子下边的横杠上，然后把椅子悄悄地推回去。

他知道她还有话，他让她说。

"我知道你心里还老想着她……我早就知道……我一直都知道……可我心里想，你心里想你就心里想吧，反正她那里你也用不了了，我以为你怎么想也是白想……可我没有想到你还会和她那样……我一点都没有想到过……你竟然还会跟那样……你如果只是心里想一想，你怎么想我都不会吭声的……我吭过声吗？……你说我吭过声吗？……"

她突然一脚又踢在那张椅子上。

这一脚，那张椅子被踢翻了。

李貌没有急着去动它，他知道她还有话，他让她说。

"你这样想一想吧，如果你看到我也和那个原来跟我好的男人，我们也这样光着身子，死死地搂在一起，你眼睛受得了吗？你心里受得了吗？……"

李貌悄悄地蹲了下去，把椅子悄悄地扶起来。

"你说，你为什么要那样？"

她还是不需要他的回话，她只是要他听着。

她猛地又一脚踢在那张椅子上，把刚刚扶起的椅子，又踢翻了。这一次，那椅子倒在了李貌的面前。李貌顺手就把椅子扶了起来，可是椅子刚刚站定，她又一脚踢了上来。

李貌这时仿佛明白了，明白这张椅子摆在他们中间的意义是什么了。如果不是这张椅子，她可能就会不停地往他身上踢过来，但她也当然知道，如果不摆这张椅子，她愤怒的时候往他身上踢，他是不会让她踢的，她的脚会一次又一次地踢空。李貌心想这样也好，想踢就这样让她踢吧,不就一张椅子吗?他能做的,也就是不停地把被踢翻的椅子提起来。有时只是踢到他的面前,于是他便给她顶住了,然后把椅子再一次地推回去,直到她再一次地把椅子踢翻或者踢到他的面前来。反正他总是不做声。

那天早上,李貌扶了一个早上的椅子。

最后,她声音强硬地告诉他:

"我现在告诉你,我想了一夜了,我也想好了,我也决定去找那个人试一试……就是以前跟我好过的那个男的,我也想试一试,我看他是不是也还在爱我……我想他也还是爱着我的……你们男人肯定都是这样的……我相信他一定是还爱着我的,要不阿香挨刀时,我去跟他说了说,他怎么就答应帮了呢?他心里要是没有我,他怎么会帮呢?……我想好了,我想了一夜,我也找他去……我也要跟他洗个澡,我也要跟他一起脱得光光的……我记得他的老婆也死了,只要他愿意,只要他真的还爱我……我就跟他说我要嫁给他……嫁了他,我就离开你们,我让你们俩儿想怎么搂就怎么搂……搂死了也不关我的事……我想了一夜,我也想好了,我也不管那么多了,等天亮了我就到城里去……你也不用拦我,拦也没用……我不信他就不爱我了……阿香那里都被刀插烂了你都还这样爱着她,不信我好好的他就不爱我了,我不信!"

63

小香的妈妈真的决定进城了。

天亮的时候,她也拿了茶麸给自己好好地洗了一个头,但一边砍茶麸的时候，她却一边不停地掉了许多的眼泪，那些眼泪全都一串串地洒在她砍下的茶麸上，把她的茶麸都打湿了，但她不管，她把泪水和茶麸统统地装进小布袋里。她心里很清楚，那天早上，她是用了泪水和茶麸一起给自己洗头的。洗完之后她闻了闻，她发现确实没有阿香给小香洗的那么香。她虽然没有在明里闻过小香的头发，但在那个女人给小香洗头的那些日子里，晚上睡觉的时候，她还是悄悄地闻过的，她心里真的暗暗敬佩阿香那个女人，怎么把头洗得那么香呢？她们用的茶麸其实都是一样的茶麸呀？她不知道里边的道理是什么。这个道理，她其实早就明白了，有一天赶街回来，在路上进了一家人家，喝了一碗粥，喝了两口就喝出了这个道理来了，同样的玉米，却也因人手的不同，而煮出了不一样的玉米粥来。那一家的玉米粥，味道寡寡的，很不好吃。这实在是没有办法的事。她最后甩了甩自己的头发，觉得这样也不错了，因为她要去找的那个人，他在村上与她相好的时候，好像从来都不在乎过她的头发，他好像最感兴趣的，是每一次见面总要在她的臀部上拍一拍，见人的时候拍一拍，走人的时候也拍一拍。她于是也自己拍了拍自己的臀部，她想也许他还是一样地喜欢她的，不喜欢他就不会帮她去过问阿香住院的事情。

小香的妈妈就这样进城去了。

不能说她的心里完全地充满了信心，但她只是琢磨着她是有希望的。何况她比他年轻那么多，他原来不要她，那是因为他老婆还活着，如今他老婆没有了，他老婆去世了，他孤身一人了，她这时候去找他，就相当于去送给他……是的，她这一去是送给他去的，就像是送了一只大肥虫去给一只饿鸭，那饿鸭会不张嘴吗？何况她还不是一般的大肥虫，她比那大肥虫好多了。他也不是那饿鸭，她也比那大肥虫更能让他喜欢的。她去求他帮阿香住院的那一天，他的眼神在她的身上晃来晃去的,比那饿鸭饿多了,他一上来就在她的臀部狠狠地拍了一下,然后说,走吧,我帮你看看去。那一巴掌,一直暖暖地留在她的心上,就像一张热乎乎的烙饼。

就凭着那一张烙饼,她想她是有希望的。

走之前,她给小香留了几句话,她说:

"他们俩在一起洗澡了,你知道吗?"

小香没有做声,小香只是低着头听着。

她说:"他们在一起洗澡就证明他们还一直地爱着,而且爱得很深,很深。他对她的爱……就是你爸爸对那个女人的爱,远远超过了对我的爱,也超过了对你的爱,你知道吗?你是小孩你可以不管,可我要管,我不能忍,我也忍不了……我要报复!……我要让他……让你爸知道,我也不是一般的女人,我不是那种他想不爱就可以不爱的女人!我要让他知道,我也是有人一直爱我的,不过这个事,你没有必要知道。我现在就要去爱一次给他看一看,我这一去可能三五天都回不来,你一个人你怎么办?"

小香只是低着头,她不知如何回话。

小香的样子有点可怜,妈妈也看出来了。

妈妈说:"想想你真是一个可怜的孩子,但你不能怪我,要怪你得怪他,怪你的爸爸你知道吗?是他先做出了初一的,他敢做初一,我就敢做十五,我是被他逼的,你知道吗?"

她说:"我顺便也问问你,如果那个人愿意娶我,让我成为他的老婆,如果他愿意让你跟着一起到城里去,你愿意去吗?你是愿意这样跟着他,跟着你爸爸,还是愿意跟着我到城里去?"

小香还是没有给她回话。

最后,她只好对小香说:

"那妈妈走了，妈妈不会忘记你的。"

说完就上路了，到城里找她的那个人去了。

64

那个人对她的突然到来吃了一惊。

但他没有问她太多，他让她先跟着他到了一家旅馆，给她开了一个房，让她先住下来。他没有让她到他的家里去。她也不知道他的家住在哪里。然后，他带着她去了一家小饭馆，给她点了几样好吃的菜，那些菜都是她从来没有吃过的。那一顿她吃得很香，在这之前，她从来都没有吃过那么好吃的饭菜，吃得她满嘴都是香香的甜甜的，回到旅馆后，还觉得满嘴都是那个小饭馆的味道，香得她都舍不得把那种味道给洗掉，她真想就那么留着，永远地留着，有机会的时候让李貌闻一闻她那嘴上的味道，然后把李貌给活活地气死，就是气不死，也得把他气个两眼发呆。那个人当然也吃，但他的兴趣是在看着她吃，看她那张吃得红扑扑的脸，好像要在那张脸上，寻找他和她在一起时的那些日子里曾有过的什么记忆。她偶尔也抬头看看他，看看他的眼睛里有没有还深深爱着她的那种眼神，那种眼神迷迷离离的，能从她的眼睛一直深深地钻到她的心坎上，让她的心会跟着慢慢地浮动起来。她觉得他对她还是好好的，好得比她在路上想象的还要好，那么多好吃的菜就是最好的证明。她便不时地对他笑着，他也对她笑着，他还不停地劝她多吃一点，还把菜往她的碗里夹，堆得她的碗里满满的，都不知先吃什么才好。他还不停地问她，好吃吗？好吃。那就多吃点。

她便不停地给他点头,然后是拼命一样地吃,吃得她一肚子圆乎乎的,吃到好像不能再吃了,才放下了手中的筷子。她抹抹嘴说,够了,不能再吃了,再吃就走不回去了。看着那些剩下的菜,他却又问了她一句,再吃一点吧?她摇摇头,真的不能再吃了,再吃就站不起来了。说着就站起了身子,试了试看还能不能走路。他跟着便也站了起来。他说那就走吧。走到柜台边时,他让她在门外等一等,等他买单。那一餐她不知道他花了多少钱,她想他一定是花了不少钱的。她想他对她真的好。她心里满满的都是高兴。往回走的时候她曾想,这个时候的李貌吃什么呢?他会跟他那个心爱的女人一起吃饭吗?她想那是不可能的,因为她的女儿小香在跟着他。

她想他李貌还不会那样。

回到旅馆,那个人就先回家去了。他让她先在房里呆着,让她别到外边乱跑,他说他很快就会回来的。他让她看电视等他,要不就先洗个澡,那样等到他回来的时候,她就已经是干干净净的了。说完就出门去了。出门之前,他又伸出长长的手,在她的臀部上笑笑地拍了拍。

她当然没有去洗澡等他回来。

她要等他回来两人一起洗,她要让自己在跟他一起洗澡的时候给自己出出气,否则,李貌和阿香洗澡时的那种样子,她心中就会永远也无法摆平。

她只坐在那里看电视等他。

她想他会回来的,他不会把她一个人丢在旅馆里,因为他出门的时候在她的后边又拍了拍,有那一拍,她知道他一定会回来的。只是那一等,等得有点太久,等得她什么电视都看不下了,他才敲门走了进来。

他说:"这么久你都还没洗啊?"

她说:"我等你呗。"

他说:"等我干什么?"

她说:"我要让你跟我一起洗。"

那个人就笑了,一边笑一边又拍了她一下。

他说:"真的要我跟你一起洗呀?"

她说:"要不我早就洗好了。"

他说:"好,那就一起洗吧。"

两人便忙着脱掉衣服洗澡去了。

看着她和他赤裸裸的时候,她的心里不禁有些小小的失意,她发现他的身子真的不如李貌,而她的身子呢?也不如那个阿香……谁叫自己是生过小孩的呢,人家阿香可是怀都没有怀过,她只跟李貌有过一次,她的身子当然要比她的好多啦……而他呢?他虽然住在城里,可人家李貌也是国家干部呀,人家虽然住在乡下,可人家也是在屋子里工作的人,你不被太阳晒,人家李貌也不被太阳晒,不同的只是李貌可能比他累一些,但人家李貌的身子还是比他结实比他顺眼……年龄啊,年龄是谁也挡不住的……要不了多久,他李貌的身子也会像他这样的……这么想的时候,她的心里慢慢地又舒服起来。

他让水冲了冲就拉着她想走。他想尽快上床。

因为完了事他还得回家。他只是没有告诉她。

她却不让。她突然就狠狠地抱住他,她想象着让自己像阿香抱住李貌那样。可他只是给她站着,由她抱。她想他怎么啦?怎么一点都不如李貌他们呢?她一把就捞起了他那两条垂直的手臂,让他也搂着她,就像李貌搂住阿香那样搂着她。

他不知道她的目的,笑着抱了抱,手又下来了。

他说:"行了,待会我们再好好洗洗吧。"

她却不让。她把他的两条手臂又捞了起来。

她说:"我还要抱,我要你抱我紧一点。"

他紧紧地抱了抱,转眼又放手了。

她急得把他的手臂又捞了起来。她说:

"你别自己放手好不好,抱够了我会告诉你的。"

没有办法,他只好莫名其妙地又抱住了她。

抱够了,搂够了,她又开始让他帮她洗,她也帮他洗。

他这下就急得受不了了,他求她说:

"待会再好好洗吧,好不好?"

她就是说不好,她不让他放手,她说:

"你先听我的吧,呆会我全听你的。"

这时候的男人嘴巴总是软的,对她一点办法都没有,只好乖乖听从她的要求,继续地瞎忙着,一直忙到他快没了情绪了,她这才让他把手收了起来。她说:

"好了,下边都是你的了,你要我给你做什么,我都会给你的。我要的你已经都给我了,剩下的轮到你要了。"

她把她交给了他,让他把她弄到床上去。

65

床上的活眨眨眼也就忙完了。

就像煎在热锅里的两张烙饼,翻几翻,拍几拍,添一把火,转个眼就出锅了,随后,慢慢地就凉了下来。这时候,两人已没有情绪再去洗洗了。他坐在沙发上烧着他的烟。他想等他烧完那支烟,或者烧完那支再烧一支,烧完了他随便跟说上几句话,算是洗洗嘴,然后就该回家去了。她就坐在床上看着他烧烟。她没有想到他待会还要回家,她以为他会跟她一起过夜的。她的感觉是太幸福了,真的太幸福了,好像从来都没有如此地幸福过。她在庆幸这样的幸福其实都是李貌给她的,或者说是李貌造成的。

她跟着就开始幸福地说话了。

她告诉他,刚才洗澡的时候,为什么叫他紧紧地搂着她,而且一搂再搂,搂完了还要你帮我洗,我帮你洗?

她说:"我是为了气我老公你知道吗?"

他当然听不懂。他摇摇头。他不知道。

她说:"我为什么要决定跟我老公离婚,就是因为他跟了他以前相好的那个女人在一起洗澡,他们两个就是那样搂得紧紧的,搂完了还你帮我洗,我帮你洗,全都被我看到了!"

那个人于是就傻笑起来。

他说:"那我们洗澡他又看不到,你怎么气得了他呢?"

她说:"他当然看不到,可是你知道吗,出门之前我跟他说过的,我说我也到城里来找你,我也要跟你像他们那样死死地搂着在一起洗澡。他看不到他可以想得到的呀。他现在肯定就在家里想着呢,他不可能不想,我跟他说过的,他不会不想的。"

他就又笑了,一边笑一边摇着头。

那样的摇头里,摇着重重的一种失望。

他说:"你怎么这么蠢呢,我没想到你有这么蠢!"

一边说又一边摇着头。他说:"你怎么这么蠢呢?他跟了他原来相好的那个女的一起洗澡,那是证明他在偷偷地跟她相好。他偷偷地跟她相好,他的心就离开了你,就会跑到了那个女的身上去,那你就应该到那个女的身上把他的心夺回来,你不应该跑到我这里,不应该让我跟你也像他们那样搂一搂洗一洗,你知道吗,你这样做是很蠢的,你的蠢一点都解决不了这个问题。一点问题都解决不了。"

她说:"我为什么要去夺回来?我不夺!他懂得跟他原来的人相好,我就不懂跟我原来的人相好吗?所以我就找你来了,我嫁给你,不就什么都解决了吗?"

他又不停地摇起头来,像是不知怎么跟她说才好。

他说:"蠢,真蠢!没想到这么多年过去了,你还是那么蠢。你以为你到城里来找我,你就可以嫁给我吗?你怎么这么蠢呢?"

她的脸慢慢地就木呆了。

她的心好像也要突然地停下来。

她说:"为什么?你老婆不是死了吗?"

他说:"对呀,我老婆是死了呀,而且死了好几年了,可我又要有新的老婆了,我们最近就要结婚了。"

她的脸色一下就彻底地变了,像被烧焦了一样。

她说:"你真的要跟人结婚了吗?"

他说:"不是真的我还会骗你吗?"

她说:"那我还能嫁你吗?"

他说:"我有了人了,你说你还能嫁我吗?"

她说:"那你不娶她,你娶我不行吗?"

他说:"这好像有点不太可能了。我不骗你,我如果想骗你,我就会对你说我可以考虑考虑,可我不想骗你,你知道吗?"

她说:"为什么?为什么不可能了?"

他说:"我这样告诉你吧,她跟我一样,我们拿的都是国家的钱,都是国家干部,而且她还从来没有结过婚,你说我娶不娶她?"

她的脑袋这时才低了下去,她说:"那我就不能跟她比了,我跟她比什么呢?我什么都没有,除了这一身,我什么都没有……那你都又要结婚了,你都有了人了,你为什么还给我开房,你还带我去吃饭,你还跟我一起洗澡,你还跟我一起那个呢?你为什么还这样呢?你原来已经占了我的便宜了,你怎么还占我的便宜呢?"

她的眼泪都快要下来了。

他说:"这你不能怪我,要怪只能怪你自己。你一来,你跟我一见面,你嘴里就说是特地来找我的。你说你不走了。你不走我不给你开房,你晚上睡哪儿?我不带你去吃饭,你能饿着过夜吗?我要是不跟你洗澡,我要是不跟你那个……你说,我还是人吗?"

她的眼泪已经下来了。

她说:"那你都不爱我了,你怎么还帮我呢……我那天来找你去医院帮帮她……你知道吗,那个女的就是我老公原来相好的那个女的,如果那天你不去帮她,我的心里就不会老是觉得你还爱我的,我要是知道你已经不再爱我了,我今天是不会来找你的,你说我还来找你干什么?我如果只是为了给你占我的便宜,我来干什么呢?我不是为了让你占我的便宜来的,不是的,我不是那样的女人,你知道吗?"

他说:"这是两码事,是你自己把两码事当成一码事了,这是你自己的问题,你不能怪我。你那天来找我,你说你们村里有一个女人被老公用刀插了,插的还是那个地方,而且插得很深。你说可能要花很多很多的钱,可是她没有钱,你让我去帮她说一说,我去了,那是我的良心让我去的,不是因为我还爱着你。我说的是真的。良心和爱是两码事,完全是两码事,你不该把两码事混成了一码事。这是你自己的问题,你真的不能怪我。"

她的泪水已经流得满脸都是。

可她发现他的话里有点不对。

她说:"你说你去帮她你只是因为良心,不是因为还爱我,那你为什么一见我就伸手过来拍我的后边呢,你不爱我了你为什么还那样拍我呢?你不拍我就不会觉得你还在爱我的,你为什么还那样地拍我?"

他说:"拍一拍算什么呢?这算什么呢?再说了,那是我的坏习惯,我实话告诉你吧,跟别的女人在一起,我也是经常这样拍拍的,只要没有别的人看见,只要我想拍,只要我觉得那个女的可以拍,我都会那样拍一拍的。在城里,这不算什么。再说了,城里一些女的,你不拍她们还不高兴咧,她们就喜欢有男人经常在她们的后边拍一拍。拍一拍不算什么的,一点都不算。你不能拿这个来当话,你这话对我没有用你知道吗?"

最后,他就走了。他说他得回家去了。他说他不能跟她在一起过夜,因为他并没有出差,所以没有理由对那个准备要跟他结婚的女人说他为什么在外边过夜。他对她说,他明天会来看她的,他还可以继续请她吃饭,他说那几个菜你不是很喜欢吃吗?明天我带你去再好好地吃一吃。他还说,如果心情不是太好,那她可以多住几天,每天除了上班,他都可以过来跟她在一起。他还说,如果想走你也可以走,走的时候跟总台说一声就可以了。他说他跟他们说好了。

他说,他是真的希望她能多住几天。

走的时候,他伸手又想在她的后边拍一拍,这一次被她挡住了。她不让他再拍了。她说不清楚为什么。反正她不想让他再那样想拍就拍她了。她怕拍了晚上她更加睡不着。事实上,那一夜她也睡不着。她想她怎么办呢?回去她怎么见人呢?她怎么见李貌,她怎么见她的女儿呢？

她的心完全碎了！来的时候，她的心好好的。吃饭的时候，她的心也好好的。进旅馆的时候，她的心也好好的。还有洗澡的时候，她的心更是好好的。上了床，完了事，她的心也还是好好的。可现在……现在她的心，完全地碎了！

最后，她想到了死。

她想，她不活了。

还活着干什么？

66

第二天早上，她到街上买农药去了。

城里的农药店，比乡下的农药店大多了，而且农药的品种也多，很多品种她连听都没有听说过。最后她买了一瓶小的，她想有那么一小瓶就够了，买大的肯定是多余的。再说了，这东西也不是什么好喝的东西，又不是什么糖浆做的。她想如果有糖浆做的农药就好了。可是不会有的。农药是杀虫用的，为什么还要往里边放糖呢？除非有人想到要做一种农药是专门卖给想自杀的人。那样的人也许会有，但那样的农药不会有。卖那种农药的人是要被杀头的。这么想的时候，她就自己买糖去了。她想你店里没有的买，我不可以自己放吗？放一点糖，也许喝的时候就没有那么难受。光喝农药肯定是很难受的，弄不好刚到嘴边就喝不下去。

可最后，她没有在旅馆里把农药打开。

她想她要是在那里把自己给喝死了，那个人就会因为她而出事的，因为那个房是那个人给她开的。那样她就把那个人给害了。

她害他干什么呢？

她想不出她要害他干什么。

他让她住旅馆还让她吃了好吃的，他还帮她洗了澡，她干吗还要害他呢？他要是因为她的死而倒霉，那他就真是太倒霉了。她觉得那个人不应该倒那样的霉。他正准备结婚呢，他不应该倒那样的霉，她又想。她想她不应该恨他。那她应该恨谁呢？她想她应该恨李貌，恨李貌一直爱着的那个阿香。

她把农药收了起来。

那点糖，她也收了起来。

她想她应该回到家里去死，死在家里她还可以给李貌留下一辈子的阴影，让他和阿香一辈子都得不到安宁。

就这样，她离开了城里的那个旅馆。

67

回来后，她却没有往家里走，而是直直地走进了阿香的家。看见她进来的时候，阿香有点觉得突然，但没有来得及张嘴，她就先说话了。她对阿香说：

"我要跟你谈一谈！"

她的口气很硬，硬得就像一块砖，直直地砸在阿香的心口上。阿香忽然噎了一口气，心想她要谈什么呢？除了有关李貌和她的事情，她还会跟她谈什么呢？她的心高高地就提了起来，但她还是顺手给她拉来了一张凳子，她让她先坐下。她却不坐，她说：

"我们到外边去。我们找个有太阳的地方。"

外边的太阳正在西下，但距离西边的山头还挺高的。她说完话就转身往外走了，走得咚咚地响。阿香看着她匆匆走去的背影，心里便一紧一紧的，提着胆只好随后慢慢地走去。她真的有种说不出的紧张。

不远处的水沟边，有一块大石板，那是人们过路的时候，洗脚洗手的一个地方，洗多了，已经洗成了一个小水塘。水塘的边上可以坐人。她对后边的阿香喊道：

"就坐在这里吧！我们在这里好好地谈一谈。"

她放下手上的东西，然后在附近转了转，很快就捡回了两个空瓶子。那是两个用完了的农药瓶。村上不像城里，城里有垃圾场，村上没有。村里人用完了农药，一般都顺手把瓶子扔在田头地角上，多少年来都是如此，扔得到处都是。有时看上去，如果往心里想一想，就会想出很多很可怕的结果来。村里人也不是都不想，但大多情况下是懒得去想。想了又能怎样呢？所以不如不想。捡回来的两个瓶子颜色都一样，盖子也都还好好的。她先把盖子打开，然后用沟里的水洗了洗，洗完了闻了闻，然后又洗了洗，最后把那两个瓶子放在了石板上。

随后，阿香看到她从她的包包里拿出了一个瓶子来。那是她在城里带回的那瓶农药，但阿香不知道。

看了看阿香，又看了看那瓶农药，她开始说话了：

"这瓶农药我是在城里买的。我本来想死在城里，后来我想我还是回来死在家里吧，可回来的路上我又想，我为什么要这样死掉呢？我觉得这个事情，其实就是我们两个女人的事，我觉得我应该跟你赌一赌，赌一赌看谁能活下来跟李貌过日子。你不用怕，我才这么一说你的手就要发抖了,我看到你的手在偷偷地往怀里插,你这么一插我就知道你心里在偷偷地怕。你怕什么呢?我还没说怎么赌你怕什么呢?你先别怕。你先看好了,这两个瓶子是空的,你看好了。我现在把这瓶农药打开来,我把它灌到一个瓶子里,你看好了,我只灌在这个瓶子里……好了。你看到了,我全都灌在这个瓶里了。你看看这里边还有没有?没有了吧,没有了我把它扔掉了,我也懒得再给它盖什么盖子了,还给它盖上干什么呢?哪一个虫子想找死,它就自己钻进去吧,那是它自己找死的,跟我没有关系,跟你也没有什么关系。这个瓶子呢?这个瓶子现在是空的,里边什么也没有,我现在把水灌进去,你看好了,我不会灌得太多的,我把水灌得跟有农药的这一瓶一样就行了。你看看,一样了吧?一样了……好了,我现在把这两个瓶子都盖起来。我现在先盖好有农药的这一瓶……盖好了。我现在再盖装水的这一瓶……好。也盖好了。两个瓶子我都盖好了。你要不要看一下?你不愿看?你别怕,你真的不用怕。你觉得你的手插在怀里好,你就插在怀里吧,你拿出来了我会看见你的手在发抖的。你的手已经在发抖了。你真的不用怕,死的也不一定就是你,也许是我,也许是你,现在还说不定。你不愿看那你就不看,这没有什么关系。我等下要把这两个瓶子扔到水沟里,你扔也可以,扔完了我再下去用脚搅一搅,你想下去搅搅也可以,把它们搅乱了就行了。然后呢?然后我们的赌就开始了。赌什么呢?你应该是听得出来了。一句话,我们赌的就是命。赌你的命好还是我的命好,命好的捞起来的就是装水的这一瓶,命不好的,捞起来的就是装了农药的这一瓶,你捞到什么你就喝什么,我捞到了什么我也喝什么。你真的怕了?我看你的脸色已经很不好了,你怕了我知道。怕什么呢?我去买农药的时候我也怕,我拿到手里的时候,心里也是怦怦地瞎乱跳,可现在好了,我想通了我就不怕了。我一路走一路想,就想通了。你是不是觉得我这样做太毒了?是有点毒,我自己都觉得有点毒,可不毒又能怎么办?不毒就解决不了我们两个人的问题你知道吗?我们两个人的问题很简单,我不说你心里也早就明白了,都是为了李貌一个男人。我们两个女人,如果有一个死掉了,以后的事情也就平静了。你说是不是?如果你死了,我跟李貌以后的日子就平静了;如果我死了呢,你和李貌也就可以在一起了,你们当然也平静了。反正你知道,我们俩不死掉一个就永远也平静不了,你相信吗?你不相信我相信。除了死掉一个人,否则谁都保证不了。谁能保证呢?他跟我结婚结了这么久,他跟我天天晚上都睡在一起……就是这一年多他调走了,他才没有天天晚上跟我睡在一起,原来哪天不是睡在一起呢?可睡在一起又有什么用?他人是跟我睡在一起,可是他的心却挂在你的身上,你说他能保证吗?你知道我的意思了吧……你的脚好像也在抖,你把脚合在一块吧,合在一块就不抖了,不信你马上试一试,你把脚并拢在一起,就像我这样,这样当然也会有点抖,但不会抖得太厉害,你那抖得太厉害了。你不用怕!真的你不用怕。说到底不就是一个死吗?死了反而清静了。真的……弄不好死的是我而不是你,真的,也许死的不是你,你想想吧,因为你和李貌本来就是一对,你们本来是应该成为夫妻的,都是我爸,是他突然想到那一招的,就把你们给拆散了。也许老天爷是有眼的,他会让你活下去,那样你就可以跟李貌放心地过你们的下半辈子,真的,你先别怕。如果你的命不好,怕也没有用。有句话是怎么说的?说敢于下河就得不怕死。是这么说的吗?河都下去了,还怕被淹死吗?我不啰嗦了,我现在要扔下去了。我不知道我的话都说清楚了没有?我说不清楚也没关系,只要你听清楚了就行了。你听清楚了吧……你怎么这么怕呢?我看你的身子都抖起来了,你有点冷了是不是?这又不是冬天,冷什么呢?你不用这样,你看太阳还在那里呢。我现在跟你不一样,我是全身都在发热,真的,我全身都在发热。好了,你听清楚了我就扔下去了。我扔了。"

她把两个瓶子,同时地扔进了水沟里。

水沟里的水不是太深,从上边能看到那两个瓶子在沟下边的什么地方。沟里的水在流,但流得并不急,她们能看到沟里的那两个瓶子并没有被水冲走。她看了看阿香,她看到阿香的脸色越来越不好,但她不想去顾理她,她接着说道:

"是你下去把两个瓶子搅一搅,还是我下去搅一搅,把它们搅乱了就公平了,免得有人看到哪一个瓶子落在了哪个地方。"

阿香没有说话。

阿香坐在那里不动。

阿香的脸色是有点不好了。

她对阿香说:"你不下那我下。"

她将裤腿往上一捞,就真的下去了。

沟里的水刚好深到她捞起的裤腿边上。

她没有去看脚下的那两个瓶子,像是担心阿香会以为她的脚在下边做了手脚,她只是用脚把那两个瓶子胡乱地搅过来搅过去,搅过去又搅过来,眼睛却一直看着阿香。

她说:"这样搅可以了吧?"

阿香还是没有说话。

阿香的手一直放在心口上。

她说:"可以了我就起来了。"

又搅了搅,就起来了,她坐回了原来的地方。

她问阿香:"是你先捞,还是我先捞?"

阿香还是没有说话。阿香的眼睛只是恐慌地盯着沟里。阿香的脸色是不太好。阿香不知道怎么办。她看着阿香又问道：

"你要是怕，那我就先捞吧。"

刚要下去的时候，她又迟疑了。她说：

"如果我捞上来的是农药的那一瓶，我先喝了，喝完了我死了，另一瓶你不捞了，你也不喝了怎么办……哦，不对，我说的不对，你看我今天说话说多了，我把话都给说乱了。我是说，如果我先捞上来的那一瓶是有农药的，我先喝了，喝完我死了，下边的那一瓶，你就可以不捞了，你就不用再喝了。我是说，如果我捞到的不是农药的那一瓶，我喝了，我没死，那下边那一瓶就是有农药的那一瓶，那一瓶就是你的了，你还没喝你就知道你是死定的了，然后你就不想喝了，你跑了怎么办？你不会是那样的人吧？说好了就一定要赌，你就是知道死，你也得给我喝，你知道吗……你看你的脚又抖起来了，你是不是知道有农药的那一瓶就是你的？你不会因为发抖你捞着了农药的你就不喝吧？那可不行我告诉你，反正得死掉一个人，你就是知道死你也得喝，你知道吗？"

阿香还是没有说话。

阿香的脚是有点在发抖。

"你的脚是在发抖，发抖你也得喝你知道吗？只要我不死，你就得喝，说好了不准反悔的！那我就先捞了。"

可她还没有下去，阿香突然把她抓住了！

她看了看阿香，发现阿香的脚好像不抖了。

她对阿香说："你想先喝呀？你先喝也行，你要是喝不死，我知道我的那一瓶是农药我也不会反悔的，我会一口气就喝下去，喝完了好让你以后跟李貌好好地过日子。你十六岁就跟他有了那种事，想想你也挺不容易的。"

阿香没有说什么，就真的下去了。

阿香也不捞裤脚，就直直地走下去，下去后，她也不看她要哪一个瓶子好，她的目光只看着她，她用脚板在水下勾了勾，然后往上踢了踢，就把一个瓶子踢上了水面来，伸手一抓就抓住了。

她的眼睛紧紧地盯在阿香抓着的那个瓶子上。她当然无法知道阿香拿到的是哪一瓶。她看见阿香连看都不看，就回到原来的地方坐下。她的目光死死地盯着阿香。她看见阿香一坐下就开始扭动那个瓶盖子，可阿香的眼睛却只看着她，阿香看也不看那个瓶子。她看见阿香扭了好久都扭不开，便看了一眼阿香的脸，这时她才发现，阿香的目光一直在黑黑地凝视着她。

她于是又对阿香说话了：

"你不用这样看着我，你这样看我干什么？你看你手里的瓶子吧，你是扭不开是不是？扭不开你就再使劲一点点，你这样看我干什么？我也不知道我刚才为什么就盖得那么紧。你不会是要叫我帮你打开吧？"

她看见阿香的目光果然低了下去，她看见阿香果然去看了手里的那个瓶子。阿香的目光刚一落到瓶子上，她就看到阿香把盖子终于打开了。就在这时，她看见阿香的眉头皱了一下。就那一皱，让她似乎闪电一般发现了什么！她的心她的眼睛，顿时都急了起来，她看了看那个被阿香打开的瓶口，又看了看阿香的脸，然后又去看那个已经被打开的瓶口。她还看见阿香的另一只手，在紧紧地攥着那个扭下来的瓶盖。她相信自己真的看到了什么了！她突然对阿香喊道：

"等一等，你先别喝。"

她飞快地从包包里拿出了半瓶水来。

"你那样喝会很难受的。这是糖水,是我拿白糖冲的,你可以先冲一点糖水进去。"她把糖水递给了阿香。可她看见阿香只看了看她手里的那瓶糖水,阿香的手却没有伸过来。她愣了一下。她说:

"你不要以为我这里也是农药,不是的,我这里真的是糖水。不信我喝一口给你看看。"说着就真的喝了一口下去。喝完了还响响地咂了两下嘴巴,让阿香感觉着她那喝的真是糖水。

"冲一点糖水好喝一些。真的,我是在为你想呢。"

她的语气已经得意地燃烧起来了。她从阿香的迟疑中,已经完全地把什么掌握在了手里了。她感觉到她的心已经开始舒服起来了。她想老天爷呀老天爷,你真是个有眼的老天爷啊!

"你不冲也无所谓。"她对阿香说,"很多人喝的时候也是没冲什么糖水的,冲不冲,结果都一样。那你就喝吧。我看到你的手好像又有点发抖了,抖一点也没关系,你别让里边的农药给抖出来就行了。喝吧,喝吧,想多了也是没用的。不过喝之前先想一点什么也是可以的,要不喝完了就什么也想不了了是不是?那你就想吧,你说你想什么好呢?你就想想,其实你死了还是公平的。你想吧,你是一个人,你孤苦伶仃的,你走了顶多也就李貌一个人有一点点的难受,你不会牵连到太多的人的,可要是我死了呢?李貌难受不难受我不知道,我女儿肯定是很难受的。我死了你就成了她的后妈了,可你能照顾好她吗?你就是照顾得再好,你也不是她亲生的妈妈呀?所以老天爷还是有眼光的,老天爷他不让我死,他要让你死,他让你抢着先捞,然后就捞着了有农药的了。老天爷这样做是对的!老天爷真是有眼啊,要是我死了,李貌跟了你,他下半辈子这个男人还当得有什么意思呢?你们两人除了那样脱得光光的在一起洗洗澡,除了你帮我洗一洗,我帮你洗一洗,别的你们还能做什么?你那里都被黄泉毁掉了,你们还能有那种快乐吗？老天爷看来还是同情李貌咧，他知道李貌还是一个男人，这个男人活下去还得需要得到快乐，还得在我身上他才能得到。老天爷呀老天爷，你真是有眼啊！喝吧喝吧。早喝晚喝，反正都是喝，你就放心喝吧，你死后我会让李貌给你做个坟，他想做多好我都不会反对的，每年清明我还会去给你扫墓的，这一点我完全可以做得到，我不是那种坏女人，我不是。我还可以保证每年都给你买一饼最好最好的茶麸，放在你的坟前，让你继续好好地洗你的头发，洗得漂漂亮亮的，这样你就可以放心地喝了吧，快喝吧！"

她已经抑制不住自己的激动了，她的脸已经激动得完全地发红了，好像全身的血都喷涌了起来了，全身的血都在往她的脸上冒，她已经满面红光了，我的天呀！她兴奋得差点就要跳起来了，她不知道如何控制住自己了。她在暗暗地庆幸自己没有在城里把农药喝下去，她要是喝下去，她现在早就死在了城里了，她就永远地活不下去了……老天爷呀，我的老天爷……看来老天爷还在暗地里帮着她咧……她正想再跟阿香说些什么，可是……阿香已经把瓶子举了起来。她看见阿香的手和阿香手里的瓶子晃了晃，随后便听到咕嘟咕嘟的几声水响，眨眼间，阿香手里的瓶子就空空的了。她有点被阿香震撼了！她没想到这个女人最后竟然这么坚强，这么勇敢，怪不得她跟李貌的事多少年来一直藕断丝连，她真是有点佩服她了。她真的有点佩服她！

可是，喝空了瓶子的阿香，却仍旧稳稳地坐着。

阿香好像什么事都没有发生一样。

阿香的脸色也慢慢地又好起来了。

这到底是怎么回事？她那喝的是水吗？

蓦地，她慌了起来了！

这一次，轮到她的脸色变了。

她的脸像是突然被抽掉了血。

她的手,也开始颤抖起来了。

还有她的脚,她的脚有点站不稳了。

就连她的脑门也在一鼓一鼓的,汗都出来了。

她知道眼前的阿香不是因为有多坚强,而是阿香喝下的不是农药。但她想不明白,那她为什么打开瓶子的时候眉头突然皱了一下,那不是被农药的味道给呛的吗?为什么要喝下的时候,她的手还晃了晃?

她的身子突然开始发冷了。

就连她的眼泪,也都跟着下来了。

她的嘴巴动了动,她想说些什么,但她的舌头已经不再听她的话。她知道自己只能怎么办了!她一边看着阿香,一边抖着身子,就一晃一晃地往水沟里走去。

太阳还没有下山。

阳光还暖暖地照在她的身上。

但她的身子已经像是走进了冬天的水里,她感觉到她的身子还在不停地晃。她努力地咬着牙,她让自己的身子在阿香的面前别抖得那么厉害。她甚至学着阿香的样子,也用脚去勾了勾那沟底里的瓶子,然后也一样地踢了踢,但那瓶子就是没有被她给踢起来。她的脚在打抖。她看了看阿香,她发现阿香也一直在看着她,她随即就更加慌了起来了,好像看到阿香在一直地笑着她,笑她刚才说了那么多话原来都是在给她自己说的,只是阿香的笑没有露到脸上来。她想她不能让她笑。她觉得她不能给自己丢脸。她又踢了踢,可那瓶子还是不肯被她踢起来。她于是急了起来了,她于是不再踢了,她把身子突然往下一沉,整个人都蹲进了水里去,把那瓶子从沟底里抓了起来。

她的身子全都湿透了。

她的脸上也全都是水,像是哭了一脸的泪。

她愣愣地看了看阿香。阿香也在愣愣地看着她。阿香看见她手里的瓶子在发抖,而且越抖越厉害,抖着抖着,那个瓶子突然一滑,从她的手里又掉回了水沟里。

阿香突然就想笑了。阿香想,她的手抖得那么厉害,她怎么敢喝呢?她想她不会喝的。于是就起身走了。阿香一句话也不说就走开了。

看着阿香走去的背影,她突然喊道:

"你回来!我们的事还没完呢,你给我回来!"

阿香不回来。阿香直直地往前走去,就在这时,阿香看到了小香。小香不知什么时候正朝她们这里走来。小香问她,你们在这里干什么?阿香说你去问问你妈妈吧。小香说我妈在那里干什么?阿香说你妈她想喝农药。小香不由得慌起来,她说她喝了吗?阿香说她怎么敢喝呢?她是拿来吓我的。她不敢喝的。你现在马上过去看一看,你过去了她就会跟你回家的。你快点过去吧。

小香急急地往母亲跑过去。

就在这时,小香的妈妈已经把那瓶农药又捞了起来了,她一捞起来她就扭下了瓶盖,然后一口就喝了下去了。小香看见母亲在沟里晃了晃,看见母亲往身边的沟边一扑,就扑在了沟边上。但小香不知道妈妈那是已经喝下了农药。

她说:"妈,你在干什么?"

妈妈一愣,突然回过了头来。

她的嘴里很难受,她的肚子也很难受,但她还是努力地往小香这边扑过来,她就扑在水沟边,她不想爬到沟上来。她说:"你怎么没跟你爸爸去呀?"小香摇摇头,她说:"我不去。""你不去,你一个人,你怎么过?"小香说:"我知道你会回来的,你不可能不回来。"妈妈顿时就惊讶了。她说:"你怎么知道我会回来呢?我要是不回来你一个人你怎么办?"小香说:"你怎么会不回来呢?你以为你去找了人家,人家就会要你吗?人家是城里的,你是村上的,你知道吗,人家怎么会要你呢?你不回来你去哪儿?你不会想我还不会想吗?"

女儿的话是真话,真话就像一把真刀,把她的心再一次给刺穿了!悔恨与鲜血同时地冒了出来!她张开了嘴,却不再有声音了。她的嘴巴在开始冒泡泡。小香一看就慌了起来,她说:

"妈,你怎么啦?你是不是真的喝了农药啦?"

妈妈的嘴里在啊啊地喘着粗气。妈妈死死地抓住沟边的那些青草,她不让自己倒进身后的水沟里。这时小香已经闻到了一股呛人的农药味。她惊慌起来,她说:"妈,你真的喝了农药了?"小香上来就抓住妈妈的手,要把妈妈拉上来。妈妈却不让她拉。妈妈说:"是,我是喝了农药了……我不想活了……我死了算了……"小香立即站了起来,她朝着阿香大声地喊道:"阿香阿姨,你快回来,我妈她喝了农药了,你快回来!"说着就朝阿香跑去。

妈妈在后边却喊住了她。妈妈说:

"你别喊她过来,我不想再看到她。你也别走……你蹲下来……妈妈跟你说句话,说完了妈妈可能就死了……妈妈现在很难受……妈妈的肚子里像火烧一样……妈妈要死了,你听妈妈一句话好吗……你一定要给妈妈记住,妈妈死了,你爸爸如果想跟她结婚……你,你一定要给我反对,你死也不能让他们结婚你知道吗……妈妈要死了,是妈妈自己喝的,妈妈要死了……"

小香没有回答,小香只是拉着她,大声喊叫着:

"妈,你不能死!妈……阿姨,你快点过来呀!"

阿香已经跑回来了。村里有的人看见了,也跑过来了。他们把小香的妈妈飞一样背回了村里，然后又飞一样送往镇上的医院，但小香的妈妈，还是飞一样死去了。李貌还没有赶到她的面前，她就断气了。李貌看到她的时候，只看到她两只眼睛大大地瞪着他，当时把他吓了一跳，好久他才敢把手伸过去盖在她的眼睛上，然后轻轻地抹了抹，她这才收起那双好像一直不肯死去的眼睛。

68

小香妈妈的死把阿香给吓坏了。

吓得阿香的头发突然就变白了。

她一而再，再而三地对李貌说：

"都是因为我，我为什么要以为她不敢喝呢？我要是以为她敢喝，我就不会离开的，我不离开我就会看到她扭开瓶盖，她扭开瓶盖我可以不管她，但我不会让她喝下去，我不会的，可我以为她不敢喝，我以为她只是为了吓唬我，我以为她把我吓完了，我就应该走了，我还以为我如果不走，她就不好下台了，我以为我一走，她在后边就没事了，所以她还没有扭开瓶盖我就转身走我的了，我没想到她在后边会真的喝，我一点都没有想到……我为什么要以为她不敢喝呢？……都是因为我……"

李貌也一而再，再而三地对她说：

"那是她自己的事，跟你真的没有关系。你别老是放在心上。你老是这样放在心上，你的心就会永远地感到难受你知道吗？你别老是这么挂在心上好不好？"

可阿香就是听不进去。她说："你不用这样安慰我，你不用安慰，我心里明白到底怎么回事。可我就是放不下，我一坐下来，这个事就自己浮上来，这个事一浮上来，我就感觉着我的头发好像在一根一根地往上竖，你看看，你看看，你看看我的头发现在是不是又在往上竖？是不是现在又竖了起来了，你快帮我看一看……"她觉得她的头发好像要随时地离开她，飞到别的地方去。但她自己又不敢摸。她怕。她让李貌帮她摸摸她的头发，看她的头发是不是还在她的头上。李貌当然没有看到她的头发在飞走，也没有看到她的头发在一根一根地往上竖。李貌说："你不能老是去想那死人的事，死人的事，谁想谁的头发都会竖起来。"他还想告诉她，他一想起小香的妈妈，他的眼前也会出现两只死去的大眼睛，但他没有说出口，他怕因此而增添了阿香的恐惧。但他没有别的办法，他只有把手给她伸过去，然后轻轻地抚摸在她的头发上。李貌的手一落到阿香的头发上，阿香就感觉着好些了，好像她的头发这才慢慢地又回到了她的头上来。

李貌就是那么一摸，有一次就发现了阿香的头发变白了！那是从她的发根往上长出来的。好像阿香的头皮那里多了一层关卡，关卡的里边藏着一层白色的涂料，于是就把新长出来的那些头发给染白了，白了已经一根手指宽。李貌的心顿时就慌了起来了。他想：另一个女人才刚刚走呢，这一个女人如果转眼也出了什么意外，他李貌……他李貌这一辈子，该怎么面对呢……他真的都不敢想下去……但他想，他先不能告诉她，他一点都不能让她知道，因为这头发就像是她的命一样，她要是知道了就糟糕了。好在那些头发还都是长在她的后脑上，她自己一时还看不到。

正好，李貌这时已经又回到了村里的学校来。

上边的人看见李貌也挺可怜的，就跟村里的那位老师说了说，那老师点点头，就答应了。

第二天，李貌到一家油榨坊一家伙买下了四饼大大的茶麸，直直地挑进阿香的屋里。阿香一看就高兴了。看着那四饼新新的、香香的茶麸，阿香心想，一定是李貌下了决心，要和她阿香一起长久地过日子了，要不一家伙买这么多干什么呢？

但嘴里还是想问问为什么。

她说："干吗要买那么多？"

李貌心里说，我要试一试，我看能不能把你那些冒出来的白头发给洗回去，也许能把它们洗回去的。我要试一试。除了这样，我不知道还能有别的什么办法。但他不能这样告诉她。他说：

"从今天开始，我要天天帮你洗头。我要把原来欠你的，在一段时间给你统统地补回来。"

这样的话，当然让阿香很高兴，可她觉得不必吧，你欠我的你都要统统地给我补回来？你欠我的那么多，你都能补吗？她说：

"你是在哄我高兴吧？你是懒得以后再给我买是不是？"

"不是的，从今天开始，我真的要天天给你洗头，洗完了这四饼，我还会给你买回来。我要让你的头发又回到我最早看到的那种样子，我要让所有从你身边经过的人，都想回过头来看着你，我要让他们晚上睡觉的时候都睡不着。"可话刚一说完，就发现自己的话听得有点让人不太舒服，都说得像那些正在谈恋爱的男女们说的一样了，好好的话被他给说虚了，说得都飘了起来了。

阿香也听得有点奇怪。她说：

"我可是第一次听你说这么好听的，你真要这么做吗？这么做你会变傻的，你要是变傻了可不好。"

李貌就心想，傻就傻呗，男人女人之间的很多事情，不都是因为傻吗？不傻怎么会老是那么你想着我，我想着你，而且还没完没了的呢？

此后的每天晚上，李貌吃完饭，放下筷子，便来到阿香的家里。每次都同时牵着他的小香来。他不希望在那个已经黑下来的天空下，给别人留下一种很刺耳的话题，说他天一黑就偷偷地摸进阿香的家里来。他每次都牵上他的小香，这样你们还有什么说法吗？挺多只能说，他每天晚上都和他的女儿一起到阿香的家里去看阿香，而不会说他是做了别的什么事，他女儿就在身边，他能做什么事情呢？每天晚上，他都让阿香躺在一张长长的椅子上，把头发长长地往下垂，一直垂在后边的一个木桶里。木桶里的热水有时候是阿香烧好的，有时候是他李貌来的时候才烧的；洗头用的茶麸，有时候是阿香砍好的，有时候是他李貌来了以后再慢慢砍的。阿香泡到桶里的头发，其实还不到一半，泡不到的那一半，便由他李貌给她慢慢地淋，慢慢地洗，慢慢地搓。他就坐在木桶的边上。有时候，阿香躺在那里洗着洗着都睡着了，李貌的手还在她的头发上忙乎着。有时水冷了，他觉得还应该再帮她洗一洗，再帮她淋一淋，再帮她搓一搓，就又给她添些热水，接着给她慢慢地洗。

小香就坐在一旁看着，看得她都感动了起来。

有时她也上来帮一帮，帮父亲在阿香的头上洗，爸爸便让她看着阿香脑后的那些白发，他这样做是为了让女儿知道，他这是在帮阿香阿姨治疗头发，而不是因为别的什么。但他总是让女儿把嘴抿住，他让女儿替他保密，不能随便乱说出去。

小香总是对父亲的用心默默地点着头。

但是没有多久，阿香还是自己发现了。

她是从梳下的一些头发上无意中看到的，她当时惊愕了一下，她盯着眼前的那些头发根，心想这一节怎么是白的呢？暗暗地就心慌了起来了。但李貌马上告诉她，说是现在已经好多了，在他给她天天这么洗头之前，她的那些发根比这白多了。他告诉她，他显然已经帮她洗出了效果了。只要继续这样洗下去，他相信那些白发会很快回到黑的上边去。

就这样，李貌依旧是每天吃完晚饭，就牵着小香来到阿香家里，然后让阿香继续躺在她的椅子上，把她的头发长长地垂下来，一直地垂到后边的木桶里，他依旧坐在木桶边，一下一下地给她洗，一下一下地给她擦……

不知道是因为茶麸真的起了作用，还是李貌的行为让阿香的心完全地得到了恢复，也许都是，阿香的那些白发，果真就慢慢地不见了。阿香的头发，又依旧乌黑乌黑的在身后飘垂着。

有一天，幸福的阿香便悄悄地对李貌说：

"什么时候你能天天地跟我在一起洗澡就更好了。"

他知道她说的是结婚的事，于是说：

"再等等吧，再等一等就可以了。"

"你估计大概还要等多久呢？"

李貌不知道怎么估计，他只说：

"再等等吧，再等一等，好吗？"

"我就想能天天跟你在一起洗澡该多好！"

"我知道好。再等等吧，都等到今天了还怕久吗？"

有时候，李貌就觉得阿香的身上有些东西还像个小孩。他就想，这可能是她一直没有真正地得到过爱，和一直渴望得到爱的缘故吧！李貌还想，他一定会给她好好补偿的。但他心里也明白，这补偿可能要花他一辈子，或许一辈子他都难以补偿。

69

  这一天,李貌给阿香买回了一把刀。那是切菜杀猪剁肉砍茶麸都能通用的一种尖刀。他对阿香说,你把黄泉的那把扔了吧。阿香一下就愣住了。她说你看出来了?李貌点点头,他说每次拿在手里,我的心都有点凉凉的,一拿我就感觉出来了。扔掉吧!

  黄泉的那把刀,跟李貌买的这把刀其实是一样的,也都是村上通用的那种尖刀。阿香当然恨透了那把刀。从医院回来后,她曾对着黄泉的那把刀恨恨地看了半天,看得她最后竟在刀光的上边看到黄泉的脸在来回地闪烁着,吓得她浑身哆嗦,寒毛四起,她当时把刀一扔,就扔到了门前的野地里。她想让它就那样在风雨中死去吧,她想只要它慢慢地生起了锈,慢慢地那些锈就会把它给吃掉的,一年吃不掉两年,两年吃不掉三年,她想黄泉的那把刀总有一天会被铁锈吃掉的。但几天之后,她又去把它找了回来了。因为她想用刀的时候,突然没有了刀。她想如果就那样把它给扔掉了,她就得掏钱到街上买一把回来,而那样的一把刀,是不怎么便宜的。她看了看捡回的那把刀,先是放在水田里泡了几天,然后拿起来丢到灶里又烧了一把,把刀把都烧断了,她想这样正好,这样就可以把黄泉留在刀把的那些汗印,全都烧掉了。最后,她给那把刀换了一个木把,就留了下来。

  阿香把刀丢在李貌的脚边上。
  她说:"怎么扔?你扔吧。"

他说:"别乱扔,找个时间我们拿去还给他,还有他的那只假脚,一起还给他。他那假脚呢?你是不是扔掉了?"

挂着假脚的墙上,已经空空的。

阿香说:"我没扔。我收起了。"

说着,就拿黄泉的假脚去。

李貌把黄泉的刀从地上捡起来,他的目光刚刚碰着刀身,他的心突然就踢了他一下,踢得他身子有点冒冷。他的脑子里突然又出现了那一个橙子来,那是多好的一个橙子呀……可是,就因为黄泉的这把尖刀……使得阿香永远地失去了……他李貌也永远地失去了……一种无限的凄凉,顿时弥漫了李貌全身。

把尖刀和假脚拿去还给黄泉的那一天,他们选挑了一个好日子。天有点阴,到处都看不到阳光。那样的日子,让他们觉得比较适合与黄泉见面。他们把刀埋在了黄泉坟边的一块石头下,把黄泉的假脚摆在黄泉的坟后,他们还给黄泉烧了几炷香。然后,李貌对着坟里的黄泉说,对不起了黄泉哥,你是我给害的,但我确实不是有意的。我给你说的都是真心话。阿香在旁边听到了,转身也给黄泉蹲下身,她说黄泉呀黄泉,你不能怪他李貌,要怪你就怪我吧,我当时如果不嫁给你,你现在可能还能活着,你可能活得不是太好,但你可以一直那样活下去,但我为了他李貌,我就让我嫁给你了。

李貌用脚碰了她一下,她才把后边的话给吞了回去。

有人在远处看到了,当天晚上,村里的人们就把话交织着在夜里播开了,都说李貌和阿香看来要结婚了,要不他们到黄泉的坟前干什么?一定是告诉黄泉去了。看来他们是希望能得到黄泉的谅解的,毕竟人家黄泉也是一条生命呀!随后,有人便偷偷地拦住了小香悄悄地问:

"你们家现在几个人？"

"你们家现在几个人？"小香翻脸道。

"我们想知道的是你们家，还是两个吗？"

"两个人怎么啦？我们家就爱两个人，怎么啦？"

"添一个呗，添一个不就三个了吗？"

"做梦吧你！"小香的回答很有力。

"为什么呀？"

"不是三个就不是三个，不为什么！"

小香就是不说。她对任何一个大人都不说。

然而有一天，小香却跟自己一个最好最好的朋友给说出来了。小香的那个好朋友叫妮子。妮子也是一个小朋友。妮子那一天给小香送了一个很好吃的粽子，她告诉小香那是她妈妈让她送给她的。妮子随着就说，你也让你爸爸把你那阿香阿姨娶回家去给你做妈妈吧。小香的头突然就低下了，她说不行的，我永远都不会让我爸爸和她结婚的。妮子就问为什么？他们不是很相好的吗？你的阿香姨对你不是也很好吗？小香便告诉妮子，好也不行！我告诉你吧，但你不能告诉别人。妮子说你放心吧，我什么时候把你的事告诉过别人啦，我才不是那样的人。小香便说出了妈妈的话，妮子张嘴呵了一声，她说那我知道了。

小香的好朋友妮子知道了，妮子的爸爸妈妈也就知道了；妮子的爸爸妈妈知道了，村里的人们也就知道了；村里的人们都知道了，李貌和阿香也就跟着很快听到了。那些话就像稻田上的野风一样，时常东奔西走地飘荡着，一不小心就飘进了李貌和阿香的耳里了。

李貌对阿香说："你听到了吗？"

阿香点点头，她说听到了。

"那就再等等吧。"

"好的，那就再等等吧。"

"等她再长大一点吧。"

"好的，等她再长大一点吧。"

两人就这样等了下去，等待当然没有影响他们的来往，该洗头的还是洗头，该洗澡的还会洗澡，只是不是每天地洗，洗的时候，也是悄悄地并不让小香知道就是了，该在一起吃饭的也会在一起吃饭，尤其是在一些谁都绕不过去的旧节日，可洗完了吃完了，谁从哪里来就回哪里去，谁都没有在对方的家里偷偷地度过任何一个晚上。人们在阿香的田地里，时常能看到李貌的身影，就像那田地就是他李貌家的田地一样，而李貌家的田地却因为妻子的死去而没有了，让村里收了回去了，剩下的只是屋后的一块小菜地，那是属于老屋的宅基地而留下的。李貌家的菜，更多的是来自于种植在学校里的菜地上。

种在学校菜地里的那一棵鼠耳叶，也依旧慢慢地生长着，那种慢慢生长，倒也有点像是李貌和阿香之间的那种慢慢，你说不清你在上边能看到什么希望，但你又无可否认它确实是在生长着，一直慢慢地在生长。

这期间，阿香还帮李貌重新钉过好几次的裤扣。她把李貌所有的裤子，都严严实实地钉了一遍又一遍，她最怕的是李貌上课的时候，会一不小心掉了裤子上的扣子。她怕李貌会因为裤扣的丢失，在学生的面前丢了当老师的面子。就连李貌有些眼看就要烂掉了的裤子，她也给他牢牢地把裤扣钉好，钉得紧紧的。

一年过去了。

两年也过去了。

第三年，他们终于往镇上走去了。

因为这一年，李貌的小香到镇上读中学了。

小香一走，家里孤零零的只剩了李貌。有时走在路上，他就两眼愣愣地看着阿香屋头上的那根炊烟发呆，那根炊烟就像是一根白色的牛尾巴，在往上孤独地飘摇着，很可怜，可怜极了。他随后就伸长着目光去看自己的家，他家的炊烟还没有冒起来，因为他还在路上，等他回家了，他家的那根炊烟才会冒起来，那是又一根孤独的牛尾巴。他就想：这两根炊烟应该成为一根炊烟了！

于是，他把炊烟的事摆到了阿香家的桌子上。

他说："从这一餐开始，我就在你这里吃了。"

阿香自然是高兴的。阿香一点意见都没有。从那一餐开始，她就把两家的炊烟烧成了一根炊烟了，那根炊烟在她家的屋头飘了没有几天，他们就顺着炊烟飘去的方向，到镇上登记去了。

那天的阳光挺好的。走在路上的时候，阿香还提醒了李貌一句，到了镇上你要不要先去跟小香说一声。李貌说可以呀，到了镇上我就到学校去跟她说一声，顺便叫她出来一起吃顿饭。他说等办好后我们再吃吧，就在街上炒几个菜，你想吃什么？阿香说不知道，有什么好吃的吗？阿香从来都没有在镇上炒菜吃过饭。每次来赶街的时候，总是买好了东西便随便走进路边的一个小店，随便地吃一碗米粉。也有人吃饭，她不吃。吃饭花的钱比米粉多，最便宜的当然是喝稀饭，但镇上的稀饭总是稀得不像样，喝一碗又不够，回到半路就饿了，喝两碗，又让人觉得那是花钱喝了一肚的水，喝水干吗要在你们镇上喝？

回到家我想喝多少喝多少,所以,阿香在镇上吃的都是米粉。李貌说我们炒两个好菜吧,待会看有什么好菜就炒什么。可到了镇上,他又不去找小香了。他说我们还是先登记吧,完了我再找她去。阿香说也可以。两人就直直地从街上走过,然后直直地到镇政府找人给他们登记去了。

那天是街日子,挤着登记的人还挺多的,李貌和阿香只好也跟着挤在那里,耐心地等待着,但他没有想到,还没有等到,他的小香就突然出现了。是阿香先看到小香的,阿香推了一下李貌,李貌才随后看到。

李貌的心随即就踢了他一下,他惊愕了!

小香靠在门边上,只看着他们没有做声。

李貌赶忙站了起来,阿香也站了起来。

他们一起朝小香走过去。小香的脸色很不好,阴沉沉的,好像下了好几天的梅雨了。他们快要走到她的面前时,她身子突然一转,往外走去。李貌和阿香愣了一下,跟着也往外走去。

小香停在门外的一块空地上。

"你知道我们来?"

"不知道。"

"不知道你怎么知道我们在这儿?"

"大前天晚上,我做了一个梦,梦见我妈妈来找我,她说你们这两天可能要到镇上来结婚。她拉着我,她不让我睡,她让我到这儿来等你们。"

李貌的心又踢了他一脚,踢得脸都变了。

"你妈她……她怎么会知道呢?"

"我怎么知道呢,我也不相信她说的,但我又不敢不相信,于是我就来了。我每天都跑到这里来。我都跑了两天了。我没想到今天真的就碰着你们。"

阿香没有跟他们站在一起,她离他们远一点,她让他们父女说话,但小香的话她都听到了。她的心一直在暗暗地往下坠,沉沉的感到很难受。

小香说:"你知道我为什么要来吗?"

李貌从女儿的梦里一直没有缓过来。女儿的梦把他给压住了,压得他心里一堵一堵的。他一直在想:小香她妈妈怎么会知道他和阿香这两天要来登记呢?他曾不时地把目光扫到空中,好像他的妻子就在空中的什么地方在偷偷地看着他们,让他感到有种莫名的心慌。李貌于是对小香说:

"我知道,我听说过,听说你对别人说到过。"

"那你知道了你怎么又没往心里去。"小香说。

当爸爸的,脑袋当即像断了一样低下去,他把手给小香举了起来,不知道是为挡住自己的脸,还是为了阻止小香不要再往下说什么。他说:

"好了,好了,知道了,知道了,你不用再说了,爸爸知道了……爸爸知道了,你回学校去吧,去吧,你回去吧……"

当爸爸的,泪水差点都要下来了。

小香冷冷地看了看爸爸,不再说话,转身就回她的学校去了。

李貌的脚随后一软,蹲在了自己的脚下。阿香的目光却一直地跟着小香,一直跟到镇政府的大门边,才转身走到李貌的身边。

"没事的,不结就不结,不结我们就回家吧。"

阿香不停地搓揉着李貌的脊背,好像他的后心窝,有根什么筋被堵住了,她得帮他顺一顺,否则他会永远地蹲在那里。

回家的路上,阿香才猛然地想起了什么,于是她停了下来。

她说:"你以为真是小香她妈妈托了个梦的吗?"

李貌肯定地点点头。他说:"我跟你说吧,原来这东西我还真的不怎么信,可今天,我信了。"

"信什么信呀?你忘了,我们刚到街上的时候,你有没有远远地看到过一个穿红衣服的小女孩?"

"什么红衣服的小女孩?你在说什么?"

"你可能没看到,可我看到了,我们刚到街上的时候我就看到了,她站得远远的,你可能没有看到,你可能没有注意,我也没有太注意,我也只是晃了一下眼但我看到了,我现在才想了起来。你知道吗?小香走出镇政府大门的时候,也有一个穿红衣服的在大门边晃了一下,晃一下就不见了。你知道那是谁吗?"

"谁呀?听你这么说,跟说鬼似的。你比小香说得还吓人。"

"吓什么吓呀?我说的是真的,不像小香她说的那样。那个穿红衣服的女孩,就是我们村里的妮子,妮子跟小香不是在一起读书的吗?她们俩好着呢,那妮子把头发剪短了,剪得都不像她妮子了。肯定是她跑回去告诉小香的,肯定是!"

李貌的心忽然一凉,凉得他有点脚筋发酸。

他没有想到,他的小香都会给他玩心术了!

71

回到家里,阿香的心忽然有点扛不住了。

一进屋,她的眼神便随着屋子暗了下来,她把长发往头上一盘,就直直地走进屋后的洗澡棚，把头上的竹笕一拨，让泉水哗哗哗地冲刷在她的身上，整个身子一下就被冲得湿淋淋的。李貌暗暗地惊骇了一下。他知道阿香的心情又不好了，但他没有说话。他知道他眼下该做的就是陪着她，一起到泉水的下边，去接受泉水的冲刷。他轻轻地走过去，走到她的身边，也像她一样，也不脱衣，也不脱裤子，只把身子默默地挨过去，挨到哗哗的泉水下。两人就这样默默地在竹笕下承受着泉水的冲刷，都没有做声……好像他们的目的很简单，简单得只是为了泉水把他们冲得冷静一点，再冷静一点，此外便不再有别的什么……还能有别的什么吗……他们就连洗都没有洗，只是那样默默地冲刷着，除了你的身子在转动的时候碰着了我一下，我的身子在转动的时候也碰着了你一下，谁都没有伸手去动过谁。

两人的心情，都感到莫名地难受。

默默地，俩人好像都有泪水流在了脸上。

他最先禁不住了，他捧了把泉水往脸上一抹，然后转过身，一把将她抱进了怀里。他说：

"再等等吧，好吗？"

"我知道。我没事。"

她却不给他看她的脸。

"她还是一个小孩呢。"

"我知道。"她低头说。

"等她再大一点吧，她会让我们登记的。"

"我知道。结不结其实都一样。结了我也不能给你那什么。"

"我们结婚其实也不是为了那别的，你说是吗？"

"我知道。"说着就也紧紧地搂住他。

他也把她搂得更紧了。他让泉水冲刷在了他们中间。

"你知道吗？自从我们有了那一次，我就一直把我当作了你的人。我对我说，阿香呀，你这一辈子都是李貌李老师的人了。"

"我知道。"

"我知道你结婚后，我也觉得我还是你的人，我没有觉得你有了老婆了，我就不是你的人了，我觉得我这一辈子都是你的人。"

"我知道。"

"我只怪我命不好。"

"别说了，都怪我。"

"怪我，不怪你。别说了。"

"好的，不说了。"

两人搂抱得更紧了。

"不就是为了能在一起吗？能在一起也够了。"

"也够了。结不结，能这样在一起，也够了。"

这时她抬起了脸来。她让他看着她。

"我想问个事？"她说。

"什么事，说吧。"

"如果永远也结不成呢？"

"不会的，你放心吧。"

"我是说如果。如果一辈子都登不了记，我死的时候，你可以让我和你埋在一起吗？"

他知道她又在犯傻了，他突然就捧住了她的脸。

"我们会有成为夫妻的那一天的，你放心吧。"

"我是说，如果，如果呢？"

"为什么要想如果呢？"

"我是说如果，如果我们不能成为夫妻，死的时候能埋在一起，我也会心满意足的。"

"不要去想这些，好吗？"

"我就怕不可能呀，除非我们死前能成为夫妻。"

"还是不要这样想吧。"

"就怕小香到时不让我和你埋在一起。"

"别想了，想这些会很傻的。"

"对呀，回来的路上我就一直傻傻地想，我想我哪天要是死了，我怎样才能和你埋在一起呢？"这确实是一个难题。阿香想了一路都没有想好。如果她死了，他还活着，他怎么让她跟他埋在一起呢？如果他先死了，她还活着，等到她死的时候，她又怎么能把她跟他埋在一起呢？谁来把她和他埋在一起呢？能完成这两种可能的只有小香，可小香怎么会让她跟她爸爸埋在一起呢？她跟她爸爸埋在一起，那她的母亲呢？她母亲跟谁埋在一起？除非是小香愿意把他们三个人埋在一起……这显然又是一个就连小香都解决不了的难题。

李貌真的不知道如何给她回答。

他只好再一次地对她说道：

"放心吧，再等她大一点，等到她……等她上了大学了，她也许就会自己让我们去登记的。"

"你说会吗？"

"我想会的，上了大学了，她就长大了。"

"那还要等多久呢？"

"也没有多久的，眨眨眼就等到了。"

阿香心想那就等吧，不等还能怎样呢？

"那我就把你这句话藏在心里了。"

"哪一句？"

"你说等她长大的时候。"

"等她上大学的时候吧。那个时候牢靠些。"

"那就这一句。"

"好的,那就这一句。"

"那我把那一句拿走了。"

"哪一句?"

"你说要好好给我一次那一句。"

"呵,那句早就没用了,你还留着干什么。"

"我也知道没用了,但我一直那么放着,晚上睡觉的时候,有时摸一摸,有时想一想,慢慢地就睡着了。"

"那你就拿下来吧,你就藏这句吧。"

阿香就点点头,然后两眼盯着李貌:

"一边藏,我们一边努力。"

"好的,一边藏一边努力。"

"上一次是你没有努力。"

"上一次?上一次是我没有努力。"

"这一次你可不能再那样了。"

"好的,这一次我不会再像上一次,再说了,这一次跟上一次也不一样,不一样你知道吗?"

"反正我是把你的话给藏起来了。"

阿香真的就把李貌的那句话深深地藏在了心底里,藏到了李貌原来那句话藏着的地方。有一句话在心底里藏着,总比心底里空空的什么也没有好一些。所以人们时常地说:我就等你这句话。等来干什么?不就是为了把那话藏在心里吗?藏来干什么?藏来养心呗,心里要是没有东西养,那心怎么活呀?

72

那个穿红衣的女孩,就是小香的好朋友妮子。

但这个好朋友的心情,在整个下午都十分地不好,就像被火烧了一样。她感到很不安,下课后就急急走进了小香的教室里。她们不是一个班的。她把小香拉到了外边的一棵歪脖子树下。她说,你说你爸爸和你的阿香姨,他们会恨我吗?小香知道妮子什么意思。她说你怕什么呀,他们又不知道是你跑回来告诉我的,我也没跟他们说是你告诉我,怕什么呢?

小香把自己靠在旁边的歪脖子树上。

妮子不靠。妮子只是一脸惶恐地盯着小香。

妮子说:"你不说他们就不知道吗?你在镇政府那里出来的时候,我看见你的阿香姨眼睛一直在跟着你,一直跟着你走出门外,她肯定也会看到我的。而且,而且我怀疑他们刚到街上的时候,他们就远远地看到我了,你爸要是没有看到,你阿香姨肯定是看到了的。"小香说:"看到了又怎样呢?她看到她就敢说是你告诉我的吗?你怎么这么怕?"妮子的脸色还是好不起来,她说:"我怎么不怕呢,他们要是知道是我告诉的,他们肯定会恨死我,我怎么不怕呢?"

小香摇了摇身后的歪脖子树,但她摇不动,乘机便把身子从树上弹开。她不知道该怎么安慰妮子了。她看了看妮子,突然说:

"那我晚上请你吃饭吧,好不好?我请你吃个饭。"

妮子惶惶地站着没有吭声。她依旧沉重地抬不起头。

小香咬咬牙，她感觉着不能不请妮子吃饭了，这个饭如果不请，妮子就有可能连晚上也睡不着，睡不着还不是最要命的，最要命的是妮子可能从此不再是她的朋友了。小香于是往身上摸了摸，把身上的钱统统地掏了出来，但她身上的钱已经不多，已经不够给妮子请饭了。至少得给妮子炒两个菜吧，不炒两个菜算什么请呢？她看了看妮子，于是问道：

"你身上还有多少钱？你先借我十块吧。"

妮子没有多想就把钱掏出来。妮子的钱倒不少，但妮子说："这十块钱是我爸爸给我买内衣的，我还没买呢。"

小香说："下个星期再买吧，下个星期我还你。"

妮子就让小香在她的手上把十块钱拿走了。

两个小孩随后来到了镇上，坐进了街边的一爿小店里。他们炒了两个菜，一个牛肉尖椒，一个酸菜炒肥肠，每个菜都是四块钱，还剩下两块，小香又喊了一碗蛋汤。米饭是不收钱的。两个女孩都吃得很香。妮子叫了两碗饭，小香也叫了两碗饭，毕竟是村上的，能这样吃，不是没有，但不是太多，对她们来说，那一餐差不多算是大吃了。

吃完了，抹了嘴，妮子感觉味道真不错，觉得人家小店里炒的菜，怎么就是比屋里炒的好吃得多。她不知为什么。但慢慢地，慢慢地她又后悔起来了，她说：

"小香呀，其实我不应该吃你这顿饭。"

小香说："你放心吧，下个星期我一定给你还钱的，你下个星期再买内衣也一样，你放心吧，我保证还你的。"

妮子说："我说的不是钱，我是突然又想起了你爸爸，你知道吗，你在镇政府那里往外走的时候，你没有回头，你没有看到，你爸爸在后边突然蹲在那里，可怜得就像一只猴子。"

"你爸爸才是猴子呢！"

"我没说你爸爸是猴子。"

"你说了！你刚刚才说的！"

"我是说他蹲在那里像只猴。"

"那不是一样吗？"

"好好好，我说了，就算是我说了好不好，可我的意思是说他挺可怜的，可怜得就像……好好，不说了。我是想，你爸爸他们那么可怜，而我们两个却在这里炒菜吃，你还借了我的钱……"

"我会还你的，你放心吧。"

"我不是这个意思你知道吗？你让我说完好不好，你不让我说我心里难受，你知道吗？你借了我的钱我知道你肯定还，可你有钱吗？回去了你还是跟你爸爸要的吧？我的意思就在这里，我们现在吃的就是你爸爸的钱，所以我就想……你一插嘴我的话都乱了……我在想，我们为什么要吃这顿饭？是你请的，我知道，你为什么要请？因为我看到了你爸爸他们来结婚，我当时也只是猜想的，我想他们可能是真的来结婚的，我就没命一样跑回去告诉你，你听说后就没命一样跑到镇里来，你看到了他们还真的是要准备结婚的，然后你编了一个谎，你说你做了一个梦，梦见你的妈妈，你说你的妈妈让你拦住他们，不让他们结婚，他们于是就不敢结婚了……他们失败了……你胜利了，你的胜利你归功于我，所以你请我吃了这顿饭……吃的时候，我觉得好好的，可吃完了，我突然觉得很难受，我突然觉得我的良心不知哪里去了？"

小香不做声。小香的心里有点沉重了。

妮子越来越觉得，自己是真的做错了一件事了。

她说:"算了,我不要你还我的钱了,就算我做错了一件事,老师罚了我十块钱。真的,你不用还我这十块钱了。我越想心里越觉得良心都没有了。我这么说我都快要哭了……"

妮子的泪水真的已经挂了出来。

但妮子的嘴没有停,她还在说:

"你想想吧,他们也挺不容易的,他们都相爱了那么久了,阿香姨十六岁,还不到十六岁呢,这还是你告诉我的,你说她不到十六岁就跟你爸爸好上了,他们好了这么长时间不就是为了结婚吗?你妈活着的时候他们可以成不了,可现在你妈不在了,他们还是不能住在一起……"

"他们早就住在一起了,他们住在一起我没有反对,你看见我反对了吗?我让他们住。"

"光住在一起算什么呢?这不算的,不结婚是不算的,法律你都不懂呀?老师上课的时候还专门说过这个问题呢。"

"那你也替我想想呀,你想想如果我让他们登记了,我怎么给我母亲交代呢?"

小香的心也越来越沉重了。

小香的泪水也快要出来了。

妮子没有去顾及她,妮子的嘴巴还在说:

"小香你想过没有,想想你的阿香姨其实对你也挺好的,你看你的头发这么好,不都是她帮你洗的吗?我妈妈都没有这样帮过我呢,她只是小时候帮过我,我自己会洗以后,我妈就再没有帮过了,可人家阿香姨,人家是一直都在帮你洗,你说你哪一次回去要转回学校的时候,不都是她帮你洗完了你才上路的,有时候我在旁边等着你,我看着她慢慢地帮你洗,看得我都挺感动的。我真的感动过,有一次我都偷偷流泪了。我不骗你。"

小香越听越难受，往回的路上便不由得问道：

"那你说，我以后还让不让她再帮我洗头？"

"我觉得吧，你如果这样，你就该自己洗。"

妮子的回答冷冷的，冷得小香不敢再吭声。

73

小香当然是可以自己洗头的，谁不能自己洗头呢？

妈妈把她的头发剪掉的那些日子里，她就几乎都是自己给自己洗。但她的心里总是抵挡不了阿香帮她洗的时候，给她带来的那种享受。阿香那种细细的抓，阿香那种轻轻的揉，阿香那种慢慢的淋，阿香那种缓缓的冲，阿香的每一个小动作都像是洗在了她的心坎上，洗完之后的那种飘柔，那种松散，那种芳香，就像是让她小香换了一个人似的，尤其是从他人面前走过的时候，还会因为刚刚洗过的头发而显得特别地长脸，那样的头发总是能粘住很多很多嫉妒而又羡慕的目光。妈妈把她的头发剪掉后的那些日子里，她就曾多次想偷偷地跑到阿香那里去，有时都跑到半路了，才又突然想起妈妈手里的那一把剪刀来，最后只好惶惶地停在路上。妈妈死后没有多久，她就跑进了阿香的家里了。她说阿姨，你还能帮我洗头吗？阿香当时什么话也没说，只是走到屋后，把挂在墙上的那饼茶麸拿下来，然后给她默默地招招手，让她过去，然后就像头一次帮她洗头一样，动手给她砍茶麸，动手给她烧水，然后是慢慢地给她洗，洗得她把妈妈的死都差点给忘了。

到镇上读书以后，确实就像妮子说的那样，每个星期要返回学校的时候，阿香都在家里等着她，等着帮她洗，洗完了她才回到她的学校去。

但这个星期回来，她不敢再到阿香那里去了。

整个下午，她都一直地呆在自己的屋里。她想算了，不洗了，就这样回学校去吧。但她的头发却不听她的，她的头发好比一个按时吃奶的小孩，又到了该给她喂奶的时候了。她的头发就这样忽然地痒了起来，她抓了抓，还是痒；又抓了抓，还是痒。她越抓越痒，越痒越抓，不洗就无法承受了。她不由得有些恨了起来。恨谁呢？恨自己？还是恨父亲？或是恨阿香？她心里说不清楚。

最后，只好自己动手了。

她想他们家也是有茶麸的，一定有，只是她忘了她妈妈原来放到哪里去了。于是她到处翻，到处找，可她在屋里很多地方都找了两遍了，还是哪里都没有找到。找得她汗都出来了，找得她这里碰碰那里碰碰，碰得她头发也越来越脏了。这一来，这头发就更是非洗不可了，不洗就不能走出这个门，就不能到学校去了，她要是就这样走出这个门，她要是就这样去了学校，就会一路地被人笑个不停。

她不相信屋里真的就没有了茶麸了。

她不相信。她一定要找到。她于是接着翻，她于是接着找。她甚至拿来了长长的锄头，她想今天我就是挖地三尺，我也要把茶麸找到。最后，她手里的长锄果然在床底的深处，帮她钩出了一饼茶麸来。那一定是她妈妈活着的时候丢在床下的，但她不知道怎么就跑到床底的深处里去了。她想一定是那饼茶麸在有意地跟她作对。她把那饼茶麸钩到床外边的时候，又愣住了。茶麸上全都是可恶的灰尘，可恶极了。看着那样的灰尘，她仿佛有了一种预感，预感着今天的这个头，是怎么洗也洗不干净的，就是洗完了，也会让她觉得一头的那种灰尘，就像茶麸上的那些灰尘一样。她真想把那饼茶麸扔回到床底的深处去，但她没有扔。因为她的头发越来越痒得难受了。因为汗水的缘故，她的头发都成了一缕一缕的了。她把茶麸拿到水下冲了好久，才把那些灰尘给冲掉。她一边烧水，一边就拿刀砍了起来，一边砍这才一边在心里想：洗头怎么也有这么难的呢？

茶麸砍好了。水也烧好了。

她把茶麸包放到水桶里的时候，泪水忽然就下来了。但她没有想到的是，她把头发刚刚放进桶里，阿香从外边走了进来。

阿香在屋里一直地等着小香。阿香把茶麸砍好了，阿香把水也烧好了，她一直在等着小香过去，但她一直没有等到。阿香心想这孩子怎么啦？她想把茶麸收起来，但她最后没有收，她留在那里，她只是把灶里的柴火抽了出来。

阿香是悄悄地进来的，她看见小香正自己洗头的时候，心里忽然就凉了半截。她知道是怎么回事了。她的心慢慢地就酸楚起来，但她还是轻轻地叫了她一声：

"小香。"

小香听到了，小香愣了一下，但小香没有回答。小香没有把头抬起来，小香把头深深地埋到桶里去。

阿香就又叫了一声：

"小香。"

小香还是没有回答。

阿香心里就想，这孩子，看来她是想好了再不让她给她洗头了。她想那就算了吧，转身便悄悄地走了出去。她的脚步轻轻的，轻得小香一点都听不到。但她没有走远，走到门外就停了下来。她坐在门外的一块石头上，悄悄地流着眼泪。

最后，阿香还是忍不住站了起来。她想，还是让她帮她洗吧，她又没有拒绝她，她只是没有给她回话，她不应该转身就离她而去。阿香刚一转身，就看到小香站在了门槛上。小香的头发湿淋淋的。小香的头发还没有洗好。阿香没有说话，上来就夺过了她的毛巾，一边帮她擦水，一边说道：

"阿姨那边早就给你把水烧好了。"

然后带着小香，回到了屋里。

洗完头，擦水的时候，小香突然问道：

"阿姨，你不恨我吗？"

阿香知道小香在说什么。

她在小香的头上揉了揉，她说：

"傻孩子，恨你还帮你洗头吗？"

阿香的心里想，她真的不能恨她，因为她还小，大人的很多事情她还无法理解，她恨她干什么呢？

洗头的事，就这样又依旧地走下去。随着小香慢慢地长大，自然不会每次回来都由阿香完完全全地帮她洗，但每一次都会洗在阿香的家里。阿香也总会帮她要么砍砍茶麸，要么烧烧水，有时，就是小香自己洗完了，阿香也会上来接过毛巾替她擦一擦，帮她把头发上的水滴擦干净，如果小香自己把水都擦干了，阿香就会拿过梳子帮她梳一梳，梳完了，就把手伸到她的头发里，替她把头发轻轻地往外抛，抛得小香的一头长发全都一根一根地顺顺地往下流，像水似的，那样的一些小动作，对小香来说也都是十分温馨的，有时候她也许不是太自觉地把这样的情绪想到心上，但有时候她自己洗完了，如果发现阿香不在身边，她的心就会觉得好像少了什么。阿香只希望小香给他们快点长大。

74

　　有时无缘无由地，阿香突然就对李貌问道："你说小香能考上大学吗？"李貌说："应该能吧，这小孩挺用功的。不过还早着呢，还没读完初中呢。"小香读完了初中了。小香上了高中了。阿香又会无缘无由地突然问道："你说小香真的能考上大学吗？"李貌说："应该能考上吧。不过还远着呢，要三年以后才知道。"三年又晃晃悠悠地过去了。小香高中毕业了。小香参加高考了。阿香就又问了起来："你说小香能考上吧？"李貌说："别人的小孩能不能考上我不知道，小香我估计是能考上的，就看她能不能正常发挥了。"小香考完了。小香知道分数了。阿香便悄悄对李貌问道："考上了吗？应该考上了吧？"李貌说："填了志愿了，应该没问题吧。"通知书收到了。小香考上了大学了！阿香高兴了！她发现藏在心底里的那句话都自己跑了出来，她发现李貌的那句话已经挂在了她的眼皮底下来了，她有时伸手一抓，都能把李貌的那句话抓到了手心里。她还可以把李貌的那句话捏得哇哇叫，李貌的那句话便不停地对她说："考上了考上了，小香考上大学了，小香一考上大学，你们的心愿马上就可以成全了！"

　　是你们的心愿还是我们的心愿呢？

　　阿香有时候自己都犯糊涂了。她想，这句话如果是李貌的那句话在对她说，那就应该是你们的心愿的，那么她就得拿李貌的这句话去提醒一下李貌，让他不要忘了自己曾经说过的这句话，那样，他们的话才能变成我们的心愿。

75

怎么提醒李貌呢？

只有提醒了李貌，李貌才会想办法去提醒他的小香，然后小香才会想起他们的事，然后呵地大叫一声，对呀，我怎么把这个事给忘了呢？那你们快去登记吧，你们快去吧，这是双喜临门呀，我考上了大学，你们拿到了结婚证，这是我们家最大最大的喜事呀！去吧，你们快去吧，你们现在就去。外边的天正下着雨呢？下雨怕什么呢？下雨也马上去，我陪你们去，我给你们打着伞。打什么伞呢？你一个人怎么给三个人打伞呢？打了伞路怎么走？你以为路很宽吗？山路上怎么可以打伞呀？那就穿着雨衣吧，你穿着你的雨衣，我穿我的雨衣，他穿他的雨衣，穿雨衣去是可以的。穿雨衣可以吗？可以是可以，可到了镇上，裤子会湿掉一半的。湿就湿吧，又不是冬天，又不冷怕什么呢？好的，那就去吧，现在就去。可是李貌怎么提醒小香才能让小香激动成这样呢？最要紧的是自己怎么提醒李貌，李貌才会想起他说过的那句话，才会想办法去提醒他的小香？

她怎么也想不出该如何提醒李貌。

提得不好，提的方法如果不对，李貌要是怪了她怎么办？小香考了大学这可是天大的好事呀，不能因为她提得不好而造成了谁的不高兴，李貌不高兴了不好，小香要是不高兴那就不是不好而是要糟糕的。

她该怎么提醒李貌呢？

提得不沾边那会等于没有提。

那些天，阿香真是有点急死了，急得很难受，她的难受使得她的表情显得很尴尬，好像小香考上了大学了，她反而难受了反而不高兴了，于是她极力地让自己高兴起来。她对自己说，你要高兴一点，你再高兴一点，可是，她越是这样，她脸上的高兴就越是显得有点难看，就像是把油泼在了一块抹布上，说不亮又亮，说亮又没有真正地亮起来。

这样的情形被小香看出来了。

李貌也看出来了。

都问她为什么？

她愣了一下，不知怎么回答。是不是哪里不舒服，你看你的脸色很不好。她这才支支吾吾地，说是胃有点不太舒服。她差点都要说成是牙疼了，说牙疼就真的糟糕了，牙疼你还怎么吃东西呀，你不能不吃东西吧，她没想到她乱说胃不太舒服竟然是说对了。小香就问爸爸：阿姨原来也经常胃疼吗？李貌想了想，他随意在头上抓了抓，却抓不出曾有过什么印象。他摇摇头对女儿说：

"没有，她好像原来没有过胃疼。"

李貌接着就又抓起头来，他有点纳闷：她怎么突然胃疼啦？

他问阿香："你的胃真的在疼呀？"

阿香没有回答，阿香等小香走了，走得好远好远了，她才猛地拉了李貌一下，她说："你胃疼的时候像我这样吗？"李貌没有得过胃疼，李貌不知道。她说："不知道那你乱说什么呀？""那你到底是怎么啦？""我怎么啦？我是一直在想着你的那句话，你知道吗？""想我的那句话，你就胃疼啦？""怎么不疼啊？疼还算好呢，我还怕要我的命。""我的哪句话会要了你的命？"

这一句还真的让阿香有点胃疼了起来了。

"哪一句？就是等小香上了大学那一句。"

"呵，这事呀，这事那我还真的给忘了。"

"那你得跟她说说吧，不说她也许把我们给忘了？"

"她现在不是还在家里吗？还没到学校呢。"

"那我觉得应该算了的。"

"算当然是算了的。"

"算了不就行了吗，算了你就可以去问问她，趁着她现在还高兴，说不好你一说她就同意了。再说了，她能上大学，也不光是她一个人的努力吧，她心里应该是清楚的。"

"但这个时候跟她提，还是有点不太合适。"

"什么时候才合适呢？老是不提才不合适呢。"

"说的也是。这样吧，现在在家里肯定不好提，等送她上车的时候，我再跟她提提吧，那个时候她没有时间考虑了，她心里也就不会想得太多了，那样我一提，她可能就同意了。"

阿香想了想，觉得李貌这一想法有些道理。

因为那时再提就不用什么废话了，也没有时间再废话。小香只要说出两个字就够了：可以，或者：好呀！还会有别的好听的吗？不要了，只要有可以或者好呀，就足够了。阿香便对自己说，那我就把那句话换下来吧，后来又觉得那句话还是先留着吧，把它藏得远一点就是了，让现在的这一句靠在最前边，放在随时都可以碰得着的地方。因为距离这一句的时间已经很近了，就剩十天了，就剩九天了，就剩八天了，不，就剩六天了，就剩四天了，就剩两天了，明天一过，就是最后一天了。

76

这一天阿香起得特别早,她一起来就去拿下墙上的茶麸,然后就细细地砍,砍得比哪一次都要精细得多。砍好了,装好了,水也烧好了,就连木桶都放在了灶边了,然后就站到门槛上,靠着门,等着小香的到来。昨天晚上她跟她说好了,说好了她就一定会来。等洗好头,吃完饭,她就上路了,上她的大学去了。等到她上车的时候,李貌就会跟她要下那句话的,等李貌得了那句话,他们也就可以高高兴兴地到镇政府登记去。

小香果然远远地就走过来了。

小香走得很慢,没有阿香想象的会像小鸟一样飞一般过来。小香没有飞。小香只是慢慢地走,好像有点不想再来给她添麻烦似的,好像自己都这么大了,都是大学生了,怎么还让她帮她洗头呢,好像有点不太应该了,于是就走得慢慢的。但阿香没有看出什么。她想她一定是刚刚起床,一直还迷糊在梦里没有完全醒来。没有等到小香走近,阿香就转身回屋,快快地给她提水,快快地给她把茶麸泡上。小香刚一迈进门槛,就看见阿香面前的木桶热气腾腾的,木桶旁边的一张凳子,在静静地等着她坐下。

随后,阿香就开始给小香洗头了。

不!应该说,给小香的这一次洗头,阿香是从昨夜就开始了。那是躺在床上,她在脑子里给小香洗了一遍又一遍。她知道这一次给小香洗头太重要了，她要好好地给她洗。茶麸要细，水温要好，手法更是要得当。水温低了，发根就醒不过来，发根醒不过来，整个头洗完了就会依旧像木头一样，无法让人感到舒畅，那样洗了等于白洗，而且还会让人感觉着有一种洗后的负担，好像洗完了脑袋反而成了木瓜脑袋了。水温过了也不行，那样会让发根像是完全地张大了嘴，醒过头了，再往下就会怎么洗都洗不出感觉来。洗头的最好过程，是让发根慢慢醒过来的过程，这也是阿香洗了一辈子的头发悟到的，这也是最根本的过程，那发根要慢慢地醒，要一点一点地醒，就像吃东西一样，不能一家伙把吃的全都塞到嘴里去，那样嘴里是找不到好感觉的，而是要一点一点地吃，一点一点地感觉着好，感觉着有味道，那样才是真正地好。还要注意的是，在给小香洗头的时候，不要太多地去压她的脖子，小香这个时候的脖子与小香小时候的脖子是不一样的，你要是让她的头压得太低了，低得太久了，她的脖子就会慢慢地感到难受。最好是多一点让她的脖子平摆着，平摆着是要十分小心的，小心茶麸水会一不小心流进她的脖子里，那也是万万不行的，那样就会让小香感到不舒服。她不能给她有那样的不舒服。最好是让她的脖子稍稍地低一点，但又不能低得太久，要记得用手去托托她的脑门，那一托是很重要的，那一托她的头就不会沉下去，她那弯着的脖子就会马上舒服起来，这是小时候妈妈帮她洗的时候最最让她感到舒服的。妈妈每次那么一托，她就会跟着深深地喘口气，那口气只要深深地喘一喘，全身心的筋脉顿时就会出现一种异常的通透，通透极了。要注意的事情太多了，尤其是在给她抓洗后脑的时候，更要注意帮她托住脑门，否则就会把她抓得一颤一颤的，颤两下三下没关系，颤七下八下她的脖子就会受不了。还有，要小心不能让茶麸水流进她的眼睛里，否则就会把她的眼睛给弄红，今天是她出门的好日子，她的眼睛要是被弄红了,就会给人一种怪怪的感觉的,不知道还以为出门的时候吵架了。

为了给小香洗得舒舒服服的,阿香还把指甲摸了一遍,她发现自己的指甲好像长了一点了,也好像尖利了一点了,于是就起来把指甲细细地剪了剪,剪完了还在自己的头上试了试,试完了,觉得好像还是有点尖,有点利,这是刚刚修剪造成的,便在躺着的竹席上将手指不停地划来划去,划了大半夜,才把指甲给划得润润的,那样的指甲在小香的头上会舒舒服服的,怎么抓也伤不着小香,慢慢地才放心地睡下。

但她没有想到,这一夜的用心竟在早上废掉了。

当然不是废在洗头的过程,而是废在了洗完之后。

在阿香的洗头生涯中,应该说,这是她洗得最完美,也是最精细的一次了,完美得自己都对自己暗暗地佩服起来,洗完后,她得意地看着小香的头发,就像一个得意的裁缝在看着自己精心做好的衣服穿在了客人的身上,怎么看怎么觉得好,真的好。禁不住就在嘴里赞叹起来,她说:

"小香啊,你的头发比阿姨的好多了,你知道吗?"

小香没有做声。小香只是轻轻地甩了甩头发。

阿香说:"这样的头发很惹人眼睛的,你知道吗?"

小香还是没有吭声。

阿香后边的话,就出事了。阿香说:

"到了学校不要让人乱摸你的头发,知道吗?"

小香突然就说话了。

小香说:"你什么意思?"

阿香没有注意小香的表情,她的目光只在小香的头发上。

阿香说:"尤其是那些男老师,千万千万要小心,他们就是想摸,也不能乱给,你知道吗?"

小香知道她在说什么。小香的脸突然甩过来。她说:"你是在诅咒我也会像你那样吗?……你以为我会像你那样吗?……你以为大学老师也会像我爸爸那样吗?……我告诉你,我才不会像你那样呢!你们现在的这种生活是你们自己造成的,你们怪不了谁!"

小香的嘴巴鼓鼓的,里边好像还有很多的话,但她突然不说了,她转身就气鼓鼓地回家去。后边的阿香被吓傻了,仿佛掉进了一口深深的黑井里。她想这到底是怎么啦?是自己错了,还是这小香突然来了什么怪脾气?

77

小香上路了。小香的东西全都压在爸爸的身上。小香走在爸爸的前边,阿香跟在李貌的身后。阿香一路都不敢说话。她只在想,等到小香上车的时候,李貌还能从她的嘴里得到他们想要的那句话吗?如果得不到就全是她阿香的过错了!

阿香的脸,一路上都是懊丧。

小香要到一个岔路口去搭车。走了两个多小时的山路,才走到了那个岔路口。那是一个过路的停车点,等一辆等不上,就等下一辆,下一辆还搭不上,就再等下一辆。有时等一下就搭上了,有时等半天都没有等到。他们还没有走近那个岔路口,就看见远远地有车过来了,李貌让小香先跑过去把车喊住，然后回头对阿香说："你就在这儿等等好吗？你去了我不好跟她说话，她也不好跟我说，你就在这儿等等吧。"

阿香乖乖地把脚停下。

她站在那里看着李貌朝车子赶去。

但后来说话的却是小香，而不是李貌。

小香说："爸爸，你们的事，再等等好吗？等我读完大学了，等我有了工作了，我想我妈也就放心了，她一放心，你们的事我想她也就同意了。现在我才刚刚上大学呢，我怕她还在为我担心，这时候她是不会同意的。"

李貌说："我知道，你上车吧。"

小香就上车了。车门一关，车就跑走了，转眼间，路上就什么也没有了，只看见一堆滚滚的烟尘满天地弥漫着。李貌回头看了看阿香。阿香站在那里在愣愣地等着他。他一边走突然就一边抓起头来，刚抓了两下就把手放下了。他怕阿香一眼就看出了结果来。他想他该怎么跟她说呢？李貌的脑袋沉重得像根从水底里刚刚捞起来的木头。阿香没有迎着他走上来。她走不动。她一直在注视着李貌的手，但她吃不准他只抓了两下是什么意思。她愣愣地看着他。她等着他开口。走来的李貌却不做声。都走到了阿香的面前了，李貌还是不吭声。阿香的心就急了起来。她问：

"怎么样？问了吗？"

"我没问。"他摇摇头。

"为什么不问呢？不是说上车的时候问的吗？"

"我看见她情绪不太好，她的脸一直横着，我就没问。"

阿香的脸，骤然就变了。

她的脖子突然断了似的埋在胸前，呜呜地就哭了起来。

她说:"都怪我,都怪我多嘴,我为什么要给她说不能让老师摸她的头发呢?"阿香蹲在地上呜呜地哭着。她都不想走了。她不停地说着都是因为她,都是因为她的多嘴。她恨自己为什么要多嘴呢?她不知道她为什么要多嘴。她觉得她的嘴巴真是该死呀。说得李貌都不知道怎么安慰才好。阿香哭了好一会,他才伸手去把她扶起来。阿香不想起,他刚一扶她起来,她的脚又自己一软蹲了下去。李貌只好说话了。他说:

"不是因为你,是因为我。"

"是我昨夜把她给惹火的。"

"所以早上她就对你发火了!"

阿香的哭声突然停住了。她站了起来,两眼愣愣地盯着李貌。

李貌说:"我昨天夜里睡不着,我担心今天早上上车的时候才跟她开口可能不太合适,我怕她到时一下没想好,我怕她不会同意,我就走到她的床边跟她谈了好久,但她还是不同意。她说要等她……等她到了学校了以后再说。我为这就跟她吵了起来,吵得她早上都不想去你那里洗头了,后来是我把她从床上拉起来的。我怕她不去洗头你会有什么想法,她是带着情绪去的。都怪我。"

阿香没想到原来竟是这样。阿香的眼睛都要爆开了。她心想怪不得呢,怪不得小香的脾气怎么那么突然,那么大。原来是你夜里给她起的火,我不知道我又给她添了一把柴,你说她怎么会不冒火呢?你怎么能这样呢李貌?你为什么要先问她呢?不是说了等她上车的时候再问的吗?

阿香突然感到异常地头晕,好像天也转,地也转,什么都在乱旋乱转,连她眼前的李貌也是颠过来倒过去的。

她只好又把身子蹲了下去。

78

阿香觉得她心里没底了。

李貌藏在她心里的那句话,已经垫不住她的心了。她发现李貌的那句话,在她的心里像是没有了脚,在到处乱窜,有时候呼地漂上来,有时候又呼地沉下去;有时候一歪跑到了左边,有时候一斜,又跑到了右边;有时候,连影子都看不到,也不知道都窜到哪里去了。她能抓住的,只是李貌说的等等吧再等一等这样几个躲躲闪闪的字。一想起那几个字,她的脑子就跟着晃晃悠悠的,越来越沉,越来越沉,沉得脖子都扛不住了。她的身子呢,也是越来越轻,越来越轻,尤其是那两条腿,走路都自己胡乱地飘了起来,明明是走在路上的,可走着走着就自己飘到路的外边去,最后就躺倒在了床上。

就这样,阿香又病了。

李貌知道为什么,但他不知道该怎么办,他想就让她这样在床上躺着吧,等时间慢慢过去了,她也许会好起来的。别人的女人是不是也这样,李貌不知道,但他知道他的阿香就是这样的一个女人。只是李貌没有料到的是,他的阿香在病床上还没有起来,一个新的打击又突然凌空而降,像块巨石一样狠狠地砸在了他的头顶上。李貌的村校,只剩了一个小孩读书了!

79

应该是十三个小孩的，可注册那天只来了三个。还有十个也来，可他们只是在教室内外晃来晃去，像鬼魂一样。他们不注册了，他们不读书了。李貌问他们为什么。他们有的说，有的却没说，他们只是笑笑的。有的只是告诉李貌，你去问我爸爸吧。

李貌只好找他们的爸爸去。

在村上当老师的，哪一个学期不要去动员几个学生呢，如果像城里的老师那样，坐在学校，等着收钱，等着上课，他们的村校早就荒废成了过路的凉亭了。

李貌没想到今年与往年竟然不一样。十个小孩的家他都走遍了。有的家他进进出出的，都去了两三圈了，可那些小孩的爸爸总是笑笑的，悲哀并没有在他们的脸上浮现出来。对他们来说，这悲什么哀呢？又不是死了人。村里一般的情况下是不会把这样的事当成悲哀的，否则，他们早就被太多的悲哀给活活地闷死了。能感到悲哀的当然也有，但不是太多，更多的是急于如何过眼下的日子。他们笑笑地就对李貌说："老师啊，看你这么热心的，要不这样吧，你给小孩们出钱吧，你把课本送给他们，把作业本也送给他们，把笔也送给他们，学费学杂费不管什么费，你也全都帮他们出了吧，那样我们就让他们回学校陪你上课去。"

李貌的脸上只好赔着笑，那样的笑是很尴尬的。

李貌说:"怎么说是陪我呢?不要这么说嘛。再说了,我的钱也不是我自己印的,我要是能印,我就把课本全部帮他们买了,把他们用的作业本也统统包下来,还有他们所有要用的笔,他们的学费学杂费还有那些所有的什么费,我也全都帮他们缴了,可是我的钱不是我自己印的呀。我要是能印钱,你们也早就把我告到牢里去了,就是你们不告,你们觉得这个老师挺有良心的,但警察的手铐也会把我铐起来的,到时候你就会在村头看热闹了,你们顶多是朝我挥挥手,说两句老师再见了!你们说是不是这样?再说了,我小香才刚刚上大学呢,那可是一个海啊,往下去,我填她这个海都得把我给填哭去呢,你们信不信?"

村民们就都笑了。村民们也什么都信。

但他们最后还是说,那就没有办法了老师。

去领课本的那一天,天刚亮,李貌刚一开门,有两个小孩早早地就站在他的门前。李貌说这么早你们跑来干什么?那两个小孩说,老师,我们也不读了,你把钱退给我们吧。李貌的心猛地就踢了他一下,这一踢,把他的心都给踢凉了,过几天才九月呢,他的声音也冷得在暗暗地发抖。他说为,为什么?为什么你们也不读了呢?那两个小孩说,别人都不读了,我们也不读了。李貌说这是你们说的,还是你们爸爸说的,我找你们爸爸去。那两个小孩说,我们爸爸说,无所谓。李貌说什么无所谓,我找他们去。

刚要走,就看到了那两个小孩的爸爸了。

他们就在不远处的屋角那里默默地蹲着。

80

开学的那一天，空荡荡的教室里，就李貌和那个学生，一人站在上边，一人坐在下边，坐在下边的那一个根本就没有听上边那一个在给他讲什么，他的眼睛老是瞅在一旁的窗户上。一堆七上八下的小脸，不停地拥挤在那扇窗户的外边，他们在朝教室里不停地发着笑声，觉得教室里的这两个人太好玩了，从来都没有见过有这么好玩的，就连一些过路的大人也挤了过来，他们的高大身子，把教室给挡得黑压压的。

下午的课刚要上，上边就来人了。上边的来人也坐在那个空空的教室里，他们和李貌谈了半天，然后给李貌留下了三句话。那三句话都挺重要的。第一句，说这种现象不光是你这里，附近的几个村校也差不多，不是三个就是五个，没有办法，情况都是这样；第二句，说这种现象上边很重视，重视的结果是决定撤校，然后合并。少的合到多的学校去，留下的学校，学生不能少于九个；第三句，说剩出的老师要重新调整，调到别的地方去，有家的如果家境差就调得近一点，家境好的就调得远一点。第三句的后边，他们还给李貌做了一个暗示性的说明。他们说，像你这样的不能算是有家，你的家人是你的女儿，她已经上大学去了。阿香呢？阿香当然不能算。我们同情你的处境，但我们不能算她是你的家人。我们的意思你明白吧？所以调到最远的可能就是你，你在脑子里要做好这个准备。

李貌想杀一只鸡给他们吃，让他们吃完再走人。他们说不吃了不吃了，就起身走人了。后来李貌才知道，他们是到另一个村校的老师那里吃去了，他们往李貌这里过来的时候，那边已经动手抓鸡了。那个老师想把附近的学生都合并到他的学校那里去，可是，他怎么也没有想到，鸡吃了，酒喝了，他的村校最后还是被撤掉了。但当时的李貌并不知道这一点，他只知道他李貌难了，他李貌怎么办呢？

李貌又禁不住抓起头来了。

那一天，李貌就把头抓得像个鸡窝似的。他不再给那一个学生上课了，那个学生却没有走，他就在那里愣愣地看着李貌，他说老师，你的头发被你抓乱了，乱得好难看。李貌知道他的头发早就被他抓乱了，但他还得继续抓下去，不抓他不知道怎么办。他叫那个学生，你走吧，你先回到家里去吧！那学生说不上课了吗？他说不上了，还上什么啊，你先回家吧，上课的时候我再去叫你吧。那学生还是不走，他不知道为什么。李貌也不知道怎么把他弄走，就只好自己走出了教室，一直走到教室后边的山脚下。

那里有一块巨大的青石板，李貌像被击倒了一样躺在那里。太阳还在猛烈地晒着，他任由阳光暴晒在他的身上。阳光把他眯缝着的眼睛都给照花了，把他的脑袋也给照晕了，他也一动不动。

他想他该怎么办呢？他要是被调整到一个外地的学校去，而且这个的结局已经挂在了他的脑门上。他一走，躺在床上的阿香怎么办，弄不好她就永远也起不来了……会吗？怎么不会呢？她就是这么一个脆弱而又痴情的女人，你有什么办法呢？你可以因为她的痴情因为她的脆弱而有点恨她，可你能对她怎么样？人家还不到十六岁就把身子给了你，你还答应过你要好好地给一次给人家，那一次你后来不敢给，还弄得人家把最要命的东西都给弄没了。你还答应过人家要跟她登记，让人家再等等，再等一等，你还让人家把这句话藏在心底里，让人家用来好好养心，可现在人家的心都快碎了，你不能说你没有办法就没有办法吧？你不能就这样眼睁睁地看着自己被调整，然后把人家这样丢下了。

那你李貌还是人吗？

你李貌还算得是男人吗？

但他依然不知道该怎么办。

太阳突然间走了，有黑云从不远处的天边飘了过来。他知道是要下雨了。那是一种过山雨。可他懒得去管它。他的身子依然动也不动。他想他都这样了，还怕这么一场过山雨吗，让过山雨把他淋淋吧，淋完了也许倒清醒一些的。那场过山雨果然说来就来，虽然只是匆匆而过，却也把他浇得透透的。

雨过了，李貌却依然没有清醒过来。他还在苦恼着他到底该怎么办？可躺着躺着，慢慢地就觉得这样湿淋淋的全身都不是滋味，有一种黏乎乎的热气，在他的身上到处乱爬。他挪了挪身子，还是不舒服，只好坐了起来。这一坐，他吓了一跳。

他的阿香就站在他的眼前。

他晃了晃脑袋，他想他是不是昏头了。

眼前的阿香真的就是他的阿香。阿香的身子没有任何雨水的痕迹，显然她没有被过山雨浇上。李貌刚要动嘴说什么，阿香却先说了。她说："我都知道了。我是在李建的嘴上听到的。"

李建是村里的一个小孩。上边的来人在跟李貌谈话的时候，窗户上依旧像早上一样，挤满了那些孩子们的脑袋。挤在最前边的那个光头，就是那个叫李建的小孩。上边的来人最后说，好了，就这样吧，我们走了。上边的来人刚刚站起，李建就头一个飞出了人群，飞在了往村里的路上。他要把听到的东西以最快的速度传给村里的人们。

李貌不知道那个光头的李建都说了些什么，但他知道，他所忧虑的，阿香可能都知道了，要不她不会摸到这里来。他因此没有站起身。他低着头。他依旧地坐着。站起来干什么？站起来又能想出什么办法吗？看着李貌那副伤透了脑筋的样子，阿香也陪他坐下了身子。

沉重的石板上，如同坐着两个石头人。

最后，还是李貌先开的口，他说：

"我不想丢下你，你知道吗？"

"我知道。"

"我要是丢下你，你怎么办？"

"我知道。"

"可我不知道我该怎么办？"

"我知道。"

"我要是丢下你我就不是人，你知道吗？"

"我知道。"

"可我怎么办呢？"

"这些小孩，怎么说不读就不读了呢？"阿香说。

"原因很复杂。那不是我们想的，我们没有那么大的脑袋。"李貌说着就又抓起了头来。听那抓出的声音，就像是抓在什么空空的壳子上。阿香知道他已经伤心到了极点了，伤心到把心都掏空了，他要是再抓下去，会把那个空壳抓破的。她于是站了起来。她说："那我们就先回家吧，你看你，都湿成了这个样，回去先换换衣服吧。"说着站到他的身边，但她没有去拉他。她只那么站着，一直站到李貌抬起头来。然后慢慢地回家去。

81

回到家里,李貌却突然不换衣服了,他愣愣地站着,在想着什么。阿香让他快点换掉,他就是不动。阿香说你怎么啦?你不会就这么湿着吧?李貌说我不想换。阿香说你要干吗呢?李貌说我想就这么湿着到他们家里去,我给他们一家一家跪下,我看他们让不让他们的小孩来读书。我原来只用嘴巴求他们,他们总是对我笑笑地,尽给我说一些风凉话,如果我给他们一家一家地跪下来,你说他们还会笑得出来吗?阿香想了想,可她不知道。

"你是真的要去吗?"

"不去还有什么办法呢?"

"十三个小孩十三个家,跪得了吗?"

"不是十三个,是十二个。"

"十二家也不少呀,你怎么跪?"

"跪不了我跪八家吧,只要跪回来八个小孩,我就可以留下了。有九个小孩学校就不用撤掉了,你知道吗?"

那八个小孩的家,立即排成一串出现在阿香的脑子里,那八个小孩不是一个村子的。阿香便让李貌从他们的村里开始,一家一家地跪下去,跪完了第一家跪第二家,跪完了第二家跪第三家,可是跪到第三家的时候,阿香就看到李貌碰着了麻烦了。这第三家是李建的家。李建爸爸的心肠硬得像石头。李貌咚的一声刚刚跪下,他丢了一眼就转身走人了。他说喜欢跪你就跪吧，你以为跪下了我就让这个小子回学校去吗？你跪吧，想跪多久你跪多久，你可以永远跪着不起来。但他并没有离开他的家，他只是在屋里来回地转，你也不知道他到底要忙什么，只任由李貌跪在他家的泥地上。李貌是个老实人，看见人家还在家里，便一直地给人家那么跪着，他没有起来，他怕人家怀疑他的真诚，他看见李建的爸爸走进左边的屋里时，他也跟就跪往左边，他看见李建的爸爸走进右边的屋子里，他就又跟着跪往右边，每一次都没有把膝盖抬起来，只是跟着李建爸爸的身影在地上转动着自己的膝盖，就这样，阿香看见李貌的膝盖被磨坏了。李貌的膝盖突然就流出了血来，流得一地都是。这时李建看见了，李建忍不住就哭了起来。这一哭，才把爸爸的心给哭软了，他说好好好，那你就先起来吧，那我就给这个小子想想办法吧。可怜的李貌这才站起来，晃晃悠悠地往第四家走去，还没有跨进第四家的门槛，她看到李貌身子一晃，突然倒地了……阿香突然就喊了起来：

"不行的，八个小孩你也跪不了，除非你在膝盖下垫些什么。"

"要跪就得真的跪，跪烂了膝盖倒也没什么。就怕跪烂了那些小孩也回不来，那我就白跪了。你想想吧，我不能只是给人家跪下吧，我嘴巴还得说话吧，我给他们说什么？"

"是呀，你跟人家说什么？"

"就怕说什么人家都不会相信的。谁不知道，我是为了你的呢？可我要是跟他们说我是为了你，你说人家会同情吗？他们把他们的小孩送回学校去，他们是要花钱的，他们花钱是为了同情你，为了同情我们两个人，你说他们会怎么想？"

"那怎么办？"

"算了，我还是换衣服吧。"

"换衣服吧,你还是先换衣服吧。"

"算了,我不求他们了!"李貌甩下衣服突然喊道,"我辞职不当这个老师了,我不就留下来了吗!我去求他们干什么!"

阿香有点震撼了!但眼睛忽然就大了起来,大得空洞而且慌张。就为了她,他不当老师了?!可她的心怎么没有被感动起来呢?她的心反倒被掏空了什么一样,她急忙问道:

"那你以后就没钱拿了?"

"没钱拿就没钱拿了呗,我们俩吃得了多少呢,我们俩就种你那几块田地还不够吃吗?不行就上山去开一点荒,种一点大豆,种一点小米,不信我们两个人从此就活不下去了!"

"可是,可是你想过没有?"

"想过什么?"

"那小香怎么办?"

"她读她的书,我们过我们的日子。"

"你昏头了你!她读她的书?那她的学费,她吃的,她用的,谁给她拿钱呀,你要是没钱拿了,她到哪里去要钱啊?"

李貌的眼睛突然也大了起来,但这一次他没有再抓头,他的手都抱在他的衣服上。他把刚刚换下的衣服突然一抱,很无助地抱在了他的怀里。是啊,他怎么这么糊涂呢?他真的有点昏头了!

"小香绝对不会让你辞掉的,小香知道你是为了我丢了这个钱,她就会恨死我。不行,你不能不当这个老师的。"

李貌呆呆地坐在那里。他都忘了怀里的湿衣服了。阿香也忘了他那些怀里的湿衣服了。他们的心全都跑到钱上去了。

又愣愣地坐了半天,谁也不知道该怎么办。

"不行我死了算了。"阿香突然就哭了起来。

"瞎说！你死了问题就解决了？""我死了你调到哪里就可以去了那里，小香读书的钱也不用再担心了。我死了就什么事都没有了。""那你说，你怎么死？也喝农药？你敢吗？""我怎么不敢？我上次不也喝过一次吗？""你上次喝的是农药吗？""可我喝的时候，我就是以为是农药的呀！我并不知道那不是农药。""你那是命大你知道吗？""命大又有什么用？你说我命大有什么用？""那你就去死吧，死之前你先想想我怎么办？为了你，我也跟着喝了农药是不是？"阿香突然就慌了起来：

"你不会也喝吧？你喝了小香怎么办？"

"那你知道这样你为什么还这么说？"

阿香于是把嘴巴紧紧地闭上。

82

第二天一早，李貌还是往学校去了。不去他不知道该去干什么。走在路上的时候，迎面又碰着了李建的爸爸。李建的爸爸还是笑笑的，他说老师呀，我看你还是放点血算了吧，你不放点血你怎么办？你走了阿香阿姨怎么办？再说了，你就是把血差不多放完了，你只要留下一点点，你的命也比我们的命强得多呀你知道吗？李貌依旧是尴尬地笑了笑，就走过去了。他一时没有把李建爸爸的话放在心上。他也没有回应他。可走着走着，李建爸爸的话突然在脑子里轰轰地响起来，就像一群马蜂怎么也赶不掉。

他转身就急急地往回赶。一进门就问阿香，你身上还有多少钱？

阿香说有多少钱你不知道吗？李貌说拿出来吧，你先统统地拿出来看一看。阿香说你想干什么？李貌说，看来只有照他们说的那样办了。阿香说，你是想我们出钱给他们上学吗？只有这样了。那样他们会笑你的，笑你是一个大傻瓜。李貌说我知道，不傻就没有别的办法了，只能给他们当一回傻瓜了。再说了，人也不是因为傻了才傻的，我现在算清楚了，人是因为没有办法才变傻的。

阿香依旧傻傻地站着，她的心挪不动她的脚。

"那要好几百呢，你算过没有？"她说。

"差不多一千吧，不，一千还不止。"

"哪有那么多呢，小香不是刚刚拿走吗？"

"我知道，不行把那头猪先卖了吧，反正下个月还有工资。"

"你那点工资才多少呢，不是每个月都要给小香寄的吗？"

"我知道，到时候再说吧。不行就把猪栏先空一下，等有钱再买回来，不行就先买一个小的回来捡潲水吧。"

"就怕你都给他们买回来了，他们也不读呢？"

"不会的。这点你放心吧。你的心要是想不过去，你就当是完全地为了我们自己，就当是你住院了，或者是我住院了，我住院不行，我住院有公费医疗，还是你吧，就当是你住了一次大院，花了一千或者两千，而且还把猪也给卖了，可人从医院回来了，这就什么都好了。猪呀钱呀，慢慢都能回来的。就这么想，好吗？"

阿香这才慢慢地把钱拿出来。李貌也把钱拿了出来。

他们把所有的钱，都摆在了那张吃饭的桌子上。

李貌拿了一张纸算了算，还没有算完，阿香说道：

"不是说，有九个小孩就能留下了吗？"

"有八个就可以，八个就可以留下来了。"

"那你就算八个吧,可以吗?"

李貌把桌上的钱摊了摊,随即又抓起头来。

"可丢下的四个,是哪四个呢?"

"像李建这样的,不是说又调皮又读不了书吗?"

"那就算他一个吧,还有三个是哪三个呢?"李貌把手上的纸翻了过来,他写上了李建,然后写上了李想,接着又写上了李光明,可还有一个是谁呢?他写了一个马上又画掉了,再写一个,又画掉了。最后写上了吴小妹。写完了,他放下笔,抓抓头,禁不住对着纸上的李建们很无奈地说了几句:

"对不起了,只能丢下你们了,真的对不起了。我只能这样了。不是我李貌李老师看不起你们,我只能这样量力而行了。再说了,这样的结果也只能怪你们自己呀,平时我让你们努力一点,努力一点,你们总是把我的话当成了耳边风,现在你们看到棺材了吧?你们也只能认倒霉吧,我也是倒霉到了这个份儿上才不得不这样的,我也是没办法才这样呀!"

说完把李建几个揉成一团,扔在地上。

李貌吃了一点东西就出门了,他想他得先把他们的课本作业本先弄回来先上课再说,学费学杂费可以缓一缓的。走没有多远,阿香就追上来了,她说:"要不,还是一起都给他们买了吧,要不然,晚上有人砸我们家的瓦我们还不知道是谁呢?有人会这么做的,尤其是李建那个小孩,还有他爸爸,你拿他没办法的。"

李貌点点头,他说:"好的,我刚才也想过了,给他们都买了吧,一年也就是少三个月的工资吧,少三个月就少三个月,总强过村上那么多人没有工资过日子呢,不也活得好好的吗?"这么一想,心里好像也宽敞了。

83

这一天,阿香悄悄地摸到李貌的教室后,从窗户偷偷地往里边看。李貌以为她有事,就朝她走过来,她却举手晃了晃,就抽身走开了。晚上,她对李貌说:

"你知道我今天为什么去你那里吗?"

李貌只是往心里笑了笑,他不知道。

阿香也笑,她说:"你知道吗?今天我突然想起了一个事,我想着想着就跑过去了。你知道我想起什么了吗?"

李貌摇摇头,他想不出来。

"我想起了你送给我的作业本。"

李貌呵了一声:"都几十年了,有什么值得想的呢。"

阿香说:"就是因为几十年才值得想呀你知道吗?我突然觉得我俩的爱好奇怪,怎么前前后后都跟作业本有关呢?你想想是不是?我们开始是因为你送给我的作业本吧,现在呢,现在不是也因为作业本吗?当然,这一次还不光是作业本,你还送了课本,送了学费什么的,这一次虽然不是送给我,可我心里清楚,你其实都是为了我。于是我就想,你是真的很爱我的。"

这么说话的时候,李貌看到阿香的样子挺傻的,就像她还不到十六岁的那个傻样子。李貌自然便笑笑的,但嘴里没有说话。他心想这有什么奇怪的呢?一个老师的命不跟作业本有关跟什么有关呢?跟别的有关才奇怪呢。

"你说呀？你说是不是？"

"是什么？"

"你是真的爱我的。"

"这还用说吗。"

"那你有没有想过不爱我？"

"当然有过。可想完之后，又觉得良心不知道放在哪里，就只好又放回你的身上了。"

阿香就笑得更甜了。她说："你呀，尽给我拣好听的，你就不能说说你那些对不起我的事情吗？"

李貌心里就想，这女人都这么大年纪了，怎么还这么痴情呢？痴情得真的就像个小女孩。也许……也许是因为她这一辈子丧失的东西太多太多的缘故吧！丧失得她也只能剩下痴情了。如果她的身边有一两个或者三四个自己的小孩，她还会对这些东西想得这么多吗？那样她就会忙那个家都忙不过来的。这么一想，便暗暗地为她感叹起来，感叹这女人真是有点苦命。想想自己李貌除了与她相依为命，已经不再有别的办法了。

"说呀，你怎么不说话？"

"你想让我说什么呢？"

"说你对不起我的地方呀。"

"我不是对你说过很多了吗。"

"那你就说，那些没说过的。"

李貌忽然就想起了那一棵鼠耳叶。

他想如果他没有给她补种，如果就那样让她种的那一棵死掉了，结果会如何呢？她会死了心不再把心放在他的身上吗？他说：

"有一个事,我说了你可能不相信。"

"什么事,你说呀。"

"那我先问你一个事,你要给我说真话。你告诉我,如果你当时拿来的那树苑后来死掉了,你当时会怎么样?"

"我真的没有想到它会活过来,真的。"

"你先不要去说活的事,你先回答我的问题。"

"你是说如果它当时死了我会怎么想?它当时要是真的死了,我就会觉得我们俩之间的那份情,肯定也跟它一样死了呗。我当时就是这么想的,我没想到它会活过来,还活得好好的。你知道吗?它活过来了就说明你和我的这份情,也还活着呗,所以就一直走到了今天啦!你说不是吗?"

李貌的心暗暗地就踢了他一下。他心里说是什么是,早知道这样,当初我就不给你补种了。但事到如今,这样的话早就不敢说了,也不能说。

"那今天你去看了那棵树吗?"

"我看了,长得挺好的。"

"那我告诉你吧,那不是你拿来的那一棵。"

"不可能!你骗人!"

"你看,我就说你不相信嘛。"

"你骗我我当然不信啦,你以为我是傻子呀!"

"但我实话告诉你,你拿来的那一棵早就死了,现在的这一棵,是我后来偷偷种上的。"

"你编吧,你编!我不相信!"

"你可以不相信,可我说的是真的。"

"我就是不相信,你要让我相信也可以呀,那你明天把它挖掉。它真的是你补种的你就把它挖掉。要不你现在就去,你去啊!"

"它长得好好的,我挖掉干什么?"

"不挖?不挖就对了,不挖就说明那就是我种的那一棵,你想骗我,你骗不了。我告诉你,骗什么你都可以骗,这树苑你骗不了,我看得出来,它就是我种的那一棵。我也是因为这一点特别认命的,所以我也相信我们的命都跟作业本有关联。"

李貌只好在心里暗暗地摇着头。

阿香却没有说完,她的嘴还在说:

"我告诉你吧,我还因此有点担忧呢。你送我作业本那一次,没有多久我们不是出事了吗?这一次不会也出什么事吧?"

李貌不由得傻笑起来,他说:

"这事跟那事是两码事,你瞎想到哪里去了。再说了,上次我们出事,还真是因为我们自己的事,我们当时是真的想好好地那么一次,我们是有把柄让别人抓了的,可现在呢,现在我们有什么让别人抓的呢?不会出事的,也不可能出事。"

"不出就好,我就怕又出什么事。"

"这一次要是再出个什么事,那就是老天爷不长眼了,那样跟我们两人是没有关系的。我们现在除了非婚同居,没有别的什么错,再说了,这也算不得犯什么法,就算犯,也犯不到哪里去。没事的,你放心吧。"

阿香的担忧当然是没有道理的。

但老天爷有时还真的就是不肯开眼。

事情后来出在小香身上，或者说是出在小香的男朋友身上。

小香到大学没有多久，就被人追上了，首先迷住人的就是她的长发。第一个学期放假，她竟然没有回来。她跟她的男朋友，到他家里过年去了，因为在城里过年毕竟对她有着太多的诱惑。而村上的年，她早就过腻了。小香第一次回来，是第二年的夏天，回来没有几天，她就走了。她的男友约她旅游去了。但就在她回来的那几天里，父亲与村校的事，她还是听到了。她当时惊愕了一下，她想了想她的钱父亲好像从来都没有少过她，也没有拖拉过，随后便想象了一下父亲他们的生活，她想他们的生活一定是小心翼翼的，反正不会像以前那么好过，父亲的形象于是在她的脑子里悄悄地就有了些变化，但她并没有因此而点头他们结婚的事情，她的父亲也没有任何的提醒，好像他们已无所谓了。无所谓就无所谓吧，她也就懒得自己去提。第三个学期小香依旧没有回来，她又到男友的家里过年去了，城里的春节已经让她吃出了满脑的味道。

第四个学期结束，小香回来了。

一起回来的还有她的男朋友晓汪。

这个暑假一过，小香就是大三了，小香的男朋友晓汪则要进入大四，大四结束后，他就要提前小香一年参加工作了，因此，他想到小香的家里来看一看。小香不想让他来。他问她为什么，她只好说出他父亲与阿香的事情，她说是她一直不让他们结婚的，她怕那样的一种状态他看到了不好。不想晓汪却因此非来不可。他说那就专门去看一看他们的那一种状况吧。小香说那你不准笑话他们。他说我为什么要笑话他们呢？他保证不会。

一看到阿香的头发他就惊叹起来。

他没想到阿香的头发竟然这么好！

他说阿香的头发比小香的好多了!

小香便告诉他,说自己的头发之所以有现在的好,都是阿香姨帮洗的,如果没有她妈妈剪掉的那一次,她的头发就会更好了。晓汪便惊讶道:

"我怎么没听你说过呀?"

"我为什么要跟你说呀?"

晓汪只好睁大眼睛。看着那双惊讶的眼,小香于是告诉他,说阿香姨的头发还是她爸爸的救命恩人呢,说得晓汪的眼睛又再一次睁大了,他又说道:

"你怎么没有告诉过我?"

"我为什么要告诉你呢?"

晓汪的眼睛就又只好发愣了。这个城市的孩子一时就觉得奇怪了,他想不明白乡下的孩子为什么总会给自己保留那么多的秘密,总不肯把自己家的一些事情告诉他人,而这一点却是城里的孩子一般都做不到的,城里的孩子总是禁不住要告知他人自己家的什么,有的甚至连家里的马桶只要有点与众不同,他们都会急于告知他人,否则就好像他们家里的那一个马桶是白买了似的。看着男朋友惊愕的样子,小香就又得意地告诉他,说阿香姨的头发还曾经变白过,是她的爸爸一天一天地给她洗,一天一天地给她揉,才把她的头发又洗黑的。

这一次,晓汪简直目瞪口呆了,他说:

"你说的是真的还是在给我说民间故事?"

"那你就问问我爸爸吧。"小香说。

晓汪的目光随即飞到了李貌脸上。李貌就坐在他们旁边不远的地方。李貌笑笑地给他点点头,他告诉他,小香说的虽然有点像是民间故事,但事实上却是真的。晓汪的嘴巴就哇哇地叫起来:

"这可是爱情的力量啊!"

"哎,你怎么也没跟我说过呢?"

"我刚才说过,我为什么要给你说?"

小香分明是越来越得意了,好像她原来是一直受着晓汪的欺负的,眼下终于在自己的家里意外地出气了。自然,她也是没有想到,她的男朋友对这些事情竟是这样地好奇。她便接着告诉他:

"你要是觉得洗头这事有点像是民间故事,那我就给你说一个绝对现实的。"就把父亲与村校的事情说了出来。

这一次的晓汪却意外地变了一个面孔,他突然地沉着了起来。他不再浅薄地大呼小叫。他专心地凝视着女朋友的父亲,就像是凝视着一座被人遗弃的雕塑。转身,他掏出行李包里的数码相机,啪啪啪地就给李貌拍了无数的照片,拍完了屋里的,又让李貌到屋外去,拍完了坐的,又拍他走路的,一直走到村校去。

"你这是想干什么?"小香说。

"我现在先不告诉你,等忙完了我再跟你说。"

看看太阳还没有下山,晓汪又让李貌把他的学生统统招呼到教室里,给李貌和他的那些学生们,又拍了个不停。其中他最得意的一个情景,便是李貌和那一个学生,两个人独处在那个空荡荡的教室里,李貌在给那个学生讲课,那个学生却在看着教室边上的那一扇窗户,那扇窗户的外边挤满了小孩子的脑袋,不同的只是,他不让他们笑,只让他们的脸在窗户上拥挤着,只让他们睁大着眼,在饥渴地往教室里张望着。

第二天,天一亮他就走了。他要回他的瓦城去。他告诉小香,他还会回来,让她在村里等着他。他说他回来的时候,会给她带回一个大大的惊喜。

85

　　望着晓汪走去的背影，阿香的心突然觉得很纳闷，而且纳闷得有点心慌，觉得心里一堵一堵的，怎么想也想不过去。她于是对李貌说："他给你拍了那么多，他怎么就不给我也拍一张呢？他不是说我的头发很好看吗？好看怎么不给我也拍一张呢？"
　　李貌想想也有点觉得是，这小孩怎么这样呢？
　　但他叫阿香不要说，他怕小香知道了心里不舒服。阿香说她知道，她说她怎么会对她说这些呢，她只是对他李貌说说而已。
　　当天晚上，阿香的心还是一堵一堵的，她怎么睡也睡不着。天又闷又热，蚊子又多，多得嗡嗡叫，她打了一遍又一遍，她发现蚊帐里的蚊子早就被她打光了，但她刚一躺下，还是听到蚊子的嗡嗡叫。那些蚊子其实都在蚊帐的外边，它们虽然吃不着阿香，但它们也不肯远去，它们在等待着时机，等待着阿香的身子与蚊帐接触的时候，再扑过来饱吸一顿。阿香把身子翻来翻去，最后翻得一身都是细汗，很不舒服，便起来了。她到洗澡棚里冲了冲，冲完觉得好些了，但她没有回到床上，她打开房门，默默地坐在门槛上。
　　屋里空荡荡的，只有她阿香一人。
　　因为小香的回来，李貌回他的家里睡觉去了。小香不在家的日子里，李貌都是和她睡在一起的，吃完饭，洗过澡，没了事，他们就会一起上床睡觉去。尤其是他们都习惯了在一起洗澡了，你帮我搓一搓，我帮你搓一搓，那样的感觉是很好的。有时他们就想，也许全天下的夫妻都没有几对能像他们这样，虽然他们还不是真正意义上的那种夫妻。这样的好事当然也是因为家里只有两个人的缘故，别人的夫妻身边都是有小孩的，有小孩谁能这样在一起洗澡，一起你帮我，我帮你呢？因此，她有时就觉得她也还是幸福的。可小香回来了，李貌就不得不回到他的家里睡觉去了，就连洗澡也回到了他的家里去。是李貌自己回去的，阿香没有叫他过去，小香也没有叫他回去，是他自己回去的。阿香朝李貌家的方向极力地张望着，但她怎么也看不到李貌的家。她的眼力无法穿越黑夜那层深深的幕。她想这时的李貌也许已经睡着了，也许他也是同样地睡不着。他要是睡不着他会暗暗地在想什么呢？他会不会在跟他的小香商量他们登记的事，如果小香同意了，那以后小香就是回来了，她和李貌也不用这样分开了。

她就这样默默地坐着，默默地想着，把身子靠在门框上。

第二天早上天一亮，她就发现自己头晕发烧了，随后感冒就缠了上来。小香过来后有点觉得奇怪，随口就跟爸爸悄悄说道：

"她不会是因为我回来吧？"

"瞎说什么？这是两码事！"李貌骂道。

可李貌心里却在暗暗地告诉自己，这也许还真的不是两码事。她是太看重她的那一头长发了，那小子对她的长发那么哇哇地满嘴叫好，他怎么就没想到要给她拍一张呢？他怎么一听说到他和村校的事，他就把她给完全地抛到了脑后了？他知道阿香是真的病了。人的情绪就是人的病。有些东西，人的情绪一旦过不去，人的心就会跟着犯病了。他知道他的阿香就是这样。

86

不到十天,那晓汪果然回来了。

他拿着一沓瓦城日报兴冲冲地跑回来。

瓦城的日报上,满满一个版面,都是李貌和他这个村校的图片以及相关的文字报道,作者就是晓汪这位在校的大学生。图片是他拍的,文章也是他写的,显然这是一个快枪手。报纸上的那个栏目叫作新闻调查,那是瓦城日报最有影响力的一个版面。

晓汪带回来的当然不光是这份报纸。

他同时带回了几句充满力量的话。

他说:这份报纸,这段时间将在瓦城热得烫手!

他说:李貌和李貌的这所村校因此而出了大名了!

他说:李貌的那十三个学生将从此有人捐助!

他说:村校也将焕然一新,有人会出钱重新建造。

还有一句,晓汪只对小香的耳边说。他说这事一旦成功,他晓汪回到学校就不再是原来的他了,而且为大四结束后寻找工作奠定了一块无比坚实的基石。小香也替他暗暗高兴,并在她爸爸在场的情况下,毫无顾忌地在晓汪的脸上给了一个吻,那个吻很烫,一直烫到晓汪的心里。

晓汪回头告诉李貌,给学生出钱一事一点都不用担心,对那些被感动的瓦城人来说,完全是举手之劳。但是,村校重建的事情,他很严肃地要求李貌,这事也是看得见的,但要摸得着,却不像给学生出钱那么简单,还得需要他们一起去努力,需要李貌跟他一起去努力。说白了,就是到瓦城去努力。他说他跟报社说好了,报社也跟他说好了,需要李貌到瓦城去跟他们一起去搞些活动,而且最好是明后天就动身,最迟最迟是三天后。他说报社那些人动作快,但脾气不好,你要是慢吞吞的,他们就会随时把脸翻过去。

李貌却没有听进去,他一直在看着手里的那张报纸,看了一遍又一遍,他越看越觉得报纸上说的有问题。晓汪说有什么问题呢,一点问题都没有。李貌说报纸上写的那些事情倒也都是些真事,但事情的背后,却不是报纸上说的那些原因。他说他给那十三个小孩出钱,真的不是从他们的未来着想,也不是为了拯救这个村校,他真的就是为了阿香。如果不是因为她,村上的学校撤了也就撤了,他被调整到哪里他都会到哪里去的,就像现在很多被调整走的那些老师一样。

"可是你,你一点都没有提到我和她的事。"

"我本来想写一写的,写写你和阿姨的事,你和阿姨的事确实挺感人的,可是后来我想,你们的事只是两个人的事,两个人的事相对来说总得算是小事,可村校的事和学生的事呢,那是大事,是全社会的大事,还可以往大里说,那是国家的事,所以,我就把你往大事这边靠过来了。"

"那些大事是你想出来的,我的大事当时就是不能丢下她,村里人也都知道的,不信你可以去问问他们,我敢说没有一个人是不知道原因的,你要是跟他们说我是为了他们的小孩,那他们就会笑话你,你相信吗?不信你可以去问问哪。"

"村里知道有什么关系呢,反正城里人不会知道就是了。我们现在要感动的是城里人，跟村里真的没有任何关系。"

"问题是，你把问题弄大了，总会有人说出来的，而且会把你们当笑话，你相信吗？"

"你说他们会吗？"

"怎么不会呢？"

"这对他们可是有好处的。"

"好处怎么啦？他们跟我一样，我太了解了。"

"爸，你怎么这么小学老师呢？"

小香终于忍不住了，她恨得差点都要跺起脚来。

"我本来就是小学老师嘛！"李貌说。

"你是小学老师我知道呀，可你的脑子不能是小学老师你知道吗？至少你不能停留在小学老师的层次上。"

"那我应该停留在什么层次上？"

"不是停留，谁叫你停留啦。嗨！跟你怎么说才好。我现在就这样问你吧，你这一辈子，你混到了现在，你辉煌过什么吗？"

李貌暗暗地就笑了笑。他说：

"我一个小学老师，我能有什么辉煌呢。"

"那你说，你现在想不想辉煌一下？"

李貌禁不住又是一笑。他说：

"我要辉煌干什么？我一个小学老师，我要辉煌干什么？"

"你看你看，又小学老师了吧。这样说吧，你想不想让你的学生有一座新的校舍。"

"谁不想呀。"

"那现在新的校舍就摆在那里了，你愿不愿去把它拿回来。"

"拿回来？摆在哪儿？去哪里拿？"

"摆在哪儿？刚才晓汪跟你说了那么多，你都有没有听到啊？"

"他说了什么？你刚才说了什么？"

"他跟你说，只要你听他的，你只要跟着他到城里去，去搞一些活动，活动完了，那校舍就可以拿到了。"

"哪有那么简单的事情呢？"

"天下很多事其实都是很简单的，就看你拿什么来说事了。"

"对！"晓汪也激动起来了，他没想到小香竟然也会说出这样的聪明话，他迅速地接过话，对李貌轰炸起来："这种年月吧，也不知道是怎么回事，尤其是城里人，你不能拿爱情来说事的，你要是拿爱情说事，没有人理睬的，人家理都不理你，城里人对城里人的爱情自己都觉得酸，一说爱情他们就会吐你知道吗，何况你们这是乡下人的爱情。在城里人的眼里，他们也许都不相信乡下人有什么爱情的，他们会觉得乡下人可能连爱情是什么懂都不懂得，但是！如果你拿社会拿教育拿关怀这些大事来说事，那结果就完全不同了。为什么呢？因为他们的工作就是这些呀，他们是靠做这些吃饭的，他们需要被别人所感动。他们被感动了，那些当官的也就会跟着被感动，还有那些有钱人，然后他们就会把钱拿出来，他们一把钱拿出来，我们的校舍不就有希望了吗？只要我们马不停蹄，只要我们一环一环地抓紧不放弃，就这一个假期内，我们的校舍就会站起来了。然后呢？然后这个事就火了起来，这个事一火，你也就跟着火了，你不说你没有过辉煌吗？这个事一火，你想不辉煌都有点难你相信吗？至少在你们这里，你是最辉煌的，你信不信？"

李貌都不知道如何回答了，他真的被炸晕了，他愣愣地坐在那里，就像那些被他训过的脑子不好用的学生。他心里觉得大学生就是大学生啊，大学生真的很能说。大学生怎么这么能说呢？

晓汪的话还没有说完。他还在说："我顺便告诉你吧，我跟小香也说过了，这个事我是发掘者，也可以说是发现者，这个事如果真的火了，那就不光是你火了，而且我也会跟着火。下个学期我就大四了，我一火，毕业后找工作就好办了，我一好办，小香就会跟着也好办，知道我的意思吗？换句话说吧，我说为了你也行，说为我为小香也行，就像你当时为的是阿香姨，但也同时起到了为学生为村校，是一个道理。你明白我的意思了吧？"

　　李貌听不懂。李貌真的听不懂。他有点越听越糊涂了。他的事怎么跟他的事一样了呢？他的事怎么也变成了他的事？他不懂。真的不懂。他突然就抓起了头来，抓得呱呱地响。

　　晓汪还想说什么，看见李貌那副抓头的样子，顿时就被吓住了，他暗暗地拉了拉小香，悄悄地走到门外，问道：

　　"你爸爸怎么那样抓头呀？"

　　"小学老师呗，就这样。"

　　"我见过很多小学老师，没见过这么抓头的。"

　　"都抓了几十年了，有事想不开就都这么抓。"

　　"那这事怎么办？明后天我怎么让他到城里去？"

　　"我哪知道呢？"

87

　　最后，还是晓汪这个就要大四的脑瓜，想出了一个绝招，这绝招仿佛一把阴郁的尖刀，直直地插在了小香和李貌的咽喉深处。

晓汪说:"你不是一直不给他们登记吗?"

小香说:"对呀,怎么啦?"

晓汪于是就兴奋地击掌起来。他说:

"那就好办了,那你爸的软肋让我掐住了!"

小香顿时一愣:"你掐住我爸什么软肋了?"

晓汪说:"我们俩如果还像今天这样跟他说,我看就是跟他说完一个假期,他都不会跟我到城里去,你信不信?"

"你到底想出了什么办法啦?"

"没听出来吗?……他们不是想结婚吗?等下回去你就告诉他们,你说你同意他们结婚了,明天一早就让他们到镇上登记去,我们也跟着他们去,他们一拿到结婚证,我们也不用再回来了,我们就让你爸跟着我们,马上到城里去。怎么样?他肯定会同意的。他不可能不同意。他不同意他就会担心这一辈子都有可能与你阿香姨结不成这个婚,你说是不是?"

小香觉得这个主意不错,但她的脑子转眼就有点恍惚起来,她有点心悸,她没有因为这个主意而让心情舒坦起来。她说:

"拿这个给他做条件,我爸肯定是会同意的,那是他们一直苦苦等待的一个东西,可就是,就是好像有点不太对头。"

晓汪顿时就急火起来,他说:

"有什么不对呢?你说有什么不对吧?"

小香的脑子里还是怎么也过不去,她说:

"反正我觉得这只是一个没有办法的办法吧。"

"那就算是一个没有办法的办法吧,可除了这个办法,你说还有别的什么办法吗?我觉得已经没有别的办法了。你做女儿的,你要是觉得不好开口,这事你就交给我吧,由我去跟他说,你只要默认就是了。你就这样想吧,这事就当作是你在为我做的一件事,你难道就不能牺牲一点什么来为我吗?你总不能眼睁睁地看着我把这个事弄起来了,最后却没有一个好的结局吧?这可是关系到我的前途呀,我的宝贝!你就这样想想吧好不好?"

小香一时有点犯难了。两人当时正行走在河边一片刚刚割走的稻田里。晓汪走在前边,小香跟在后头。夜风习习地在夜空游走着,月光若隐若现。突然,晓汪不走了。他一脚踢翻了一把稻草,一屁股就坐在了上边。小香看了看坐着的晓汪,没有走到他的身边,而是顺手也放倒了身边的一把稻草,默默地坐了下来。

沉默了一会儿之后,晓汪又说话了:

"你为什么一直不给他们结婚呢?"

小香默默地坐着,没有给他回话。

"这件事我觉得你其实也挺狠的。"

"你才狠呢!不狠你会想出这么个办法来。"

"我这是没有别的办法才这么想的,可你呢?你是可以给他们结婚的呀,你为什么不给?"

"我不跟你说过吗,我妈死前吩咐让我不给他们结婚的。"

"你妈她那是因为愤怒,人一愤怒就什么话都会说得出来。你打算让你妈的这句话一直压在心里,压你一辈子吗?"

"我也没说永远都不给他们结婚呀,我只是现在不能给,我得等到毕业以后,要不我拿什么给我妈交代呢?我有我的想法。"

"你不就担心他们要是结了婚会影响你读大学吗?你担心的不就是那点读大学的费用吗?我也没说你的担心有什么不对。人总是不怕一万就怕万一。可我这个事呢?我的这个事能等到你毕业的时候吗?"

小香的脖子像是被晓汪给掐住了，有话都说不出。

最后，晓汪长长地叹了一口气，他说："那就算了，我也不强求你，免得到头来你会把一辈子苦苦保留下来的仇恨全都转移到我的头上来。我那是何苦呢？那我明天就回去了，我不回去我在这呆着干什么？"

这一句果然力量太大了，就像把小香垫在心底的一块托盘，猛地一下抽走了，小香的心咚的一声掉了下去，掉到了脚下的稻田里，她顿时就慌张起来了。她说：

"你明天真的要走啊？"

"不走我在这儿干什么？"

小香的心真的紧张了。她沉默了一会儿然后深深地喘了一口气，把人好像都给喘虚了。她说：

"那你就去跟他们说说吧。"

"我想走就走，我用不着跟他们说什么。"

"你是装啊还是听不懂？我是说，那你就去跟他们说说，说我同意他们结婚了。"

"真的吗？"

晓汪离地就跳了起来，一屁股就坐到了小香的身边，他紧紧地搂住小香往后一倒，两人躺在了稻草上。

"你不会怪我吧？"

"怪你干什么。我不怪你。我只希望你以后能像我爸爸爱阿香姨那样，我这一辈子也就算是幸福了。"

"那你就等着幸福吧！我会比你爸爱你阿香姨更爱你的。"

"我怎么知道呢？"

"那你就等着吧。"

躺了一会儿，两人就回家去了。晓汪看见小香的爸爸还一个人孤零零地坐着，便走到旁边悄悄地坐下，然后把话慢慢地告诉了他。晓汪一边说一边不时地注视着李貌的手，他怕他的手会突然抬起来，他一抬起来他就会去抓他的头，他只要一抓头，晓汪的事情就有可能完蛋了。但李貌的双手一直平静地放在膝盖上，一直是一动也不动，直到晓汪说完了，他才慢慢地抬了起来，然后慢慢地落在头顶上。晓汪一看有些慌，他张开嘴想尽快地给李貌补两句，但李貌的手却又慢慢地放了下来。他看了看晓汪，淡淡的目光却冷静如水，然而就是那样的目光，似乎看穿了晓汪挂在脸上的所有心思，他为此稍稍地沉默了一下，最后给晓汪软软地点点头，然后，起身到阿香那边去了。

那一夜，李貌不再回到这个家。

小香和晓汪，也睡到了一个床上。

88

早上起来，李貌就一直在等着晓汪和小香起床，他对他们说，他想让他们的阿香姨也跟着他，一起到城里去。他说她这几天身体不太好，因为她刚刚感冒没有几天，他担心到了镇上，如果登记完让她一个人回来，她可能走好久都回不到家，回到家后又没人照顾，他怕她有困难。晓汪说好，那就一起去吧。但晓汪的答应却让小香急了起来。小香说那她家里的猪呀鸡呀怎么办？爸爸说那不难，我让两个学生来帮帮就行了。说完就转身找他的学生去。

小香的心思其实不在那些猪和鸡的身上。

她的心眼,早已远远地伸到城里去。

她问晓汪:"这一去大概需要多少天?"

晓汪说:"至少也得十天吧,没有十天下不来。"

小香禁不住就喊叫了起来:"那我可就倒了大霉了。她这一去,不得让我整天陪着她呀,她肯定不能跟着我爸爸,跟着你们去搞活动的呀!那我可是倒了大霉啦!"

晓汪说:"那有什么办法呢?你就当是为我做的奉献吧。"

小香便一脸地仇恨起来了,她一脚就恨恨地踢在了一张板凳上,踢得自己当即就倒霉地蹲在了泥地上,疼了好久才能站起来,随后一跛一跛地赶往阿香的家里。一进门,她的气又呼地一下上来了。她看见阿香正蹲在地上慢慢地砍着她的茶麸,嘴里的话便憎恨地扑了过去:

"你还要洗头呀?等你洗完了什么时候上路呀?"

阿香没有注意到小香的脸色,她只回答说:

"我不洗了,我是砍一点拿到城里去。"

小香顿时就更来气了,差点要跳起来!

小香说:"你没有发神经吧?"

阿香说:"怎么啦?"

小香说:"城里有的是洗头的东西我告诉你,你要是自己拿了茶麸去,你怎么洗?城里的宾馆可没有烧水的地方,我告诉你。"

阿香的手突然就停下了,她说:

"那我不去了!烧水的地方都没有,我去了怎么洗头呀?"

这时,正好李貌走进来。李貌说:

"砍吧砍吧,快点砍吧,别听她的。"

"不听我的？不听到时候我看你们怎么洗。"

阿香就两眼迷茫地看着李貌："那我还砍不砍呀？"

李貌知道，没有茶麸，阿香在城里是住不了几天的。

他朝她挥挥手："砍吧砍吧，拿去了再说吧。"

阿香慢慢地就又砍了起来，砍得小香的心一抽一抽的，抽得有点发紧，有点发恨，她上来就把阿香的刀夺了过去。

"那我来吧，你这样砍要砍到什么时候呀！"

阿香只好呆在一旁。小香的刀还没有下去，嘴里又说话了：

"我会砍的，你不用看，你还是快点去捡捡你的东西吧，免得等下又得等你慢慢地捡东西，那要等到什么时候才上路呀。"

阿香心想也是，就转身捡自己的东西去了。等到捡好东西回来，砍茶麸的声音也早就结束了。小香把砍下的茶麸，已经统统装进了一个塑料袋里。那样的塑料袋，是她和晓汪从城里装东西回来的，她真有点舍不得给她装茶麸，但找不到合适的，只好用上了。小香把茶麸递给阿香，让她放到自己的大袋里。阿香接到手时掂了掂，她估摸着有这么多也差不多了。她问小香，那个洗茶麸用的小布袋，你帮我装进来了吗？小香说都在里边了。可她还是生怕小香没有给她装进去，她还是打开袋子看了看，这一看，气得她脸色都藏不住了，她尖着嗓子就喊了起来：

"我的天呀！你这砍的是什么呀？这么粗，我怎么洗呀？"

转身就又急急地拿来了竹簸，拿来了刀，急急地放在泥地上，把茶麸提得高高的倒出来，一边倒，一边满嘴地唠叨着：

"你看你看，你怎么能砍这么粗？砍这么粗我到城里怎么洗？我以前教过你的。我不知说了多少遍。我说茶麸一定要细细地砍，砍得细了才好洗，可是你，你怎么给我砍得这么粗？你看，你看，怎么砍得这么粗呀？你不是说城里连烧水的都没有吗，到时我拿什么把这些茶麸弄细呢……"

李貌急急地就过来了。他们要上路了。李貌说："先不要管了好不好，先装起来吧，到了城里再说吧，到了城里总有办法的，你先给我装起来。"说着就把那些茶麸又装回了袋子里。

但走在路上的时候，阿香的嘴巴还是怎么也关不住。

她说："我以前教过你的，我经常让你坐在我旁边好好地看，我让你看我怎么砍。茶麸一定要砍得细细的，砍得细细的才好洗，可是你给我砍得这么粗！你怎么能给我砍得这么粗呢？你不是说城里连烧水的都没有吗，到时我拿什么把茶麸弄细呢……"

"其实呀，洗头也不用都像你砍得那么细。"

小香实在受不了，就在后边回了她一句。

阿香便在前边不停地摇着头，嘴里因此就更来气了："怎么不用那么细？怎么不用那么细？我给你洗头哪一次不是砍得细细的！哪一次不是砍得细细的？洗头要的就是细，不细怎么洗得好？我以前跟你说过多少次，你不是都说给我记住了吗？你原来也给我砍过的，你砍的哪一次不是细细的，可今天，今天你怎么给我砍得那么粗？你砍的是茶麸不是猪菜啊，你以为你这砍的是猪菜的……"

阿香的话没有说完，小香的手突然愤怒地伸进了口袋里，她揪住那袋茶麸就往外一扔，扔到了路边的悬崖下。

可除了小香，谁也没有看到。

阿香走在最前边，李貌走在阿香的身后；晓汪走在小香的前边，小香走在晓汪的身后。阿香的行李正好背在小香的身上。扔掉后，小香的心里顿时就痛快了，痛快无比！她心里道，你说我那砍的不是茶麸是猪菜是不是？那我就把它当作猪菜扔掉了！想唠叨你就尽管唠叨吧，我让你到了城里连猪菜都看不到！这么一想，小香觉得她是真的扔对了，要不到了城里，等她细细地看着那些茶麸时，还不知道又会怎样唠叨呢。

只是这一扔，也把后边的麻烦给扔出来了！

但这时的小香无法知道，小香前边的人也无从知道。李貌只是觉得，阿香的嘴巴今天怎么那么多，她以前很少这样唠叨的，自然，她是太看重这一次进城了。阿香还从来没有到过瓦城呢。她一定是担心她的头发到了城里洗不好会让城里人笑话她。她是太看重她的头发了。于是回头对小香说：

"你也真是，砍点茶麸那么难吗？砍细一点不行吗？"

小香当然不会接受："砍细一点容易呀，有时间吗？"

李貌心想也是，只好在阿香的身背拍了一下："行了，行了，别再唠叨了，到了城里我找东西帮你捶一捶，弄碎还不容易吗。"晓汪也跟着帮了一句："捶碎那点茶麸挺容易的，到了城里我帮你找吧。"阿香这才把声音收起来，但嘴巴还在不时地禽动着，胸口的气依旧一鼓一鼓的。她哪里想到，她的那袋茶麸早已静静地躺在了后边的悬崖下。

89

到了镇上，管登记的人却不在，说是家里出事回去了，可能要到下午才回来，你们下午再过来吧。李貌说下午我们不在镇上了。不在啦？不在那就没有办法了。说话的人是一个年轻人，他像外国人似的对李貌摊开双手，然后就离开了。李貌对晓汪说那怎么办？那就只好先进城呗，等回来的时候再办理吧。晓汪说那就先进城吧，只是因为没有结婚证，到时你不能跟阿姨住在一起。李貌说这要什么紧呢？我跟你一个房，你阿姨她跟小香一个房，又不是在家里，讲究那个干什么。

于是就上车了。阿香记得那天他们一共坐了三种车，头一种车有点烂，晃晃悠悠的，跟当年到县医院时坐的那种差不多；第二种车就好多了，也干净多了，靠背也高，头往后怎么靠头都不会掉到后边去，坐的人也多；第三种就更好了，坐着的椅子还能慢慢地往后放，然后可以像躺在躺椅上躺着，还有一块宽宽的带子把你的腰绑住，免得睡着的时候车子一晃把人给晃到一边去。她觉得这种车不错，坐这种车就有点像是坐在家里，好像还要好一点，因为有人还给你发水，还有人给你零食吃，车里还有电视看，只是，她看着看着就瞌睡了，那一睡就一直睡到了瓦城。这时已经是晚上了。下了车，又坐了一种车，才到了住的旅馆。

瓦城给阿香的感觉却是一点都不好。她觉得闹哄哄的，把人都快要吵死了。她觉得城市怎么就这样啊，怎么像是所有的人都在忙着杀猪一样在喊在叫在闹，在东奔西跑，而且杀了一头又一头，好像永远也杀不完，好像城里全都是被杀的猪，都深更半夜了，那猪还在叫，那人也还在喊，而且还在到处乱跑。

这城市的人就这么活啊？怎么这么活呢？

阿香因此觉得，城市其实一点都不好。

好在哪里呢？她一点都感觉不到好在哪儿？

最最让她想象不到的是，几天后，城里的一个发廊，一个打扮得像妖精似的女孩子，把她的那一头长发，竟然给毁掉了。

90

这是他们在城里的第三天,天亮起来,李貌就和晓汪出去了,他们跟着报社要到下边的两三个地方去,那两三个地方都被晓汪写的那一版给燃烧起来了。去一个地方最少得需要一天两天,可能三五天里回不来。他们让小香带着阿香姨就呆在城里,没事就带阿香在城里随便走走,走累了就回房里看看电视。他们说他们很快就回来的。

阿香说:"去吧,你们忙你们的,你们不用管我。"

小香心里的疙瘩还在生长着,但她没有办法,因为晓汪说无论如何不能把阿香带下去,他担心一不小心,她爸爸和阿香姨的爱情就会被人勾出来,那样的结果可就惨了。小香只好咬着牙,陪着阿香呆在城里。

李貌他们刚一走,阿香就想起她的茶麸来。

她让小香去帮她找锤子,或者什么可以捶茶麸的东西回来,她要把那些茶麸再好好地捶一捶,她要把它们全都捶得细细的。反正现在也闲着没事。

小香当然是想好了如何对付的。她说:

"忘了告诉你了,你还记得我们在县城挤上车的时候吗,我被旁边的一个人突然撞了一下,他把我背的东西都给撞掉在泥地上了,你那个口袋不是也背在我身上吗?那袋茶麸不知怎么就掉了出来,我还没有捡起来呢,就被后边的人踩着了,而且踩烂了,因为要急着上车,我就没有捡起来。"

"不会吧,我怎么没有看到呢?"阿香惊叫道。

"你们挤在前边,我挤在后边,你们谁也没有看到。"

"那你怎么没说呢?你要是说一声,我会下去捡起来的。"

"捡不回来的,捡回来的也是脏的,所以我才不捡的。"

"不会吧,你是在骗我吧,你一定是放到哪个袋里然后你忘了,你再帮我找找吧,你再帮我找一找。"

为了让她相信茶麸确实消失了,小香只好装着很有耐性的样子,一个包一个包地给她打开,晓汪的,她爸爸的,还有她自己的,统统地翻了出来,翻得整个口袋都空空的,里边什么也没有了,小香还再把口袋拼命地抖一抖,抖给阿香好好地看一看。看着阿香面对口袋空空时的表情,小香心里就暗暗地有些得意,得意自己那么一扔便扔去了许多的麻烦,她想如果不是那么一扔,现在就得去帮她找锤子,找完锤子还得帮她弄热水,弄来了热水还得弄一个盆,她到哪里弄这些啊,就算什么都能弄到了,也会把人给烦得半死。

阿香的脸当然是糟透了,她喊叫着:"怎么能这样呢?怎么会这样?什么东西不掉为什么要掉我的茶麸呢?没有了茶麸我怎么洗头呀?我在家里都已经几天没洗了,今天一天,昨天一天,前天是我们来的那一天,我都这么多天没有洗头了,我怎么办?"

她差点也像李貌一样抓起头来,又怕越抓越痒怎么办。

小香说:"想洗头我带你去吧,也让你享受享受城里人是怎么洗头的。城里洗头比你那种洗法好多了,去一下你就知道了。"

阿香说:"我这种头发人家不会洗的。"

小香说:"城里人什么头没见过呢?带你去你就知道了。"

她拉着阿香就往外走。阿香想不去也没有办法,茶麸都没有了还有什么办法呢？总不能不洗头吧，就跟着小香往街上走去。

　　街上的发廊挺多的，走不远就是一家。走不远，又是一家。小香当然不会带她走进那种很贵的，贵的那种洗一次要花掉三五十。发廊的价格，全都贴在前边的玻璃门上。小香在一家十五元的门前停了下来，然后带着阿香走了进去。阿香说多少钱？阿香的话是问小香的，但里边的人却告诉了她，然后问，吹不吹？拉不拉？吹拉的钱另外加。阿香转身就退了出来。她说有没有更便宜的？里边的人说当然有，想便宜你就快点往前走。

　　小香只好跟着阿香往前走去。

　　前边的一家果然就是十块的。

　　阿香却没有走进去，她站在门前往里问，有没有比你们更便宜的？里边的人说有呀，你再往前走就有便宜的了。小香只好跟阿香又往前走。走不远果然看到了一家八块的。

　　阿香还是不进去，她问有比八块更便宜的吗？

　　里边的人说，想更便宜当然有，你往胡同里多得是。

　　小香就跟在阿香后面往胡同里走，还真的有一家五块的。价格上的五元两个字，却写得比谁的都要大，都要艳，都要抢人眼。小香说就这一家吧，没有比这更便宜的了，再便宜，洗头的人就要靠喝水过日子了。阿香这才跟着小香走进去。

　　给阿香洗头的，就是那个打扮得像妖精似的女孩，认真看，模样其实还不错的，也不知道为什么，硬是酷爱把自己打扮成了那副妖精样。就是这个妖精似的女孩，最后把阿香的头发给洗坏了。刚洗的时候，她并没有察觉到什么，她一边给阿香洗，一边还伸长着脖子，跟边上的几个女孩在瞎聊天，一边聊一边还不停叽叽地笑，笑得脖子长长的像只乌龟。可洗着洗着，她的手突然就碰着了麻烦了。她的手竟

然抓不动阿香的头发了,再抓了抓,还是抓不动。她的脸顿时就掉下来,尖叫道:

"坏了,坏了!我把她的头发洗坏了!"

所有的目光便都惊奇地投过来。

阿香的头发在泡沫下像个硕大的球。

球的上边,开满了一圈圈的泡沫花。

一个女孩过来抓了抓,真的抓不动。

又一个女孩也过来抓了抓,还是抓不动。

第三个女孩有点不肯相信,也过来抓了抓,还是抓不动。

第四个女孩站在那里不再过来了,她动了动嘴巴对那个出事的女孩大声喊道:"那就快点给她冲水吧,冲完水你拿护发素给她搓一搓。"

结果呢?结果她们把店里所有的护发素,都抹在了阿香的头发上,阿香的头发还是乱糟糟的一团乱麻。她们让阿香躺着,把头发泡在了水盆里。水里全都是护发素,水里漂的全都是油,只要能想得出来的,只要以为可以把头发弄顺的,统统被她们倒到了水盆里。阿香的头发却依然一团乱麻。

怎么回事呢?到底怎么回事?

最急的,当然还是阿香。急得她把头上的泡沫都给抹到眼里去了。她的心早也慌张成了一团,比那头发还乱。还有小香。自从那个女孩发出那一声尖叫,她就一直地跟在阿香的边上左右地转圈着。她不知道怎么会出这样的事。怎么可以出这样的事情呢?她一边转圈,一边不时地安慰着阿香,没事的,没事的,她们会把你的头发弄好的!会弄好的,你先不要急。一边说一边安慰地拍拍阿香。但她的手最后也禁不住摸进了阿香的头发里。这一摸,小香知道问题确实是严重了。她的脸色顿时就改变了。她在惊恐中愤怒了起来。她开始朝那些女孩瞪起了眼睛。她朝她们跺着脚，还把盆里的水，愤怒地泼到了她们的身上。她让她们快快快，快点给我想办法！

这时，店老板被人用电话叫回来了。

她一进门就安慰阿香："大姐，大姐，先不要着急，不要着急好吗？慢慢来，慢慢来，我们会把你的头发弄好的。"可结果还是怎么也弄不好。她也只好干着脸色对阿香说："大姐呀，对不起了，我们没有办法把你的头发弄顺了，你的头发太长了，你怎么留这么长的头发呀？"

小香这时已经愤怒冲天了，她指着老板就吼道：

"你们的洗发水肯定是假的！不假绝对不会这样！"

那老板却不急，她只斜着脸对小香说：

"假不假我不知道，正品谁会洗一次只收你五块钱。"

小香恨不得把那女老板的脸皮给撕下来。

她说："你们这样做，我可以告你们去！"

"想告就告去吧，我们是下岗工人，不怕你告。"

说着从身上拿出了一百块钱，塞到阿香的手里。

阿香没有收下。阿香把钱一丢，嘴里喊道：

"我不要你的钱，我要你的钱干什么，我要我的头发！"

阿香已经走到原来坐着的玻璃镜前，她要看一看自己的头发到底被弄成了什么样，原来她看到的只是满头的泡沫。这一看，她只是惊慌地扫了一眼，就急急地把眼睛收了起来。她不敢再看第二眼，也不敢再去看看那些店里的人，好像店里的那些人都在眼睛怪怪地看着她。她不知道自己该怎么办。她扛着一头的乱发突然一冲，就冲出了洗发店，冲出了胡同，冲到了大街上。她恨不得飞一样回到旅馆去，她生怕被更多的人看到她那乱糟糟的样子。她一路地奔跑，一路地号啕，一路地骂声连天。街上到处都是行人，所有的人几乎都把奔跑的阿香当成了疯子,一个头发乱糟糟的疯子。阿香就这样跟跟跄跄地跑着,还没有跑回到旅馆,便在街上摔了一跤,把一边脸给摔坏了,把一个膝盖也给摔伤了,血从脸上,从膝盖上渗了出来,看上去就像是被人追打了似的。

晚上,阿香怎么也睡不着了。

她告诉小香:"我明天回去了。你送我回去。我这个鬼样子,你爸爸回来要是看到了,他肯定就不再帮你们了,他会骂死你的。"

小香的心里也乱死了。

她的脸色跟阿香的脸色一样难看。

她没想到自己会把事情弄成这样。

她说:"好吧,那我明天送你回去。我们先回去吧。"

小香给晓汪留了一个字条,说阿香姨不想住了,她想先回去,那我就先送她回去了。你跟我爸,你们忙你们的。头发的事她没有提,她怕她爸爸会看到。

两人就这样匆匆地回家了。

91

一回到家,阿香又发烧了。

原来的烧还没有完全退去,这一烧就烧坏了。

第二天,有人来看她,她就说她可能快要死了。

小香便告诉来人,说她那是生气的话,你们不用放在心上。她说她现在已经算得是我妈了,虽然她和我爸还没有登记,但我已经让他们去登记了,他们也去了,只是登记的人当时不在,结婚证还没有拿到手上。她说,她现在已经算是我妈了,你们就放心吧,我知道的。

但第三天晚上,阿香就真的有点不行了。

她吩咐小香到村里去帮她叫来几个人。

她说,她有话要跟他们说一说。

小香不知道她想跟他们说什么,她知道她不能太多问,就帮她叫人去了。那些人也一个一个地都来了,他们一来,就被阿香那堆乱糟糟的头发给惊吓了。他们不知道她在城里发了什么事,他们只以为是阿香病成了那个样,都替她难过起来。阿香的头发乱成了一堆之后,阿香的脸就也显得特别地不好看,就像是真的要走人了似的。阿香对他们说:

"我可能活不了了。"

他们说不会的,不要说这样的话,不要说。

阿香说:"你们不用安慰我,我的命我知道。"

她接着说:"我让小香叫你们来,是希望你们能帮我一个忙,你们一定要帮我。我要是明天或者后天走了,你们就先把我埋了。"有人想插话,她不让插,她朝他们举起手来。她的手软软的,都不能完全地张开了,但她的手把他们要说的话都挡住了。她接着说:"你们不要等到小香她爸爸回来,你们不要等,你们知道吗……你们要是等他回来,想让他最后看我一眼,那样你们会后悔的……你们要是让他看到了我,看到我的头发这样乱乱的死在那里,他就会愤怒的……他一定会愤怒的。他一愤怒,他就会一头撞死在我面前的……你们不要不相信,我知道他会的。他对我的爱我知道,是爱得很深很深的……我十六岁那年,我还不到十六岁呢,他就爱上我了,他爱我是爱到了骨头里你们知道吗……他要是看到我这样头发乱糟糟地死了,他肯定会跟我一起死去的,他会的……他要是那样死了,一定很难看的,一定比我现在这个样子还要难看,你们一定也会受不了……你们不要让他那样死,你们知道吗……你们把我先埋了,他看不到我了,他当然也会伤心,但他还会活下去,你们知道吗?我的话说得很乱,你们都听懂我的话了吗?"

他们谁也没有给她回话。他们只是默默地给她点着头。他们显然都不愿接受那样的事实。看见他们都点头了,阿香就又说道:

"我看见你们都给我点头了,那你们就要按照你们点头的办,你们一定要把我先埋了,否则你们就会后悔的,你们知道吗?"

他们便又连连地给她点头。

然后她就不再说话了。她闭上眼睛,静静地躺着,只有眼泪从眼角往外默默地流着,一直不停地流着。有人心软,就用手去替她擦了擦,可刚一擦完,她的泪水又从里边流了出来。后来他们就不再替她擦了,只在一旁默默地看着,看得心里也一颤一颤的,心想怎么一下就成了这样了呢,这到底是怎么回事?

第二天,阿香没有走。她又活了一天。她的泪水还在不停地流着,流到第三天中午的时候,她自己抹了一下眼泪,突然想起了一个事,想起李貌对她说过的那一棵树苑,他说现在的这一棵是他后来补种上去的,她原来种的那一棵早就死掉了。她突然就想,也许是真的吧,要不怎么会这样呢?她想如果不是真的,李貌为什么要对她这样说呢?她突然觉得她应该看一看,于是对小香说道:

"有一个事,你能帮帮我吗?"

"什么事,你说吧。"

阿香突然又不说了,她改口道:

"算了,你还是帮我去叫他们谁来吧,叫一个就行了。"

"什么事？我帮你吧。"小香说。

"你不好帮，还是叫他们谁来帮一下。"

小香转身就给她叫来了一位大叔。阿香就对那大叔说：

"学校的菜地里有一棵树苑，就是那苑鼠耳叶，那是我和李貌一起种的，是我和李貌出事的那一年种的，我们从山上挖下来的，原先种在他的宿舍后边，后来他走了，他回到这里来了，那棵树还在那里，我来找他的时候，我就挖了过来，后来就种在了现在那里，你去帮我挖起来好吗？要把根一起挖来。一定要把根也挖过来，好吗？"

大叔问她，挖起来干什么？

阿香说："我就想看一看，你帮帮我吧，好吗？"

大叔说好的，那我去帮你挖来吧，说完就转身去了。

阿香便在床上等着，可她一直等到下午，还不见那大叔帮她挖过来。她想，挖那么一棵树苑哪要这么久的时间呢，不用的，就对小香问道：

"他刚才是不是没有答应我？"

"答应过的呀。"小香说。

"那怎么挖了这么久呢？"

"他会挖来的，要不，我去看看吧。"

阿香却把小香拦住了，她说：

"那就再等等吧，你不要去。再等等吧。"

就接着等下去。一直等到了太阳快西下了，那大叔才扛着挖来的一棵树苑苑，急匆匆地来到阿香的床前。他一边放下树苑，一边在嘴里不停地抱歉着，说对不起了，真是对不起。他说他扛着锄头刚到菜地边，他还没有动手挖，隔壁村的一个亲戚就追着过来让他马上过去，因为是急事，他放下锄头就先过去了。

阿香说:"没事的,就是等久了一点,没事的。"

阿香便慢慢地侧身到床边来。树蔸上的枝叶全都被大叔砍掉了,砍得光秃秃的。树蔸下边的根,大叔倒是挖得挺宽的,也挺深的,只是根上的泥,已经被大叔全都打掉了,剩下的根只像一个大大的鸟窝。阿香就说:

"你帮我看看,看看根里边有什么?"

"没有,里边都是泥,我都拍掉了。"

阿香嘴里好像要再问什么,却突然不问了。她默默地不再做声。她的身子也不动,她只看着那个鸟窝一样的树根,慢慢地,泪水就从眼睛里又出来了。

小香一看就慌了。大叔也慌了。

小香悄悄地碰了一下大叔的胳膊,她说:

"你可能是没注意吧,里边肯定有什么让你给拍掉了。"

"我真的没注意,是什么东西呀?那我回去看一看?"

"别去了!"阿香说:"我知道没有了,去了也没有的。"

大叔说:"我还是回去看看吧,可能是我真的没有注意。是什么东西呀?我回去找找吧。"

好久,阿香才把目光抬起来。她说:"是两个拳头大的鹅卵石,你要是拍掉了你会看到的,你看不到那就没有了,你别去了。"

"鹅卵石呀?我以为是什么呢,那好像有,我回去看看吧,好像有,我好像是扔掉了呢。那我回去看看吧。"

没有等到阿香回话,大叔就急急地往外走,走到门外才回头对小香拼命地招着手,把小香招到门外边。他告诉小香,他挖的这棵树蔸不是学校菜地里的那一棵。这一棵是他跑到山上挖回来的。他说这是大家的主意。因为他把阿香的要求告诉了另外的几个人,他们都说,如果真像阿香说的那样，那菜地里的那一棵是不能挖的，挖起来了也许反而把什么给挖掉了，至于那所谓的什么到底是什么，大叔没有给小香说到嘴外，但小香好像也听懂了。她觉得他们这样做是对的，两人就在门外的野地里，找了两个拳头一般大的鹅卵石，然后到水沟洗了洗，然后湿淋淋地拿到阿香床边来。

阿香看了一眼那两个鹅卵石，没有接到手上，也没有吩咐大叔放在什么地方。她只是匆匆地扫了一眼，她的心就完全凉了。她把身子慢慢地挪了挪，回到了原来躺着的那副样子。

眼角的泪水，又不停地流起来。

"就这两个吗？"她问道。

"对，就这两个，上边都是泥，所以我当时没有注意。"

"那我知道了。"

"要收起来吗？"

"不用，不用收。"

大叔就把石头和树根一起拿到了外边去。

阿香也不再说话了。她的心越来越凉，越来越凉，慢慢地，她的身子也凉了，她的腿，她的手，也都一起发凉了。就这样，阿香在夜里无声地走了。

92

坐在阿香床前的那些人，都是村里说话比较有分量的人，一共八个，四个男的，四个女的。他们说怎么办呢？要不要先埋呢？村里的人都知道了阿香的遗嘱，但还是觉得不能先下葬，都觉得李貌老师这么爱着她，如果不让他回来看一眼，在天地良心上是怎么也过不去的。那八个说话有分量的人一致认为，他们点过头的事情倒不是最重要的，最重要的是如果留着等待李貌的回来，阿香那一堆乱糟糟的头发怎么处理？你不能因为说她死了，就把她的头发剃掉吧？为什么要剃掉呢？如果剃掉了你把头发藏在哪里呢？如果把那阿香的头发埋了或者烧掉，可理由是什么呢？为什么要把头发先埋了或者烧掉？他们想了很多的方法，但没有一个方法是可以使用的。他们想了很多的理由，也没有一个理由是说得过去的，最后只好觉得还是按照阿香说的办吧。

他们问小香，你说呢？

阿香一死，小香也躺下了。她是被吓慌了而躺下的，但这时她还是站了起来。她知道如果不先下葬，如果等着父亲的回来，结果也许很严重的，那堆乱糟糟的头发她怎么给父亲交代呢。她心里知道，这结果可都是因为她小香造成的啊！因此，她没有多想就赞同了先下葬的决定。她看了看那八个说话有分量的人，他们都一个一个地站在她的身边。她说那就按她说的办吧，但我爸爸回来后，你们一定要保证给我做证明，证明我们是在尊重她的遗嘱。他们都同时地点着头，但小香还是有点不肯放心。

她走到他们的面前，一个一个地问道：

"大爷，你能保证给我做证吗？"

"能，我能给你保证。"

"大伯你呢？你也能保证吗？"

"能，我也能保证。"

"你呢大叔？你也能保证吗？"

"能，我也能保证。"

"大叔你呢？你也能保证吗？"

"能，你放心吧。"

"大娘你呢，你也能保证吧？"

"能，我也能保证。"

"你呢大妈？你也能保证吧？"

"我也能。我能保证。"

"大婶你呢？你也能保证吧？"

"能，我，你就放心吧。"

最后一位没有等到小香开口，就先说话了：

"我也保证，你放心吧。"

村里说话最有分量的八个人，都一一地答应了，都一一地保证了，小香的心也就一一地安稳些了。她说："那就这样吧，那我就谢谢你们了，那我们就按照她说的办吧。该怎么办你们就都帮我办了，该花什么费用，你们也都先帮我花了吧，你们把花的费用都记下来，一样一样地记清楚了就行了，等我爸爸回来，我让他该多少就还你们多少，好吗？"

他们点点头，就分头帮她忙去了。

93

这是阿香走后的第三天。

有人说要把阿香埋在黄泉的身边，那八个人都一致给予反对。有人又说埋在小香妈妈的身旁，那八个人也一致地反对。他们怕小香不同意，他们连问都不问小香一声，就一致地反对了。最后，他们给阿香找了一块清静的地方。那是不远的一个山脚下，是阿香开的一块荒地。那块荒地斜斜的，就像是一块长长的黄布挂在那里。地里有阿香种的辣椒和阿香种的西红柿，那些辣椒已经有一些天不捡了，有很多的青椒已经变成了红辣椒，红得很好看，长长的，弯弯的，像一串串烧红了的铁钩钩，挂在那些辣椒树上；那些西红柿也一样，有的青，有的黄，有的熟得红红的都裂开了，眼看就要掉下来。

墓穴已经挖好了。

阿香的棺木也抬来了，就放在一边等着。

乡下人下葬是要看时辰的，不知是谁去请的地理先生，说是阿香的命不能葬在太阳往上走的时候，说是阿香的命必须在太阳往下走的时候才能入土西去，但阿香的棺木要在太阳往上一丈多高的时候离开家门，否则她的灵魂就会找不到来龙去脉。

人们于是在山脚下等着，等着太阳往下走的时候。

那天的太阳是真的大，阿香出门的时候就已经火一样燃烧着，那些等待太阳往下走的人们，有的耐不住便时不时地往返在回村的路上，眼看太阳慢慢地走到了顶上了，太阳竟突然不见了。风也没有了。只剩下了火炉似的闷热，闷得人们不停地流汗。人们知道，这样的天是要下雨了，但人们觉得没关系，都说肯定也是那种过山雨。雨很快就下来了，然而却不是人们想象的那种过山雨。不是那种从那边山过来，又往另一个山飘过去，一飘过去就没有了。这场雨并不是那样的一场雨。这是很大的一场雨，夹着雷，闪着电，把整个天都给撕漏了。那样的雷雨在五六月是最多的，但人们没有想到这个时候也会有。人们于是四处躲藏了起来，有的跑到了大树下，有的跑到了岩洞中。跑到大树下的人很快又跑开了，也跑到了近处的峭壁下。

都说这么大的一场雨,一定是有意下来给阿香送行的,人们于是耐心地等待着,看着大雨在眼前飘洒着,听着雷电在耳边鸣响着,就仿佛在看一匹匹为阿香从天而落的白纱帐,就如同在听一声声为阿香敲击的鼓声和鸣响的冲天炮,人们只是想不明白,阿香为何可以拥有天老爷如此厚重的赏赐。

人们更加想不到的是,有一个人,这时突然出现了!

他身披着一床雨布,在疯狂地往这里奔跑着。跑出村头的时候,他头上是戴着一顶帽子的,但跑着跑着,没有多远,头上的帽子就飞走了,但他没有去把它捡回来,他看也不看那顶飞走的帽子,他只顾往阿香的墓地狂奔着……他的头上,他的脸上,全都被雨淋湿了,他还在跑。他身上的雨披飞起来了……飞起来的雨披完全地离开了他的身子……雨披在空中飞舞着……他拉着雨披疯狂地奔跑着……他的身上也被雨淋湿了……他还在疯狂地奔跑……他一路跌跌撞撞的……他的身子刚刚倒下去,他的腿突然又飞了起来……他整个人就像是在悬空地狂奔着……一直奔跑到阿香的棺材旁。

他的身子在喙喙地颤抖着。

雨水在阿香的棺木上哗哗地流淌,在他的眼里,那仿佛就是阿香的泪水。他给她伸过手去,一下一下地要把她的那些泪水扫掉。但他怎么也扫不掉。他的手刚刚过去,她的那些泪水又随后铺满了。他于是脱下身上的雨披,他把雨披往空中一抖,盖在了她的身上。

随后,他咚的一声,跪在了阿香的棺木前。

这一切,躲雨的人们都看到了。人们以为,他那一跪会一直地跪下去,一直跪到大雨停下,一直跪到人们把阿香下葬。可人们谁也没有想到,跪着的他突然将肩膀顶到了阿香的棺头下,然后往起一站,把阿香的棺木高高地顶立了起来。

人们不知道他要干什么,都惊奇地睁大着眼睛。

他紧紧地抱着阿香的棺木,他倒着身,在试图往后拖动,但阿香的棺木却不听他的。阿香的棺木愣愣地靠在他的胸口上,似乎一动也不动。

雨还在不停地下着。

他甩了甩脸上的雨水,突然大声地喊道:

"阿香,别等了,我们走吧!我抱着你呢,我们一起走吧!"

这一喊,不知是他身上的力气呼地一下全都上来了,还是躺着的阿香真的听明白了什么了,那沉重的棺木终于动了起来,慢慢地跟着他,往他的身后一步一步地走去!棺木的下边,原来是架着两张板凳的,这时已经被他一一地拖倒了。

他身后的不远处就是那挖好的墓穴。

躲雨的人们,忽然就看明白了!

有人从石壁下跑出来,喊叫着:

"别这样,李老师,你别这样!"

他没有停下。他好像没有听到任何人的呼喊。他只是紧紧地抱着他的阿香,在一步一步地往去的地方拖去。

躲雨的人们全都跑出来了,一边跑一边喊着想拦住他。

他的力量却越来越大,越来越大,阿香的棺木也移动得越来越快,在人们的眼里,他们看到的好像不是他在拖着阿香,而是阿香在急急地推着他,推到墓穴边时棺木突然高高地直立了起来,然后嘭的一声,倒进了深深的墓穴里。

奔跑过来的人们,全都吓坏了。

深深的墓穴里,人们看不到他的脸,也看不到他的身子,只看见他的两条胳膊,还在紧紧地往上抱着他的阿香。

人们默默地站着，谁也不知道该怎么办。

雨还在不停地下着。人们的脸全都被雨淋湿了，雨水在人们的脸上不停地往下流。人们的身上也都湿透了，但无人走开。

那场雨，后来一直下到天黑。